박청호 장편소설
갱스터스 파라다이스

펴낸날/ 2000년 9월 8일

지은이/ 박청호
펴낸이/ 채호기
펴낸곳/ ㈜문학과지성사
등록번호/ 제10-918호(1993. 12. 16)

서울 마포구 서교동 363-12호 무원빌딩(121-838)
편집/ 338)7224~5 FAX 323)4180
영업/ 338)7222~3 FAX 338)7221
인터넷/ www.moonji.com

값 7,500원

박청호 장편소설

갱스터스 파라다이스
gangster's paradise

문학과지성사
2000

차례

정수가 움직이려 하자 북쪽 아이는 총을 눈 높이로 올려 그를 겨냥했다.

"좋아. 우린 싸우러 온 게 아냐. 우린 사랑을 하려는 것뿐이야. 너 여자랑 사랑해본 적 있냐? 물론 없을 거야. 어때? 이 여자 예쁘지 않니? 남쪽 여자야. 북쪽 남자를 만나고 싶어서 내가 네려왔시. 이봐, 친구. 우린 담배도 나눠 피운 적이 있었어. 여자라고 다를 게 없지 않니? 내 말 무슨 뜻인지 알아듣겠어? 난 너에게 기회를 주고 싶어. 어때? 저기 숲으로 가. 여자도 갈 거야. 재밌을 것 같지 않니? 난 여기서 꼼짝도 않을게. 자, 봐. 나한텐 총도 없어, 안 그래? 네가 서 있던 숲으로 들어가."

1

통음난무(通淫亂舞)

스물아홉 살, 군복 차림에 178센티 가량의 키, 약간 마른 편인 김정수는 1998년 2월 10일 군장집들이 많이 모여 있는 삼각지 도로변에서 서성거리고 있었다. 잠시 후 그는 군장집 가운데 한 곳으로 들어갔다. 그는 재봉틀 앞에 앉아 있던 남자에게 자신이 맡긴 것이 다됐느냐고 물었고, 남자는 그에게 봉투에 담긴 것을 건네주었다. 그는 값을 치르고 밖으로 나왔다.

　그는 버스 정류장 앞에서 차들이 질주하는 모습을 보며 한참 동안 서 있었다. 그는 담배를 꺼내 입에 물고 성냥을 켰다. 바람 때문에 자꾸 불이 꺼졌다. 대여섯 번 실패를 하고 나서야 간신히 불을 붙였다. 그의 시야에 담뱃불이 거대하게 클로즈업되었다. 갑자기 세상이 암전 상태로 돌입하고 있었다.

　정수는 보름 전에 철호와 함께 초소 근무를 섰다. 철호는 쭈그리고 앉아 담배를 피우고 있었고, 그는 소총을 사수대에 올려놓고 벽에 기대 서 있었다.

"담뱃불이 저 멀리서도 보이겠지. 저쪽 애들한테도. 같이 담배나 한 대 빨았으면 좋겠어."

그가 입을 열었다.

"하여튼 넌 좀 이상한 애야. 아, 나는 제대하기 전에 계집애 하나 데려와 화끈하게 재미나 한번 봤으면 좋겠어."

철호가 침을 찍 뱉으며 대꾸했다.

"이 초소에서? 재밌겠는데! 까짓것, 한번 해보지 뭘."

그가 씩 웃으며 장난기 어린 표정으로 말했다.

"아예 간첩을 그냥 넘어오게 하는 게 낫겠다. 여자를 데려왔다 간…… 차라리 (철호는 자신의 아랫도리를 움켜잡았다.) 내가 그냥 꾹 참고 말지."

철호가 낄낄거리며 지껄였다.

"그럼 계집애랑 간첩놈하고 시키지."

그가 징그럽게 웃으며 다시 말했다. 철호는 그를 향해 인상을 있는 대로 썼다.

"제대 얼마 안 남았다고 너무 허풍 떨지 마. 난 조용히 지내고 싶다고."

"그래? 난 좀 화끈하게 보내고 싶은데."

철호는 고개를 좌우로 절레절레 흔들며 담배를 비벼 끄고 일어섰다. 정수는 소총을 제대로 잡고 앞을 향해 거총 자세를 취했다. 그는 한쪽 눈을 감고 조준을 했다. 그리고 소리쳤다.

"앞에 적이야. 사격 개시."

그의 총이 불을 뿜었다.

철호도 얼결에 한 방을 쏘고는 그대로 굳어버렸다. 가까운 북쪽 초소에서도 응사해왔다. 총소리가 산 전체를 뒤흔들었다.

그들이 포획한 것은 멧돼지도 토끼도 아니었다. 굳이 따지자면 지나가는 바람을 잠시 멈춰 세운 것뿐이었다. 다음날 철호는 복무 기한을 7년으로 연장하였다. 하사였던 그가 선임자였고, 영창을 가지 않으려면 어쩔 수 없는 선택이었다. 정수도 말뚝을 박겠다고 우겼지만 중대장은 거절했다. 중대장은 그를 더 이상 군에 남아 있게 하고 싶지 않다고 말했다. 그러러 너무 위험한 놈이라며 중대장은 혀를 찼다.

휴가 전닐 밤 그는 군에서의 미지막 야간 사격을 했다. 앞줄에 섰던 사수들이 한 줄씩 빠지며 야광탄을 쏘아대고 있었다. 사격이 이미 끝난 사수들은 뒷줄에 모여 앉아 담배를 피웠다.

그와 철호는 철모와 소총을 챙기고 일어서서 대열을 따라 앞으로 이동했다.

"널 보러 자주 올게. 뭐, 부탁할 거 없어?"

그가 철호를 향해 낮게 속삭였다.

"씨발, 여대생이랑 한번 자봤으면 좋겠다."

철호가 장난스러운 표정으로 대답했다.

"또 그 소리냐. 네 청춘을 보상받게 해줄게."

그가 마치 굳은 결의라도 하듯 말했다.

"총을 자주 쏘다 보면 아주 즐거워져. 가끔 내가 군인일 때 전쟁이 났으면 하는 생각을 해. 한번 죽기 살기로 갈겨봤으면 싶어."

철호가 침을 뱉으며 지껄였다. 둘은 탄약 지급대 앞에 섰다. 조교들에게서 탄창을 받아들고는 총알을 확인했다.

"죽으면 진짜 아무것도 없을까?"

사수대로 오르며 철호가 뜬금없이 물었다.

"내가 갔다 와서 말해줄게. 저세상으로 휴가를 간다! 어때 폼나잖아."

그가 철호를 툭 치며 대꾸했다.

철호가 소리를 질렀다.

"미친 새끼. 야, 좆나게 한번 갈겨보자. 씨팔."

다음날 오후 철호는 그에게 권총 한 자루를 건네며 말했다.

"우리 아버지 죽인 놈 만나면 쏴. 그전엔 절대 엉뚱한 짓 하지 마. 니 말대로 폼만 잡는 거야."

그는 철호에게서 총을 받아 배낭 깊숙이 넣었다.

"휴가 갔다 와서 보자."

그가 굳은 표정으로 말했다.

그는 휴가 동안 단 한 가지만을 하려고 마음먹었다. 그건 철호에게 데려갈 여자를 구하는 것이었다. 그러기 위해서는 돈이 좀 필요할 것 같았다. 삼 개월 뒤에 제대를 하면 형을 찾아가야 했다. 어쩌면 형을 위해서도 약간의 돈이 필요할 것 같았다.

휴가 나온 첫날 밤, 그는 대학 동기인 신태현의 집 거실에 앉아 친구를 향해 총을 겨눈 채 이야기하고 있었다.

"정수야, 네가 오해하고 있는 부분도 많아. 뭐 이제 와서 변명 같지만. 근데 뭐 좀 마시겠어? 여보, 여기 맥주 좀……"

태현의 목소리는 떨리고 있었지만 여전히 빤질빤질한 말투 그대로였다.

"됐어. 넌 나를 환송해주고 나서 내 여자를 데리고 내가 잤던 침대에서 뒹굴었어. 단 하루도 못 참고 말야. 단 하루도."

그가 약간 소리를 높였다.

"니가 뭘 잘못 알고 있는 모양인데 선영이 처녀 딱지는 내가 떼준 거야."

태현이 악을 쓰듯 말했다.

"그래? 넌 네 마누라까지 창녀 취급하는군."

그는 지난 여름 휴가 때 선영과 보냈던 며칠을 떠올리며 태현을 향해 천천히 총을 들어올렸다.

"이봐, 총은 좀 내려놔. 선영인 널 기다리기에 지쳤을 뿐이야. 아니 노대체 스물여섯에 군에 가는 놈이 어딨어?"

신태현이 변명을 늘어놓기 시작했다.

그는 태현을 향해 총을 똑바로 겨누며 자기가 여기에 온 목적을 알렸다.

"난 여자가 필요해."

"선영인 안 돼."

태현이 소리쳤다.

"왜 안 되지? 네놈 말대로라면 우린 이미 같이 써왔는데."

"어디 호텔이라도 잡아줄까? 기찬 애들이 온다고."

"직업 여성은 싫어."

"요즘엔 대학생들도 아르바이트해. 중고생 원조 교제도 있고."

"그럼 돈이 많이 있어야겠군."

"설마 지금 나한테 돈을 요구하는 건 아니겠지?"

"니네 은행에서 돈을 좀 빌려야겠어. 나한텐 총이 있고, 은행엔 금고가 있으니까."

그리고 그는 친구를 향해 씩 웃었다. 그는 총을 내려놓았다. 태현은 재빨리 탁자를 건너와 그의 옆자리에 앉으며 들뜬 목소리로 호들갑스럽게 지껄여대기 시작했다.

"은행을 털겠단 말이지? 재밌겠는데. 넌 군대 가서 군인 안 되고 갱이 됐냐? 이 총 진짜야?"

그는 태현에게 자신의 계획을 설명했다.

1998년 2월 11일 오후. 정수는 검은 바바리 코트 차림에 가발, 그리고 굵은 뿔테 안경을 쓰고 신태현이 근무하는 은행으로 갔다. 현관문을 밀고 들어가 대기 번호표를 뽑았다. 사람들이 현금 자동 지급기 앞에 줄을 서 있었다. 태현이 그를 보고 히죽히죽 웃었다. 그는 소파에 앉아 은행 창구 쪽을 바라보며 태현이 했던 말을 되씹어보았다.

"오후 세시쯤 되면 현금지급기의 현금이 거의 다 떨어지지. 현금이 부족하면 청원 경찰과 함께 오과장이나 김대리 아니면 나, 신태현이 돈을 더 넣으러 가. 약 4천에서 5천 정도 넣는다고. 수표가 있을 땐 액수가 더 커질 수도 있고. 현금지급기 쪽엔 경보기가 안팎으로 있어. 출동하는 덴 3분에서 5분쯤 걸려."

시계가 오후 3시 15분을 가리키고 있었다. 현금지급기는 은행 내부와 연결된 바깥쪽에 설치되어 있었다. 그는 현금지급기 쪽을 돌아다보았다. 잠시 후 다섯 대의 현금지급기 중 가운뎃줄에 서 있던 사람들이 양쪽으로 갈라섰다. 잠시 후 그런 현상이 한 줄 더 생겨났다. 청원 경찰이 현금지급기 쪽으로 다가갔다. 경찰이 사인을 보내자 창구에서 남자 직원이 돈다발을 챙겨 자루에 넣어가지고 나왔다. 그는 자리에서 일어나 현금지급기 쪽으로 빠르게 다가갔다. 청원 경찰이 현금지급기 뒤편으로 가서 문을 땄다. 직원이 돈을 밀고 들어갔다가 잠시 후 다시 나왔다. 청원 경찰이 곧 이어 나오고 문을 잠그려는 순간 정수가 다가가 말을 걸었다.

그는 총을 경찰의 옆구리에 대고는 조용히하라며 그에게 가방을 건넸다. 몇 겹으로 접은, 언뜻 보기에는 은행에서 쓰는 돈자루같이 생긴 것이었다. 돈을 가방에 넣어 나오라는 시늉을 하자 경찰이 몸을 돌렸다. 그가 가까운 곳에 서 있는 손님들을 가리키며 손님들이 다치지 않게 잘 생각해서 행동하라고 일렀다. 또 그는 경찰에게 현금지급기 다섯 대가 모두 제대로 작동하도록 현금을 조금씩 남겨두고 빼라고 말했다.

청원 경찰이 다시 들어가 돈을 가방에 담아 들고 나왔다. 그리고 가방을 그 앞에 내려놓고 문을 닫고 잠갔다. 그는 경찰에게 돈을 현금지급기 뒤쪽으로 난 비상구 앞으로 옮기라고 눈짓했다. 그는 고개를 돌려 창구 쪽을 흘끗 보았다. 태현과 눈이 마주쳤다. 아직 눈치챈 사람은 없는 것 같았다. 은행 직원들은 모두 자기 일들로 바빴다. 경찰이 돈가방을 후문 앞에 갖다 놓았다. 그는 경찰을 화장실로 끌고 가 변기 위에 앉히고는 그에게 허리띠를 풀게 했다. 그리고 팬티까지 몽땅 내리게 한 후 손을 등뒤로 돌려 수갑을 채웠다. 그는 주머니에서 목장갑을 꺼내 경찰의 입을 틀어막았다. 그리고는 쉬, 하며 손가락을 입술에 댔다.

그가 화장실에서 나오자 한 여자가 그를 빤히 쳐다보고 있었다. 그도 여자를 노려보았다. 여자는 자신이 보고 있는 상황에 놀라 얼굴을 잔뜩 찌푸리고 있었다. 그는 입술만 움직여, 봤어? 하고 여자에게 물었다. 여자는 놀람에서 채 깨어나지 못한 표정으로 고개를 힘차게 끄덕였다. 그는 옷을 슬쩍 들쳐 총을 보여주었다. 그는 눈

빛으로, 알았지? 하는 신호를 보냈다. 여자는 침을 한 번 꿀꺽 삼
키더니 알았다는 시늉으로 고개를 두어 번 끄덕였다. 그는 여자가
열 살짜리 아이처럼 느껴져 씩 웃었다. 그는 여자에게 바짝 다가가
낮게 말했다.

　"좋아. 그럼 저기 문 쪽에 있는 가방을 들고 밖으로 나가는 거야.
그리고 검정색 프린스 트렁크에 넣어. 내 말 알아들었어?"

　여자가 다시 고개를 끄덕였다.

　"서로를 믿는다는 뜻에서 그 핸드백은 나 주고. 잘못되면 알지?"

　여자가 문 쪽으로 움직였다. 그는 창구 쪽을 흘끗 보고는 후문
쪽으로 뒷걸음질쳤다.

　그는 밖으로 나와 자동차 앞에 서 있는 여자를 차에 밀어넣었다.
그리고 차에 시동을 걸고 달렸다. 사거리 신호가 빨간불로 바뀌자
급히 우회전해서 차를 세웠다. 그는 핸드백을 열어 신분증을 꺼내
눈여겨본 뒤 여자에게 돌려주고 빨리 차에서 내리라고 소리쳤다.
여자는 허겁지겁 차에서 내리더니 연신 뒤를 돌아보며 마구 뛰었
다.

　그는 차에서 내려 트렁크를 열고 돈가방을 꺼냈다. 가까운 건물
2층에 있는 화장실로 들어갔다. 그는 화장실 문을 걸어잠그고, 품
속에서 군용 배낭을 꺼냈다. 가방에 있는 돈을 배낭으로 옮겼다.
가발과 안경을 벗고 바바리와 통이 넓은 모직 바지도 벗었다. 그는
속에 군복을 껴입고 있었다. 이제 그는 짧은 머리의 군인으로 돌아
왔다. 옷과 가발과 안경을 가방 속에 넣었다. 변기의 물통을 비우
고 그 속에 가방을 쑤셔넣었다. 그는 모자를 꺼내 쓰고 화장실을
나와 바로 옆에 있는 카페로 들어갔다.

그는 창 쪽으로 자리를 잡고 앉았다. 밖을 바라보았다. 아직 거리가 조용했다. 그는 커피를 한 잔 주문하고 테이블 위에 놓여 있는 전화기의 버튼을 눌렀다. 상대방이 받자 그는 빠르게 말했다.

"나야. 동성빌딩 2층 카페 앞 화장실 둘째 칸이야."

그는 경비회사 차량과 경찰차가 사이렌을 울리며 지나가는 것을 보았다. 커피가 나오자 급히 마시고 계산을 치르고 밖으로 나왔다.

그는 배낭을 메고 버스 정류장까지 천천히 걸어가 버스가 오자 올라탔다.

1998년 2월 12일. 정수는 어제 은행에서 만났던 여자에게 전화를 걸었다. 여자의 이름은 이은채였다. 여자는 매우 놀랐다. 여자는 자신의 전화번호를 어떻게 알아냈느냐고 물었다. 그는 친구가 그 은행에 다니기 때문에 연락처는 금방 알아낼 수 있었다고 대답했다. 공범이 있었군요, 하고 여자가 말했다.

그는 카페에 앉아 은채를 기다리고 있었다. 은채가 카페로 들어와 창가에 앉는 것을 보고 그는 그녀 앞에 가서 앉으며 선글라스를 벗었다. 은채는 약간 놀라는 표정이었지만 씨익 웃어보였다.

"머리를 잘랐군요."

은채가 먼저 입을 열었다.

"왜 신고하지 않았지?"

그가 물었다.

"신고할 필요 있어요? 은행은 강도를 맞을 수 있어요. 그곳에 돈이 있으니까."

"예쁜 아가씨들은 강간당할 수도 있지."

"그럴 수도 있겠죠. 은행도 터는데 여자 하나쯤 어떻게 못 하겠어요.”

“맞는 말이야.”

“당신이 날 아니까 신고하면 죽일 거잖아요.”

“영리하군.”

“난 법대에 다녀요.”

“알고 있어. 친구가 여자를 원해. 대학생이어야 한대.”

“난 창녀가 아니에요.”

“어제 은행에서 빼낸 돈의 반을 준다면?”

“대학생 중에 업소 나가는 애들 알아봐줘요?”

“난 네가 해주었으면 좋겠어. 천만 원이야.”

“딱 한 번에?”

“횟수는 상관없어.”

“그럼 한 번에 천만 원씩?”

“좋을 대로.”

“어젠 얼마나 훔친 거예요.”

“한 오천쯤.”

“그럼 다섯 번? 괜찮은 아르바이트군요.”

“그럼 된 건가?”

“천만에. 난 창녀가 아니야.”

“아직 처녀야?”

은채는 갑자기 얼굴에서 표정을 지우고 입을 꽉 다문 채 그를 노려보았다. 그리고 조금 뒤에, 그만 갈래요, 하고 말했다.

“그래, 그럼 가. 관심 있으면 연락해.”

그는 쪽지에 연락처를 적어 은채에게 주었다.

18

"관심은 지금도 있어요. 하지만 내가 하겠다는 건 아니에요. 다만 흥미있다는 것뿐이에요. 사실 난 당신이 은행 강도라서 맘에 들어요. 그런 직업을 가진 사람을 만나기는 흔치 않죠."

"너무 많은 호기심은 인생을 망쳐."

그가 거드름을 피우며 말했다.

은채는, 창녀가 되는 것보다야 낫겠죠, 라고 말하고는 자리에서 일어나 카페를 나갔다.

그도 은채를 따라서 밖으로 나갔다. 은채는 버스 정류장에 서 있었다. 그는 은채에게로 다가가 옆에 섰다. 은채가 그를 향해 몸을 돌리며 말했다.

"나, 배고파요."

그들은 식당에서 밥을 먹고, 다시 카페로 들어갔다. 은채는 카페로 들어오는 여자들을 보며 그에게 어떠냐고 물었다. 그는 보는 여자들마다 노, 라며 딱지를 놓았다. 은채는 인상을 쓰며 이 여자는 이런 매력이 있지 않느냐, 저 여자는 저래서 예쁘지 않느냐, 하면서 소리를 높였다. 그러나 은채는 그를 설득시키지 못했다. 어둠이 짙게 내리자 은채는 그에게 술을 한잔 마시는 게 어떠냐고 물었다. 그는 웃으며 은채를 데리고 밖으로 나왔다.

얼마 뒤 그들은 수산시장 횟집에서 술을 마시고 있었다.

"그런데 왜 그런 일을 하려고 하죠?"

은채가 발그레해진 얼굴로 물었다.

"내겐 쌍둥이형이 있어. 형에겐 약간의 장애가 있지. 어머니가 형을 낳다가 죽었어. 난 곧바로 수술을 해서 태어났지. 날 형처럼 잘 돌봐주는 친구가 지금 군에 있어. 초소에서 여자랑 하고 싶다더군."

"초소에서 한다구요? 어머, 그것 참 기발한 착상이네요. 당신도 군인이에요?"

"그럼 해주겠어?"

"노!"

"왜?"

"그런 데 이유가 있어야 하나요?"

"돈을 두 배로 올리면?"

"다른 여잘 찾아봐요."

"그럼 왜 날 따라왔지?"

"당신이 멋져 보이니까."

"벌써 취했어?"

"이봐요? 좀 쉽게 살아요. 아무 여자나 잘 빠진 애를 골라서 교육 좀 시켜서 데려가면 되잖아요."

"난 네가 맘에 들어. 내 친구도 그럴 테고. 난 친구한테 가장 좋은 걸 주고 싶어."

"정말 미쳤군요. 은행을 털지 않나. 그 돈으로 여자를 사서 친구한테 주려고 하질 않나. 이봐요, 군발이 아저씨. 너무 분에 넘친다고 생각하지 않나요?"

"난 내가 하고 싶은 대로 하고 싶어. 한 번만이라도. 그리고 죽을 거야."

"대단하시군."

"해주겠어?"

"싫어요."

"좋아. 그럼 가."

은채는 자리에서 일어서는 시늉을 했지만 일어나지는 않았다. 그녀는 약간 망설이다가 입을 열었다.

"돈이 필요해요."

"그럴 줄 알았지."

"그렇지만 그건 싫어요."

"그럼 뭘 어쩌겠다는 거야."

"당신 일을 돕겠어요. 은행을 턴다든가 뭐 그런……"

"돈은 지금도 충분해."

"하지만 그건 정말 싫어."

"남자 경험은 있을 거 아냐. 그냥 잠깐 즐기면 돼."

"싫어요."

"좋아. 필요한 돈이 얼마야?"

"됐어요. 천만 원도 커요. 난 못 해요. 그만 갈게요."

은채는 자리에서 일어섰다. 그는 은채를 올려다보았다. 은채가 머리를 쓸어올렸다. 그녀의 옆얼굴이 슬퍼 보인다고 그는 느꼈다. 은채가 일어나 시장통을 빠져나갔다. 수없이 많이 내걸린 꼬마전등이 우울하게 빛나고 있었다. 은채는 바바리 코트 자락을 훌치며 조심조심 걸었다. 길바닥이 질었다. 은채는 곧 넘어질 듯 위태로워 보였다. 그는 천천히 은채의 뒤를 따랐다. 그는 몇 번이나 달려가 은채의 어깨를 돌려세우고 싶다는 마음에 조바심을 쳤다. 은채는 버스 정류장에 섰다. 버스는 금방 오지 않았다. 택시가 은채 앞에 여러 대 멈춰 섰다가 지나가곤 했다. 드디어 버스가 오고 은채가 탔다. 그는 은채가 타고 떠난 버스 뒤를 쳐다보면서 한참을 서 있었다.

　1998년 2월 13일. 정수는 하루 종일 카페에 앉아 있었다. 그는 자신이 은채를 기다리고 있는지도 모른다고 생각했다. 그러나 알 수 없었다. 자신이 왜 여기 있는지. 그 다음날에도 그는 카페에 나와 있었다. 그는 아마도 자신이 은채를 기다리고 있는 게 아닐까, 하고 심각하게 생각해보았다. 그 다음날에도 그는 카페에 나왔으며 이제는 자신이 그녀를 기다리고 있다는 생각을 하지 않았다. 그는 이미 답을 알고 있었다.

　1998년 2월 16일 정오. 은채가 나타났다. 그리고 곧장 그에게로 다가와 그의 앞자리에 앉았다.

　"날 기다렸어요?"

　은채가 다짜고짜 물었다.

　그는 환하게 웃으며 은채에게 되물었다.

　"내가 여깄는 걸 어떻게 알았지?"

　"범죄자는 현장에 다시 나타나는 법이죠. 은행이 가장 잘 보이는 곳이 이곳이잖아요? 아직 내 물음에 대답 안 했어요."

　"뭘?"

　"날 기다렸냐고?"

　"모르겠어. 아마도 그런 것 같애."

　"아직도 여자가 필요해요?"

　"글쎄."

　"할 수도 있을 것 같아요. 하지만 돈을 받진 않겠어요."

　"그럴 수는 없어."

　"난 창녀가 아니에요. 되고 싶은 생각도 없어요. 다시 은행을 털어요. 그건 해보고 싶은 일이에요."

"돈은 충분해."

"난 은행을 털자고 했지, 돈이 충분치 않다고 말하진 않았어요."

"난 군인이야. 곧 귀대해야 해."

"알아요. 시간은 충분해요. 저길 다시 터는 거예요."

"저 은행을?"

"당연하죠. 한 번 당했으니 또다시 그럴 리 없다고 생각할 테니까요."

"준비하려면 시간이 걸려."

"준비는 필요 없어요. 총은 가지고 있겠죠?"

그는 태현에게 전화를 걸어 현금으로 1억 원쯤 찾을 수 있는 방법을 고안해내라고 소리질렀다. 잠시 후 태현이 휴대폰으로 은행을 털 계획을 알려왔다. 주거래 기업인 대성물산의 경리부에서 내일 오후에 방문하기로 되어 있으며, 얼마 전 경리 대리가 바뀌어서 은행에서는 아직 그 사람의 얼굴을 본 적이 없다는 것이었다. 경리 담당 대리는 대성물산 회장의 손자로 정수 또래라고 했다. 그리고 태현은 그에게 통신 업무를 대행하는 사무실로 가서 팩스를 기다리라고 말했다. 잠시 후 대성물산의 직인과 각종 증명 서류 따위가 팩스로 왔다. 그는 꼼꼼히 읽어보았다. 법대생 은채도 조언을 아끼지 않았다. 정수는 대성물산의 직인을 팠다. 도장을 파는 오십대 사내가 직인을 파려면 신분 확인을 해야 한다고 말했다. 그는 본사에 연락해서 이곳으로 팩스를 보낼 수 있도록 하겠다고 말하고는 태현에게 증명 서류를 보내라고 말했다. 도장 파는 사내는 팩스가 도착하자 계속 미심쩍은 태도를 보이면서도 마지못해 직인을 만들었다. 하지만 이것이 똑같을 수는 없을 거라고 말했다. 그러나 그 사내의 솜씨는 매우 완벽했다. 그는 사내에게 삼십만 원을 주었다. 사내는 웃음을 지었다. 그는 백화점으로 가 필요한 물건들을 구입했다. 은채는 그에게 조언을 아끼지 않았다.

다음날 오후 4시쯤 정수는 신태현이 근무하는 은행으로 들어섰다. 그는 말쑥한 양복 차림이었다. 짧은 스포츠형 머리에 무스를 바르고 최신 유행의 모즈룩 스타일의 롱 재킷에 꽉 끼는 바지, 오리 주둥이를 한 구두를 신었다. 한마디로 멋진 재벌 2세처럼 보였다. 그가 은행으로 들어가자 태현이 잔뜩 긴장한 표정으로 바라보았다.

그는 가까운 창구로 가서 자신이 대성물산의 새 경리 담당 대리라고 소개하고는 지점장과 얘기할 수 있겠느냐고 물었다. 직원이 지점장에게로 가 뭐라고 이야기를 하자 지점장이 일어나서 정수 쪽을 바라보았다.

직원이 정수를 안쪽으로 들어오게 했다. 지점장이 일어나서 그에게 악수를 청했다. 그는 지점장과 악수를 한 뒤 소파에 앉았다.

"자, 이쪽으로 앉으시죠. 늘 저희 은행을 찾아와주셔서…… 그런데 오늘 특별히 상의할 게 있다고 회장님께서 말씀하시던데."

지점장은 조심스럽게 말을 꺼냈다.

"사실은 달러가 좀 있습니다. 잠깐 맡겼다가 원화로 찾고 싶습니다. 원만히 잘되면 계속 거래를 하고 싶습니다."

그는 거드름을 피우며 가능한 한 비즈니스적으로 말하려고 애쓰면서 말했다.

"아 네, 물론입니다. 다만 좀 신중을 기해야죠."

24

"당연히 그래야겠죠. 며칠 내로 제가 달러를 갖고 다시 뵙겠습니다. 약 5백만 달러쯤 되는데…… 그건 그렇고 오늘은 1억쯤 현금으로 찾고 싶은데요."

"회장님한테서는 그런 지시가 없었는데요."

"지점장님, 제게 그 정도의 재량은 있다고 생각지 않으십니까? 제가 얼마 전까지 일하던 그런 애송이와 같다고 보시는 건 아니시겠죠."

"물론 그렇지만."

"회장님께 전화를 꼭 해보셔야겠다는 말씀입니까?"

"아, 아닙니다. 그럼 여기 몇 가지 작성 좀 해주시죠."

그는 서류에 꼼꼼하게 기입했다. 직인을 찍었고, 담당자 사인을 했다. 잠시 후 지점장과 다른 직원 하나가 금고에서 돈을 꺼내왔다. 그는 돈을 후문으로 옮겨놓으라고 말했다. 그리고 차에다 실었다. 그는 지점장에게 곧바로 회장님께 전화를 해 내가 돈을 가지고 떠났으니 30분 후엔 도착할 거라고 전해주면 고맙겠다고 부탁했다. 지점장의 얼굴이 환하게 밝아지며 꼭 전하겠다고 대꾸했다.

다이너스티 앞에 검은 양복을 입은 덩치들 셋이 서 있다가 그가 나오자 90도로 인사를 했다. 그가 차에 오르자 덩치들도 차에 탔다. 그 중 하나가 차를 몰았다.

"저기 골목길로."

그가 지시하자 차는 골목길로 빠졌다.

그는 골목길에 차를 세우게 하고 덩치들에게 수고비를 나눠주었다. 덩치들이 사라지자 그는 돈자루를 큰 여행용 가방으로 옮겨 담았다. 차를 몰고 좀더 나아가자 3층 집 앞에 이삿짐 센터 차량이

서 있는 게 보였다. 은채가 기다리고 있었다. 그가 차에서 내리자 은채는 짐꾼들에게 차에 있는 가방을 트럭에 옮겨 실으라고 했다. 그리고 이삿짐 차량은 떠났다. 그는 조금 전까지 은채가 살던 집으로 들어가 옷을 갈아입었다. 그는 다시 군인이 되어 집을 나왔다.

그가 도착했을 때 은채는 새로 이사한 방에 짐을 대충 부려놓고 비질을 하고 있었다. 그도 이것저것 짐들을 치우고 나서 은채가 청소하는 것을 도왔다. 아직 풀지 못한 박스들을 베란다에 몰아넣고 그들은 방바닥에 드러누웠다.

"언제 이런 생각을 다 했지?"

그가 물었다.

"당신이 할 수 있으면 나도 할 수 있다고 생각했어요. 더구나 내부에 공범이 있으니까 누워서 떡 먹기죠. 이제 돈을 처리하기만 하면 돼요. 우선 내일 아침 일찍 돈을 여러 은행에 조금씩 나누어 넣어요. 100만 원씩이면 100군데. 500만 원씩이면 20군데면 끝나요."

"좀더 기다리는 게 좋지 않을까? 큰돈을 입금한다는 게……"

"겁이 많군요. 그럼 100만 원씩 100군데로 해요."

"난 돌아가야 해. 너랑 같이."

"난 지금 당신보다 훨씬 부잔데 그 일을 꼭 해야 하나요?"

"당신은 나와 거래를 했어."

"내가 그걸 지킬 거라고 생각해요?"

"난 널 믿어."

"하하하. 정말 대책이 없어. 이제 그만 돌아가요. 여긴 내 집이니까."

"난 낼모레까지 들어가야 한다니까."

"누가 뭐래요! 여잔 지금이라도 부를 수 있어요. 천만 원이면 야
간 초소가 아니라 어디서든지 할 거예요."

"난 널 원해."

"다시 말해봐요."

"난 당신을 원한다고."

은채는 몸을 일으키고 눈 속에라도 들어오겠다는 듯이 그를 뚫
어지게 노려보았다.

"그러니까 친구하곤 안 한다잖아요. 나도 당신을 원해요. 친군 싫
어요. 한 번에 천만 원씩 줄게요. 그럼 공평하죠?"

그는 멍한 눈길로 은채를 바라보았다. 은채가 몸을 굴려와서는
그에게 키스를 했다. 그는 은채를 끌어안고 뒹굴었다. 두 사람은
점차 격렬해졌고, 땀투성이가 되어 서로를 탐했다. 정사가 끝난 뒤
은채가 물었다.

"이제 뭘 할 거죠?"

"형을 만나야 해. 형은 자꾸 죽으려고만 해. 내가 곁에 있어야겠
어."

"그럼 가야겠네."

"응."

"형을 사랑해요?"

"응."

"나보다?"

은채가 장난기 어린 목소리로 물었다.

그는 잠시 동안 입을 열지 못하다가 이렇게 말했다.

"형은 나야."

은채는 고개를 돌렸다. 그리고 잠시 후 이렇게 말했다.

"당신을 찾아갈게요. 약속해요."

1998년 2월 20일. 그는 초소에서 철호와 담배를 피우고 있었다. 조금 전까지 대남 방송이 한참 떠들더니 조용해졌다.

"저리로 넘어가고 싶다는 생각을 한 적 없어?"

그가 철호를 향해 내뱉었다.

"넌 정말 못 말리겠다. 무슨 말을 못 해요, 말을."

"야, 저쪽 초소와 우리 사이에 뭐가 있는지 아냐?"

"그야 DMZ 아니냐. 가끔 우리가 수색 나가잖아. 저쪽 애들도 오고."

"저기선 왜 사람이 안 살까?"

"안 사는 거냐? 못 사는 거지. 또 살겠다는 놈도 없고. 통일되면 국립공원으로 만든다지 아마."

"그렇겠지. 베를린엔 콘크리트 장벽이 있었지만 우린 DMZ가 있지. 베를린 장벽은 무너져서 흔적만 남았지만 DMZ는 그대로 살아 있을 거야. 세계에서 단 하나밖에 없는 평화 구역으로 말이야."

"무슨 소린지 잘 모르겠지만 멋진 말이다, 씨팔."

그들은 잠시 동안 말이 없었다. 일부러 저쪽 애들이 초소의 불을 몇 개 밝혔다가 껐다가 했다. 아무도 없는 초소에 원격 조정 장치로 불을 몇 개씩 켜두곤 했다. 도대체 무엇을 과시하고 싶은 것인지 이해가 잘되지 않았다. 그는 저쪽 초소의 불빛 속으로 기어들고 싶다는 생각을 잠시 했다.

"곧 여자가 올 거야. 초소로 데려올 여잘 구했어. 대학생이야."

그가 말했다.

"너 정말 미쳤구나."

철호는 또 침을 찍 뱉었다.

그 다음날부터 두 사람은 GOP와 GP 사이에 있는 철조망 아래로 여자를 통과시키기 위해 참호를 파기 시작했다. 그것은 야간을 이용한 고된 작업이었고 발각되면 총살감이었다. 가끔 그가 웃으면서, 우리가 왜 이런 짓을 하는지 알겠냐? 하면 철호는, 하도 목숨 걸 데가 없어서, 하고 심드렁하게 대답했다.

"그래, 목숨을 걸면 못 할 게 없어."

그가 싸늘하게 웃으며 낮게 지껄였다.

1998년 5월 21일. 은채가 그를 찾아왔다. 그는 철호와 함께 외출을 허락받고 부대 앞 술집에서 돼지고기를 구웠다. 한쪽에선 찌개가 끓었고, 셋은 술을 마셨다. 잠시 후 술집 작부도 한 자리를 차지하고 앉았다. 그는 괜히 작부한테 수작을 걸곤 했다. 한복을 입은 여자의 치마 속으로 손을 넣기도 하고 가슴을 감싼 끈을 풀려고도 했다. 그때마다 여자는 자지러지게 웃으며 몸을 배배꼬았다.

"정말 이렇게 예쁜 여자가 나타날 줄 몰랐습니다."

철호가 은채를 향해 감동 어린 목소리로 말했다.

"돈은 뭐든 원하는 걸 살 수 있어요. 하지만 난 직업 여성은 아니에요."

"이 친구가 여자를 구했다기에 난 이 근처 술집에서 하나 데려오나 했죠. 이건 정말이지 믿을 수가 없는 일이에요."

"너무 감탄하지 말아요. 내가 좋아서 온 것도 아니니까. 하지만 철호씨도 괜찮네요, 핸섬하고."

"하하하. 이거 정말. 정말 이런 일은 생전 처음이에요."

"앞으로도 없을 거구요."

"아마 그럴 겁니다."

"언제 하죠?"

　은채가 결의에 찬 표정으로 묻자 철호는 그를 빤히 쳐다보았다.

　그가 무슨 소리냐는 뜻으로 어깨를 으쓱하자 은채가 재차 물었다.

"언제 하냐구요?"

"아, 그거. 오늘 밤. 철호 너하고 내가 23시부터 익일 03시까지 말뚝이야."

"나도요."

"그래, 은채도."

"뭔데? 나도 껴주면 안 되나. 니네들 떼로 그 짓 하려는 거 아냐. 화끈하겠는데."

　술집 작부가 끼여들었다. 그는 술집 여자의 말을 무시했다.

"어떻게 들어가지?"

　철호가 물었다.

"물론 위병소 애들이 넣어주려고 하진 않겠지."

　그가 대책이 없다는 투로 말하자 은채가 뭐가 대수냐는 듯, 돈을 주면 돼요, 하고 내뱉었다.

"무리야. 요즘 데프콘이 자주 떠서."

　철호가 걱정스레 말했다.

"산길이 있을 거야."

　그가 술집 여주인을 향해 눈짓을 하며 말했다.

저녁 10시쯤 은채는 술집 여주인과 산길을 올랐다. 술집 여주인은 예비군과 특별 합동 훈련이 있을 때마다 산을 올라가 김밥과 마실 것을 팔았으므로 산길을 잘 알고 있었다. 설령 초소에서 근무자들을 만나더라도 별탈 없이 지날 수 있을 것이다. 근무자들에게 외박을 나오면 여자를 공짜로 대주겠다고 말하면 그뿐일 테니까. 하지만 이제까지 밤에 초소 바로 앞까지 여자를 데리고 간 일은 없었다. 그는 술집 여주인에게 한 번에 백만 원씩 주기로 약속했다. 은채를 데리고 올라왔다가 다시 데리고 내려가는 조건으로.

　은채는 지정에 도착했고, 그와 철호는 이미 초소에서 근무를 하고 있었다. 얼추 시간이 되자 그는 초소를 빠져나와 이미 파놓은 참호를 지나 약속 장소까지 내려갔다. 술집 여주인은 하마터면 죽을 뻔하였다고 소리를 질러댔다. 그는 은채를 데리러 다시 오지 않아도 좋다면서 돈을 주고 술집 여주인을 돌려보냈다. 은채는 야전 상의를 걸치고 있었다. 두 사람은 서로를 마주보며 잠시 동안 아무 말도 없었다. 그가, 할 수 있겠어? 하고 묻는 듯한 눈빛으로 바라보자 은채는 입술을 한번 깨물고는 고개를 끄덕였다. 그는, 가자, 하더니 은채의 손목을 잡아 끌고 촘촘한 나무 사이를 뚫고 나아갔다. 철조망 사이로 뚫어놓은 참호는 물이 배어나와 질척거렸다. 은채는 숨을 몰아쉬며 무릎으로 기어 앞으로 나아갔다. 통로가 너무나 좁았기 때문에 고개를 들면 목이 부러질 것 같았다. 은채는 가슴으로부터 넘어오는 신음 소리를 이를 앙다물며 눌렀다. 초소에 도착하자 철호가 껴안다시피 해서 은채를 초소에 들였다. 은채는 초소 안으로 굴러떨어졌다. 몇 번이나 숨을 고르고 나서야 은채는 눈을 제대로 뜰 수 있었다. 은채는 퍼지르고 앉아 초소를 한바퀴

둘러보았다. 초소가 좁아서 밖의 쌀쌀한 날씨에 비해 따뜻하게 느껴졌고 밤의 아늑함에 젖은 듯 조용하고 가지런하게 보였다. 은채는, 이곳이 장난감 상자 속이라면, 저 군인들도 밀랍 병정들이라면, 하는 생각을 잠깐 하였다. 그는 가끔씩 불타는 눈빛으로 은채를 쏘아보았고, 철호는 초소 한쪽에 비스듬히 서서 그와 은채를 불안한 눈으로 번갈아 보고 있었다.

그들은 그렇게 한참 동안을 말하지 않고 버텼다. 은채는 철호가 주는 담배에 불을 붙이고 쭈그리고 앉아서 담배를 피웠다. 그는 은채와 마주보는 벽에 기대어 서 있었고, 철호는 전방을 향해 총을 겨누고 노려볼 뿐이었다. 그들은 서로에게 이제 벌어질 일에 대해서는 한마디도 할 수 없었다. 어쩌면 그런 일이 벌어질 수 있다고 아무도 믿지 않는 것 같았다. 조금 전까지는 술에 좀 취한 듯한 기분이었지만 지금은 모두가 말짱했다. 은채가 담배를 다 피우고 일어섰다. 그리고 그를 향해 좀 나가 있어주면 좋겠다고 말했다. 그는 초소 밖으로 나갔다.

은채는 입고 있던 바지를 내렸다. 속옷까지 벗어내렸으므로 하얀 살덩이가 그대로 드러났다. 철호는 눈을 내리깐 채 은채를 보고 있었다. 눈을 똑바로 뜰 수도 눈길을 완전히 돌릴 수도 없었기 때문이었다. 은채는 앞으로 나아가 철호를 약간 옆으로 밀어내고 총을 놓는 자리에 두 손을 내려놓고 엉덩이를 뒤로 빼고 섰다. 철호는 금세 그것이 무엇을 뜻하는지 알았다. 철호는 급하게 바지를 벗어내렸다. 은채는 두 손에 힘을 꽉 주었다. 초소 앞의 흙과 풀이 은채의 손에 조금 잡혔다. 철호는 손으로 자신의 것을 만졌다. 너무 흥분했지만 동시에 너무 긴장한 탓에 그것은 어쩔 줄 몰라하고 있는 것 같았다. 철호는 그것을 단단히 세운 뒤 침을 한번 삼키고는 은채를 향해 다가갔다. 은채는 숨을 멈추었다. 뒤에서 강렬한 느낌이 전해져왔다. 철호는 헉, 하고는 은채의 몸 속으로 들어갔다. 은채는 이를 악물고 초소 앞의 흙을 세게 쥐었다. 철호는 강하고 급하게 움직였다. 은채는 허리가 끊어질 것 같아 손을 내리고 말았다. 은채는 이제 바닥에 손을 대고 엉덩이를 높이 쳐든 자세로 철호를 받아들이며 신음 소리를 내지 않으려고 입술을 깨물었다. 철호가 미친 듯이 들어왔다 나갔다를 되풀이했다. 철호는 끝을 향해 치닫고 있다. 철호는 더 이상 참을 수 없었다. 그제아 은채에게도 쾌감이 전해졌다. 아아, 하고 은채가 소릴 내고 말았다. 그 순간 철호의 그것이 크레모아처럼 폭발했다. 그러나 철호는 움직임을 멈추지 않고 더욱 세고 빠르게 허리를 움직였다. 은채는, 이런 개 같은 순간에도 쾌락을 느낄 수 있다니, 생각하면서 환멸에 치를 떨었다.

그는 밖에서 그들의 소리를 들었다. 그리고 상상했다. 한참 후에 그가 초소로 돌아오자 은채는 담배를 피우며 벽에 기댄 채 다리를 땅에 쭉 뻗고 있었고, 철호는 벽에 기대 서 있었다. 북쪽 애들이 넘어와 여기 있는 사람들 모두를 깡그리 쏘아 죽여버렸으면, 하는 생각이 들었다. 지금 여기 있는 인간들은 더 이상 살아 있는 인간들이 아닌 것 같았다. 시간이 갑자기 멈추고 이 순간만큼은 모든 것이 깨끗하게 죽은 시체처럼 정지해 있는 것 같았다. 아마도 그들 모두는 엄청난 죄의식에 미칠 지경인 것 같았다.

먼저 웃은 것은 그였다. 어쩌면 은채였는지도 모른다. 여자들은 과거를 쉽게 용서하는 것 같았다.

"이봐요, 좀더 재미난 것 없어요?"

은채가 약간 징그럽게 생글거리며 말했다.

"이제 내려갈 시간이야. 철호야, 내가 어떻게든 은채를 데려다주고 돌아올 테니까 다음 번 애들이 오면 잘 이야기해서 그냥 내려보내."

그가 말을 딱딱 끊어서 내뱉었다.

"왜 한참 재밌는데. 정수 넌 어때? 군발이 아저씨, 응? 어차피 돌려먹는 건데, 뭐."

은채가 그를 향해 빈정거렸다.

"그만 내려가."

그가 소리쳤다.

"아, 여기 DMZ라며? 이왕 온 김에 북쪽 군발이들한테도 주고 싶어. 어때, 저리로 넘어가는 게."

은채가 이렇게 말하자 철호의 얼굴이 하얗게 질렸다.

"제발! 다 내 욕심 때문이야. 미안해."

철호가 빌 듯이 말했다.

"아니야. 아저씨, 아주 좋았어. 난 좀더 재밌는 걸 해보고 싶어. 그래서 온 거니까."

은채가 계속해서 빈정대며 생글생글 웃었다.

철호는 은채와 정수를 번갈아 보며 초주검이 된 얼굴로 안절부절못하고 서성거렸다. 그는 이를 꽉 물고 은채를 향해 미소지었다.

"네가 원한다면. 철호야, 새벽에 돌아올게. 애들 조심시키고 여기 잘 지켜."

그가 이렇게 말하자 철호의 얼굴이 거의 사색으로 변했다.

"너네 둘 다 미쳤구나. 여긴 철책선 앞이야. 넘어가면 죽는다고."

"우린 이미 여러 번 넘어갔었어. 길은 누구보다 잘 알아. 조용히 갔다 오면 돼."

그가 은채의 손을 꽉 움켜잡았다. 은채는 약간 움찔했으나 순순히 그를 따라 초소 밖으로 나왔다. 그리고 두 사람은 앞으로 나아갔다. 철호는 아무 말도 할 수 없었다. 소리를 크게 지르면 옆 초소에서 애들이 달려올 것이다. 문제가 커져서는 안 된다. 만약 부대에서 초소에 여자가 있다는 걸 알게 된다면? 철호는 주먹을 꽉 쥐며 이를 악물었다.

그는 약 한 시간 가량 기어서 앞으로 나아갔다. 은채는 거의 죽을 것처럼 헐떡이며 그를 따라왔다. 그는 악을 썼다. 미친년이야. 씨팔, 진짜 미쳤어. 동시에 그는 어차피 모든 게 미친 장난이니까 즐기면 그뿐이라고 흥분하고 있는 자신을 달랬다. 태어난 것 자체가 미친 지랄이었으니까 더 이상 욕하지 말자. 은채라는 여자는 지금 이 순간 도대체 무슨 생각을 하고 있을까, 그는 매우 궁금해졌다. 그러나 여자에 대해 남자가 무엇을 알 수 있을까.

그는 수색을 나와 잠복하곤 했던 곳까지 다 왔다. 여기서는 기다리는 수밖에 없었다. 더 나아갔다가는 북쪽 애들의 총질에 몸이 걸레가 될 게 뻔했다. 숲이 깊었다. 은채는 그의 팔을 꽉 붙들고 떨고 있었다.

"무서워?"

그가 물었다.

"조금."

은채가 이를 악물며 대답했다.

"뭘 하려는 거지?"

그가 은채의 눈을 쏘아보며 다시 물었다.

"모르겠어. 나도 정말 모르겠어. 내가 미쳤나봐."

은채는 숨가쁜 목소리로 마치 허공에 대고 말하듯 중얼거렸다.

"돌아가고 싶니?"

"아니."

"좋아."

두 사람은 헐떡임이 멈출 때까지 드러누워 짙은 어둠의 치마를 두른 하늘을 올려다보았다.

"여기가 정말 북이야?"

은채가 입을 열었다.

"아니, 여긴 비무장지대야. 북쪽과 남쪽 그 어디에도 속하지 않은 순수의 땅이야. 우린 조금 전에 남방한계선을 넘어온 거야."

"무슨 말인지 잘 모르겠어."

"상관없어. 난 갱이 될 거야. 그리고 여길 사려고 해."

"왜?"

"여긴 자연 그대로야. 역사의 시간이 멈춘 곳이니까. 오염되지 않았어. 여긴 자연 그대로 있어야만 해."

"역시 네가 미친 줄 알고 있었어. 나도 너처럼 갱이 될게."

"아냐, 넌 변호사가 되는 게 좋겠어. 나를 대리해줘."

"좋아. 뭐든지. 난 널 사랑해."

은채가 그에게 입을 맞췄다. 그들은 부둥켜안고 서로를 애무했다. 풀소리가 크게 났다. 그들은 그들이 낸 소리에 질겁할 것처럼 놀랐다. 그들은 서로 떨어져 주위를 둘러보았다. 그는 직감적으로 자신들 머리 위로 드리워진 소총의 그림자를 느낄 수 있었다.

"이봐, 친구. 총소리를 내고 싶지는 않겠지."

그가 고개를 들며 말했다. 1, 2미터쯤 떨어진 풀 사이로 총구가 삐죽 나와 있었다. 조금씩 풀이 흔들리며 총을 든 사내가 몸을 내보였다. 얼굴을 온통 검게 칠한 북쪽 아이였다. 불안해하는 눈동자는 그의 나이가 갓 스물이나 되었을까말까 하다는 것을 알려주었다.

"아직 어린애군. 여자도 모를 것 같은데."

그가 미소를 띠며 말했다.

은채도 고개를 돌려 그 아이를 쳐다보았다. 그리고 살짝 웃어주었다.

북쪽 아이는 이 광경이 도저히 믿어지지 않는다는 듯이 그들을 뚫어져라 쳐다보고 있었다.

"자, 이리 와. 우린 한두 번쯤 만난 것 같은데, 안 그래? 언제 여기로 왔니?"

그가 움직이려 하자 북쪽 아이는 총을 눈 높이로 올려 그를 겨냥했다.

"좋아. 우린 싸우러 온 게 아냐. 우린 사랑을 하려는 것뿐이야. 너 여자랑 사랑해본 적 있냐? 물론 없을 거야. 어때? 이 여자 예쁘지 않니? 남쪽 여자야. 북쪽 남자를 만나고 싶어해서 내가 데려왔지. 이봐, 친구. 우린 담배도 나눠 피운 적이 있었어. 여자라고 다를 게 없지 않니? 내 말 무슨 뜻인지 알아듣겠어? 난 너에게 기회를 주고 싶어. 어때? 저기 숲으로 가. 여자도 갈 거야. 재밌을 것 같지 않니? 난 여기서 꼼짝도 않을게. 자, 봐. 나한텐 총도 없어, 안 그래?

네가 서 있던 숲으로 들어가."

그가 말을 멈추자 북쪽 아이는 한동안 제자리에 가만히 서 있었다. 그리곤 뒷걸음질을 쳤다. 아주 천천히. 그를 향해 총을 똑바로 겨냥한 채. 협상은 성공한 것 같았다. 그 아이의 몸이 반쯤 숲에 가려졌을 때 그는 은채를 일으켜 그쪽으로 가게 했다. 그 아이의 몸이 숲에 완전히 가려졌고, 총구가 잠시 보였지만 곧 사라졌다. 은채도 숲으로 들어갔다. 잠시 후 남녀의 옷 벗는 소리가 들릴 듯 말 듯 들려왔다. 그리고 숨이 넘어갈 듯한 신음 소리. 아마도 은채가 소년의 몸을 올라타고 쾌락을 향해 치닫고 있는 것 같았다. 그는 벌떡 일어나 북쪽 아이의 목을 따버리고 싶다는 생각이 들었지만 끝까지 자리에 앉아 있었다. 북쪽 아이는 오래 버티지 못하는 것 같았다. 그렇지만 은채는 끝까지 전투적으로 북쪽 아이를 괴롭혔다. 아마도 북쪽 아이는 연속 두 번을 발사하고 나가떨어진 것 같았다. 얼마 뒤에 은채가 웃으며 기어왔다. 은채는 그를 향해 일부러 피곤한 기색을 드러내보였다. 그러나 이내 곧 낯빛을 싹 바꾸고는 도발적인 미소를 띠며 말했다.

"난 북쪽 사내의 아이를 낳을 거야."

그들은 왔던 길을 기어서 초소로 돌아왔다. 이미 새벽 4시를 넘어서고 있었다. 철호는 올라온 교대조를 내려보내고 아침 7시까지 근무를 서겠다고 우겼다고 했다. 중대장이 나오는 시간이 7시 반이니까 그때까지 은채를 돌려보내고 내려갈 수 있을 것 같았다. 그는 은채를 데리고 산을 내려갔다.

김정수는 1998년 7월 13일 군에서 나왔다. 그는 여전히 총을 가지고 있었다. 철호가 제대할 때까지 총을 가지고 진짜 갱 노릇을 할 수 있을 것 같았다. 더구나 은채까지 옆에 있었다. 영악한 변호사가 저지르는 범죄마다 깡그리 지워 없애주는 최고의 갱. 그의 두 번째 생이 시작되고 있었다.

　그가 제대하고 가장 먼저 찾아간 사람은 그의 쌍둥이형이었다. 뇌성 마비로 태어나 언어 장애가 있는, 그와 똑같이 생긴 형이었다. 그가 군에 있을 때 아버지가 죽었고, 의붓어머니는 행방 불명이 되었다. 그는 그와 형을 낳은 어머니의 얼굴을 본 적이 없었다. 그는 이제 형을 책임질 유일한 가족이다. 그러나 가족이 있으면 갱이 될 수 없다는 생각이 그를 괴롭혔다. 그의 마음을 알고 있는지 모르겠지만 형은 그가 제대하기 며칠 전 자살을 기도해 지금은 병원에 있다. 그가 병실 문을 열고 들어갔을 때 형은 잠들어 있었다. 그는 마치 형이 죽은 것처럼 느껴졌다. 형은 뇌성 마비에 언어 장애가 있었지만 총명했다. 우수한 성적으로 대학에 입학할 기회가 주어졌지만 형은 진학하지 못했다. 형은 불구인 자신이 신체 검사를 받아야 한다는 사실 자체를 견디지 못했다. 형은 멋진 인생을 살고 싶어했지만 남들과 같지 않다는 이유로 번번이 좌절했다. 대학을 포기한 뒤 형은 살고자 하는 의욕을 잃었다. 형은 인생의 허무를 너무 늦게 깨달았던 것이다. 형이 눈을 떴다. 그는 아무 말 않고 조용히 웃었다. 형은 보는지 마는지 알 수 없는 시선으로 그를 쳐다보았다. 형은 왼손에 붕대를 감고 있었다. 형이 죽으려고 했을 때 그 자리엔 면도날이 깊이 박혀 있었을 것이다. 그는 형을 향해 최대한 활짝 웃으며 입을 열었다.

　"형, 잘 있었어? 뭐 좀 먹을래? 빵 사올까?"

　형은 무슨 말을 하려는 듯 그를 향해 초점을 맞추었지만 몸을 까

닥하거나 하지는 않았다. 그는 형의 머리칼을 한번 쓰다듬고는 먹을 걸 사기 위해 밖으로 나갔다.

그가 병원으로 돌아왔을 때 형은 눈을 뜨고 있었지만 그를 보고서도 꼼짝하지 않았다.

"형, 뭘 좀 먹겠어?"

그는 봉지를 내려놓으며 말했다. 형은 이제는 한풀 꺾여 부드러워진 눈빛으로 물끄러미 그를 바라보았지만 아무런 말도 하지 않을 것 같았다. 그는 봉지에서 빵을 꺼내 먹기 시작했다. 빵을 한번 베어먹고는 형을 보고, 우유를 한 모금 마시고는 다시 형의 얼굴을 살폈다. 그가 빵을 다 먹는 동안 형은 그게 미소일까 싶은 희미한 웃음기를 얼굴에 그리며 그를 바라보았다. 그는 형의 왼쪽 팔목을 붙잡았다.

"손은 왜 그랬어? 이젠 내가 보살펴줄게."

형이 고개를 돌리며 무어라고 중얼거리는 것 같았다.

그는 이미 형의 대답을 알고 있었다.

'정수야, 난 죽으려고 했어.'

그는 형의 얼굴을 외면한 채 빵을 하나 더 꺼내 입 안에 넣고 꾸역꾸역 삼켰다.

도무지 움직일 수 없을 것 같던 형이 오른팔을 뻗어 그를 툭 쳤다. 형의 눈은 그에게 말하고 있었다.

'내가 원하는 것을 하게 해줘.'

그러나 그는 형이 원하는 것을 하도록 방치할 수는 없다고 되풀이 생각했다.

'형, 형은 내가 원하는 게 뭔지 알아?'

그는 속으로 형에게 묻고 있었다.

'형과 내가 서로 바뀌는 거야. 내가 형 대신 죽었으면 좋겠어. 형은 나 대신 아주 훌륭한 일을 할 수 있을 텐데. 형이 죽으면 모든 게 끝이야. 내가 형을 위해 할 수 있는 일이라면 바로 내 몸을 형에게 빌려주는 것뿐이야. 그런데 그렇게 할 수가 없어. 우리 몸이 뒤바뀔 수는 없잖아.'

형은 그를 바라보며 눈물을 흘렸다. 그도 형을 바라보았다. 그는 자신의 눈에서도 이미 눈물이 흘러내리는 것을 느꼈다.

다음날 그는 형을 퇴원시켜서 집으로 데려왔다. 형은 며칠 동안 별로 먹지를 않았다. 형은 그에게 말하곤 했다. 이제 더 이상 살고 싶지 않다고. 단 한 번의 실연과 낙방과 해고, 형이 태어나던 순간부터 몸에 달고 다녔던 죽음의 냄새. 이 모든 것이 형을 더 이상 이 세상에 살 수 없도록 만들었다. 그는 문득 형을 죽여야 할 것 같다는 생각을 했다.

그는 지난 여름 휴가 때 선영과 함께 지냈던 바닷가의 외딴 집을 생각했다. 이미 남의 아내가 된 여자와의 싱거울 뻔한 정사가 사실은 땀범벅을 만들었던 그곳을. 그곳은 폐가였고, 아무도 살지 않았다. 돌보는 사람도, 아니 혹 지나치다 비를 긋기 위해 멈추는 사람조차 없었다. 그곳을 발견하고 그들은 너무도 좋아서 낄낄거리며 밤새 웃었다. 그날 밤 옛 연인들은 지독한 쾌락에 몇 번이나 몸을 떨어야 했었다. 그는 그곳에서라면 자신도 즐거운 마음으로 죽을 수 있을 것 같다는 생각을 했었다. 그때 그는 이미 형을 대신해서 유서를 썼는지도 모른다. 한 통은 선영 앞으로, 한 통은 그의 형 앞으로, 한 통은 자기 자신에게.

그는 형을 차에 태우고 바닷가 근처로 갔다. 그들은 마을에 단 하나뿐인 여인숙에 들었다. 거의 자정이 가까운 시간이었다. 그는 형을 들쳐업고 마치 술에 만취한 사람을 데리고 온 것처럼 여인숙에 들어섰다. 주인은 눈을 비비며 나와 그에게 방을 내주었다. 그는 새벽 2시쯤 방에서 나왔다. 주인은 깊이 잠들어 있었다. 그는 다시 형을 업었다. 그리고 차를 몰아 선영과 함께 지낸 외딴 집으로 갔다. 형은 무게가 없는 사람처럼 느껴졌다. 사실은 형이 그보다 무게가 조금 더 나갔다. 형은 건강한 편이었다. 형은 지금 자신이 죽게 되리라는 것을 아는 사람처럼 넋이 나가 있었다. 그러나 가끔씩 미소를 띠며 그를 격려하는 듯 보였다. 그는 형을 눕혔다. 그리고 집을 나왔다.

그날 밤 그는 다시 차를 몰아 여인숙으로 돌아왔다. 그는 아침에 주인과 몇 마디를 나누었다. 술에 취한 친구는 새벽에 아내가 찾아와 택시를 타고 떠났다고 말했다. 주인은 새벽에 자동차 소리를 들은 것 같다고 대꾸했다. 그는 지난 여름에 왔을 때 해변에서 좀 떨어진 곳에 폐가가 하나 있었는데 지금도 있느냐고 물었다. 주인은 그렇다고 대답했다. 그는 그곳을 한번 둘러보고 올라가야겠다고 말했다. 주인은 아무도 없는 곳에서 뭘 보겠느냐고 물었다. 그는 그저 지난 여름에 그곳에 추억거리를 묻어두고 왔노라고 대답했다. 주인은 꽤 낭만적인 친구라고 그를 보며 웃었다. 그는 차를 몰고 떠났다. 주인이 작은 창으로 고개를 빠끔 내밀고 그가 떠나는 것을 바라보았다.

그는 바닷가의 외딴 집으로 돌아왔다. 형은 꼼짝도 하지 않고 누워 있었다. 그는 형과 자신을 비교해보았다. 형과 그의 키는 거의 같았다. 형은 말을 하지 못하고 그는 말을 했다. 형은 왼쪽 팔이 불편하지만 억지로 팔을 펼 수는 있었다. 다리를 약간 절지만 왼쪽 다리가 오른쪽 다리보다 2센티 가량 짧다는 것을 제외하고는 정상과 다름없었다. 형은 그와 별다를 바가 없었다.

그는 이제 결심을 해야 할 시간이 왔음을 깨달았다. 형이 원하는 것을 해주어야만 한다. 동시에 그가 바라던 것, 즉 형과 아우가 서로 뒤바뀌는 것! 그는 총을 꺼냈다. 형은 그를 바라보았고, 그도 형을 내려다보았다. 형은 모든 것을 알고 있는 것 같았지만 여전히 아무런 말도 하지 않았다. 앞으로도 영원히 그럴 것이다. 그는 형의 고개를 왼쪽으로 돌려놓았다. 그리고 베개로 형의 머리를 덮었다. 그리고 방아쇠를 당겼다.

형의 시체는 다음날 아침에 발견되었다. 사람들이 경찰을 불러왔다. 아마도 경찰은 유서를 발견했을 테고, 그것을 보고 가족들에게 연락을 취하려고 할 것이다. 그가 형의 죽음 소식을 들은 것은 이틀 뒤였다.

경찰이 와서 그에게 동생이 죽었다고 말했다. 권총으로 자기 목덜미를 쏘아서 죽었다는 것이었다. 그는 멍하니 천장을 바라보다가 일어나 죽어야 할 사람은 바로 난데, 라고 수화로 말했다. 경찰은 그의 말을 알아듣지 못했으며, 그가 벙어리라는 것에 약간 놀라는 것 같았다. 그는 형의 시신을 확인하기 위해 경찰을 따라 시체 안치소로 갔다. 그는 자신의 동생이 틀림없다고 그들에게 확인시켜주었다. 경찰들은 다른 친척이 없느냐고 물었다. 그는 친척들의 주소와 전화번호를 삐뚤삐뚤하게 적어주었다. 경찰들이 무전으로 친척에게 연락하라고 얘기하는 것을 그는 들을 수 있었다.

형의 뼛가루는 아버지의 뼛가루가 뿌려졌던 강물 위로 뿌려졌다. 그러나 그는 형의 뼛가루를 다 뿌리지 않고 조금 남겼다. 형을 모조리 내버릴 수는 없었다. 그는 이제 형이 되었다. 죽은 것은 바로 자기 자신, 그의 사랑하는 동생이었다. 이제 그는 형으로 살겠다고 맹세했다.

그는 갱이 될 것이다. 만약 범행이 발각되거나, 경찰이 조사를 하면 벙어리 행세를 할 것이고, 그가 뇌성 마비라는 것도 밝혀질 것이다. 그에게 유죄를 선고하는 일은 없을 것이다. 그는 진정한 갱이 될 것이며, 아무도 그가 갱이라는 사실을 알지 못할 것이다. 그는 벙어리에 뇌성 마비 환자일 뿐이니까. 그는 이제 새로운 존재로 거듭났다. 갱은 은행을 무작위로 털고, 셀 수도 없는 돈을 긁어모아 급기야는 DMZ를 통째로 사게 될 것이다. 얼마나 멋진 인생인가!

갱이 된 뒤로 그의 삶에서 생활이란 존재하지 않았다. 그는 삶을 악마에게 맡긴 예술가가 되어버린 기분이었다. 악마는 그에게 다른 사람을 죽이고서도 아무런 죄책감이 들지 않을 만큼의 뻔뻔스러움을 제공하였다. 그는 이 같은 거래에 대해 대체로 만족스러워하였다. 가끔 그는 군인이었던 시절을 그리워하곤 했다. 갱이란 죽이는 일 외엔 다른 것이 없었다. 군인이나 갱이나 죽이는 직업임에는 틀림없었지만 군인이 대의 명분에서 약간 앞섰다. 하지만 이토록 끔찍하게 권태롭고 평화로운 시대에는 쓸모 없기는 군인도 마찬가지였다. 그는 자기만의 전쟁을 선포하고 적들을 해치우기로 마음먹었다.

2

퀵서비스

어떻게 살 것인가? 혹은 어떻게 죽을 것인가? 후자가 전자를 결정한다. 그러므로 어떻게 살 것인가 하는 방법론은 어떠한 죽음을 맞이할 것인가 하는 목적론에 종속된다. 그러므로 죽음은 삶을 결정한다. 적어도 그에게 있어서는 그랬다.

그는 자신을 비롯한 몇 사람의 죽음에 관해 생각해두고 있었다. 그는 자신의 죽음을 살인이라는 약간 예외적인 방식으로 맞이하리라고 예측하였다. 자연사나 병사 혹은 자살 따위와는 전혀 다른, 말하자면 사형 집행이었다. 그것은 갱으로서의 그의 삶을 규정한다.

한때 대통령 경호부대의 행정병으로 일했던 그는 대통령이 부대를 방문했던 날 총에서 공이를 제거하라는 명령을 받았다. 부대 내부의 저격자가 대통령을 살해할 수 없도록 사전에 막는다는 이유에서였다. 대통령 경호부대 군인들이 무장 해제 상태라면 누가 대통령을 보호한단 말인가. 물론 몇몇 특수 요원들만이 그 책임을 맡을 것이다. 그렇다면 대통령 경호부대는 더 이상 존립할 의의가 없었다. 그날 이후 그는 줄기차게 전출을 요구했다. 정작 그가 근무하고 싶었던 곳은 압록강 국경 경비대나 독도 수비대였다. 그러나 압록강은 북한 병사의 몫이었고, 독도는 민병대의 몫이었다. 그가 갈 수 있는 최전선은 남방한계선 철책이었다. 그래서 그는 수색대가 되었다.

그는 가끔 비무장지대로 무장한 채 들어가 수색 작전을 펼쳤다. 그가 만날 수 있었던 것은 노루와 꿩과 토끼, 멧돼지 등이었다. 물론 숲과 나무들, 그 사이에 깃들여 성스러운 노래를 부르는 새들도 있었다. 가끔은 북쪽 병사와 눈이 마주칠 때도 있었다. 그때마다 그들은 서로 눈짓을 하며 뒤로 물러섰다. 드물게는 저쪽에서, 담배 있소? 하면 야전 상의에 넣어둔 담배 한 갑을 던져주기도 하였다. 명절 때 떡 먹었소? 하고 인사를 주고받기도 하고 담배를 한 개비씩 바꾸어 핀 적도 있었다.

그리고 남·북한 병사들 모두 DMZ 안에서만큼은 진정으로 무장 해제되기를 원했다. 이곳은 평화 구역이니까. 남과 북은 시끄러웠지만 여기는 침묵과 고요의 땅이다. 비록 일시적인 정전 상태에 처한 한 뼘의 공간에 불과했지만 말이다. 그가 바란 것 가운데 하나는 비무장지대를 벌거벗은 채 건너는 것이었다. 무기를 들지 않았다는 것에서 한 발 더 나아가 몸의 완벽한 무장 해제. 더 열망하자면 한 여자와 사랑을 나누는 것. 혹은 몸의 상처를 핥아주는 것. 역사 때문에 얻은 남자들의 상처와 이 땅에 여성으로 살기 때문에 당하는 아픔을 아낌없이 빨아내고 독을 뱉어내는 일. 여기서만큼은 그게 가능하리라 꿈꾸었다.

그에게 총을 준 철호는 군수 담당 하사관 가운데 말단이었다. 그가 휴가 때부터 가지고 나오곤 했던 총은 장부에는 늘 훈련용으로 잡혀 있었다. 검열이 나올 때면 그 총은 부대로 돌아와 있었고, 검열을 받은 뒤에는 그의 손에 다시 건네졌다. 실탄은 사격 훈련이 있을 때 충분한 양을 장부에서 뗀다. 총을 가진 뒤로 그의 삶은 가볍고 자유로웠지만 그만큼 위험하고 죽음에 가까운 것이었다. 그는 그 총으로 많은 범죄를 저지르게 될 것이다. 그러나 그가 그렇게 살기로 한 이상 그것의 타당성 내지는 현실 가능성 여부를 따질 필요는 없다. 또한 아무도 그에게 그렇게 살아서는 안 된다고 설교할 수도 없다. 그런 바에야 차라리 그를 죽이는 게 더 낫다. 그렇게 살지 못한다면 그는 시체에 불과할 테니까.

첫번째 희생자는 뜻밖에도 그의 형이었다. 애초부터 형은 세상에 태어나는 것이 싫었던 모양인지 어머니의 자궁으로부터 떨어지기를 완강히 거부했고, 자궁에 유착된 몸을 의사들이 억지로 빼내려고 했을 때는 어머니와 함께 죽기로 각오한 듯하였다. 그러나 형은 반쯤 죽은 상태로 태어났고, 세상에 나오기를 열망했던 그는 재빠른 수술 덕에 빛을 보게 되었다. 그러나 그는 날 때부터 어머니의 죽음과 형의 고통을 등에 짊어지고 있었다. 그는 자신이 딱딱한 등껍질을 가진 야생 동물과도 같다는 생각을 자주 했었다. 그가 제대하자 형은 그에게 더 이상 살고 싶지 않다고 말했다. 그는 형에게 인간도 역사도 권력도 없는 자연의 땅으로 보내주겠노라고 약속했고, 그래서 그는 형을 쏘았다. 쌍둥이는 금세 하나가 되었다. 그는 자신의 장례를 치렀다.

그는 은채에게 전화를 걸었다. 은채는 그에게 잘 지내느냐고 물었다. 그는 그럭저럭이라고 대답했다. 그는 은채에게 학과의 친구들 명의를 빌려 수십 개의 계좌를 만들어놓으라고 부탁했다. 그리고 PC나 전화로 자유롭게 이체가 가능하도록 만들라고 했다. 은채는 식은죽 먹기라고 대답했다. 서울역 부근 노숙자들에게서 주민등록증을 값싸게 사서 계좌를 개설할 수도 있으니 염려 말라는 말도 덧붙였다. 그는 다시 연락하겠다고 말하고 전화를 끊었다. 은채는 이제 확실한 공범이 되어가고 있었다.

그는 제대 후 보름 동안 아무 일도 하지 않았다. 거의 먹지도 않았고, 수염을 깎거나 잘 씻지도 않았다. 매일 밤 지하철역에 나가 오가는 사람들을 구경하는 게 그가 하는 일의 전부였다. 열여섯째 날 그는 저녁에 집을 나섰다. 엘에이 다저스 모자를 눌러쓰고 두꺼운 뿔테 안경을 낀 채였다. 저녁 9시가 조금 못 된 시각이었다. 그는 가까운 사거리의 무인 은행으로 갔다. 그리고 현금지급기에 캐시 카드를 넣고 인출 버튼을 눌렀다. 비밀 번호를 입력하라는 화면이 떴다. 그는 번호를 눌렀다. 비밀 번호가 틀립니다, 하고 기계음이 말했다. 그리고 캐시 카드가 튀어나왔다. 그가 다시 번호를 입력했지만 역시 마찬가지였다. 그는 다시 번호를 눌렀고 역시 틀렸다는 답이 나왔다. 그가 다시 한 번 번호를 누르자 이번엔 창구에 문의하시오, 라는 화면이 떴고, 캐시 카드는 반환되지 않았다. 그는 현금지급기 옆에 달려 있는 경비 회사와의 직통 전화를 들고 번호를 눌렀다. 누군가 전화를 받았다. 그는 기계가 고장이 나서 카드와 현금이 인출되지 않는다고 말했다. 그러자 상대방은 잠시만 기다리면 직원이 나가서 문제를 해결해드리겠다고 친절하게 대답했다. 잠시 후에 경비 회사 직원이 나타났다. 경비 회사 직원은 그에게 사고 원인을 물었고, 현금지급기로 연결된 문을 열고 안으로 들어갔다가 그의 카드를 들고 다시 나왔다. 그는 총을 꺼내들고 허리춤에 찬 가스총과 무전기를 내려놓으라고 경비 회사 직원에게 말했다. 경비 회사 직원은 그가 가지고 있는 총이 진짜인지 확인하려는 듯 눈을 반짝거렸다. 그가 탄창을 빼냈다가 급히 다시 꽂았다. 그리고 노리쇠를 전진 후퇴시켜 보였다. 45구경이군요, 하고 경비 회사 직원이 말했다. 그는 고개를 끄덕였다. 경비 회사 직원은 허리띠를 풀어 가스총과 무전기를 내려놓았다. 그는 돈을 모두 꺼내오라고 말했다. 경비 회사 직원이 안으로 들어가 돈을 꺼내왔다. 그는 비닐 가방을 바닥에 내던지며 경비 회사 직원에게 돈을 가방에 넣으라고 했다. 돈이 가방에 가득 차자 그는 경비 회사 직원을 시켜 돈 가방을 차에다 싣도록 하였다. 그리고 자동차의 키를 건네받았다. 그는 경비 회사 직원에게 아랫도리를 몽땅 다 벗으라고 명령했다. 그리고 무인 은행에 설치된 전화선을 끊었다. 그는 아랫도리를 벌거벗은 채 쪼그리고 앉아 있는 경비 회사 직원을 남겨두고 차에 올라탔다. 사거리를 지나 곧바로 우회전을 했다. 그는 모자와 안경을 벗고, 셰이빙폼과 면도기를 꺼내 면도를 한 뒤 휴지를 꺼내 닦았다. 겉옷을 벗어 가방에 넣고는 피자 가게가 있는 건물 뒤쪽 골목에 차를 세웠다. 차에서 내릴 때 그는 군복 차림에 군용 배낭을 메고 있었다. 그는 차를 버려두고 큰길로 나와 택시를 탔다. 그날은 목요일이었고 우리나라의 군인들이 제대하는 날이었다. 그의 왼쪽 명찰 위에는 예비군 마크가 달려 있었다. 운전사는 제대를 축하한다고 말했고, 그는 애인이 부대 앞까지 마중 나와 함께 지내다가 이제서야 집에 가게 되었다고 말했다. 그는 한 번도 가보지 못한 동네의 이름을 댔고 운전사는 그를 낯선 동네의 큰 은행 앞에 내려주었다. 그는 택시에서 내려 은행으로 들어갔다. 그리고 약간의 돈을 입금시켰다. 그는 그 동네에서 눈에 띄는 은행마다 들러 돈을 나누어 입금시켰다. 아직도 돈은 가방에 가득했지만 한결 가벼워졌다. 그는 카페가 있는 건물로 들어가 화장실에서 옷을 다시 갈아입었다. 그리고 큰길로 나가 버스와 지하철을 여러 번 갈아타고 집으로 돌아왔다. 그 다음날 그는 이사를 했다. 그의 집은 이미 계약 기간을 넘겨 보증금까지 다 까먹은 상태였고, 밀린 월세가 열 달이나 되었다. 그는 주인에게 전화를 걸어 밀린 월세는 이미 입금시켰고, 오늘 당장 이사를 하겠노라고 말했다. 계약서는 눈에 잘 띄는 곳에 놔두었다. 그것으로 끝이었다. 그는 이제부터 그 어디에도 살지 않는 사람이 되기로 작정했다.

그는 무인 은행을 털고 온 날 밤 텔레비전 뉴스에서 CCTV에 희미하게 찍힌 자신의 모습을 보았다. 그는 은행에 들어가는 순간부터 뒷걸음질쳐서 현금지급기 앞으로 다가갔으며 모자를 쓴 채 최대한 고개를 숙이고 기계를 작동했고, 경비 회사 직원이 왔을 때는 지급기에 등을 기댄 채 서 있었다. 그는 웃옷 깃을 최대한 세우고 있었고, 두꺼운 검은 뿔테 안경에 수염을 기르고 있었다. 경비 회사 직원도 첫눈에 그를 의심한 것이 분명했다. 하지만 그에게 총이 있을 줄은 상상도 못했으리라. 그가 흉기, 즉 칼과 같은 것으로 위협한다면 충분히 대응할 만반의 준비를 갖추고 있었을 것이다. 그러나 그가 가지고 있었던 것은 45구경 권총이었고, 경비 회사 직원은 감히 대항할 엄두를 내지 못했다. 그는 경찰이 현금지급기에 찍힌 캐시 카드 넘버를 추적하리라는 것을 잘 알고 있었다. 그래서 다른 사람의 캐시 카드를 손에 넣기 위해 거의 매일 막차가 들어오는 시간이면 지하철역에 가 있곤 했다. 며칠 전 한 남자가 역 앞에서 토하고 있었다. 그는 그의 뒤로 가서 등을 두드려주며 집이 어디냐고 물었다. 사내는 일원동이 집이라고 말했다. 사내는 지하철을 반대 방향으로 타고 온 것이었다. 그는 마침 자기도 가려는 곳이 그쪽이니 택시를 같이 타자고 말했다. 택시에서 내릴 때 그가 돈을 내려고 하자 사내가 큰소리를 치며 자신이 내겠다고 나섰다. 그가 계속 우기자 사내가 지갑을 꺼내 돈을 내려고 하였다. 그는 일부러 사내의 손을 쳐서 자기 쪽으로 지갑을 떨어뜨렸다. 그리고 일른 눈에 띄는 카드를 한 장 뽑아냈다. 사내는 택시비를 내면서 한잔 더 하지 않겠냐고 말했다. 그는 집에 마누라가 기다리고 있다며 꽁무니를 뺐다.

그날 마감 뉴스는 경찰이 용의자를 체포했으나 그 사내는 일주일 전에 카드를 잃어버렸으며 알리바이도 분명했다는 소식을 전했다. 더 이상 자신에 대한 얘기가 나오지 않자 그는 텔레비전을 끄고 잠을 잤다.

다음날 아침 그는 대학 입학 기념으로 샀던 수동 타자기를 꺼내 책상 위에 올려놓았다. 종이를 끼우고 아무렇게나 두들겨보았다. 컴퓨터 자판을 두들길 때와는 전혀 다른 뭔가 박진감 넘치는 소리가 들리면서 사람을 묘하게 흥분시키는 듯한 느낌이 들었다. 타자기는 매우 직접적인 감각에 호소하면서 쇠로 만든 활자가 먹끈을 때리며 종이 위에 글자들을 새겼다. 그는 깨끗한 종이로 갈아끼운 뒤 오래 전부터 꼭 쓰고 싶어했던 살생부를 썼다. 살생부의 타이틀은 아주 우스꽝스러웠다. '통일 후 DMZ에 들어갈 수 없는 사람들의 명단.' 그러나 그런 거창한 타이틀을 걸지 않더라도 그저 몇몇 인간들을 죽이는 일은 흥미로운 일이 될 수도 있을 것 같았다. 안중근이나 윤봉길 등과 같은 사람들이 역사에 기록된 것은 그들이 특정인을 살해했다는 것 때문이 아니었을까, 하고 그는 생각했다.

그는 신도시의 작은 아파트로 이사했다. 그곳엔 주로 혼자 사는 독신자들이 입주해 있었다. 그는 제일 먼저 자전거를 한 대 샀다. 근처에 호수가 있는 넓은 공원에서 풍경들을 바라보면서 느린 속도로 자전거를 타는 사람들이 멋있어 보였기 때문이다. 그는 저녁마다 공원으로 가서 자전거를 타고 어슬렁거렸다. 저녁이 오면 공원의 길들에는 가로등이 켜졌다. 노란 불빛은 따뜻하고 에로틱하게 느껴졌다. 사람들이 아름다워 보였다. 도시 한가운데 인공 공원을 만들 생각을 한 사람들은 예술가들이 아니라 행정가들이다. 가끔은 그들도 꽤나 도움 되는 일을 할 수 있다는 게 오히려 신기하게 느껴졌다. 그는 행정가들이 베푼 혜택을 마음껏 누려보자는 심사로 저녁마다 공원에 나와 자전거로 산책을 했다. 가끔은 공원 외곽으로 자전거를 힘껏 밟고 달리기도 했고, 때로는 자전거를 밀며 걷기도 하였다. 강물은 불빛들을 반사하고 있었고, 그는 흔들리는 빛의 물결 사이로 자전거를 타고 지나갈 수 있었으면, 하고 생각했다. 그는 늦게까지 자전거를 타고 다니다가 돌아와 아파트 베란다에 오랫동안 앉아 있기도 하고, 혼자 술을 마시다가 새벽에서야 잠들곤 했다.

보름 뒤 그는 시내로 나가 제과 전문 학원에 등록을 했다. 그는 보름 동안 빵 만드는 기술을 배웠다. 그는 케이크반에서 수강했다. 그가 즐겨 만든 것은 초콜릿 케이크였다. 요즘은 생크림이 유행이어서 그쪽으로 많은 수강생들이 몰렸지만 그는 검고 단아해 보이는 초콜릿 케이크만을 만들었다. 여자 수강생들은 생크림을 짜서 케이크 위에 올려놓는 일에 열심이었다. 그는 여자들이 자기네 얼굴에 화장을 하듯 크림을 발라대는 꼴을 보며 웃곤 하였다. 그의 검은 초콜릿 케이크는 언제나 남성다운 기품이 흐르고 있었다. 그는 동그랗고 매끄러운 표면에 아무런 장식도 하지 않은 케이크만 구웠다. 가끔 그 위에 이름의 이니셜을 쓰곤 했다. 해피 버스데이 K, G, O, U 등등.

학원에는 보름 간만 다니고 더 이상 나가지 않았다. 그 대신 집에서 직접 실습을 해보았다. 그는 학원에 있는 것과 같은 종류의 작은 오븐을 구입했다. 기계는 독일제로 케이크 모양으로 밀가루를 반죽해 올려놓으면 약 25분 만에 케이크를 구워낸다. 그 위에 초코 시럽을 골고루 바른 뒤 다시 10분 가량 약한 불로 익힌다. 잠시 뒤 멋진 냄새를 풍기며 초콜릿 케이크가 구워져 나온다. 그는 케이크 속을 뻥 뚫어놓고는 그 위에 초콜릿 시럽을 입히고 구멍을 잡동사니로 채운 뒤 굽기도 하였다. 그리고는 텅 빈 공갈 케이크에 포장까지 멋지게 하곤 했다.

그는 케이크를 배달 받을 자들의 명단을 순서대로 작성했다. 노쇠한 정치인으로 언제나 스스로를 킹 메이커로 자부하면서 권력을 이용해 많은 재물을 모은 자. 이에 해당하는 사람들이 그 첫번째 그룹이었다. 해당자는 모두 여섯이었다. 옛 장성 출신이 둘이었고, 정치 9단이 둘, 나머지 둘은 언론인 출신이었다. 총으로 국민을 위협한 자와 말과 글로써 사람들을 현혹한 자들이 한 꾸러미에 들어간다는 것은 아이러니컬했지만 매우 흥미로운 일이 아닐 수 없었다. 그는 가장 먼저 그들을 죽일 수 있게 되어 마음이 흡족했다.

그는 시내로 나가 오토바이 한 대를 구입했다. 그리고 구석진 동네의 빌딩 지하 사무실을 임대했다. 사무실과 주차장이 바로 연결되어 있어 언제든지 쉽게 들어오고 나갈 수 있었다. 예전에 록밴드들이 사용했던 곳이라고 중개인이 말하는 것을 들었다. 아마도 중개인은 그의 오토바이를 보고서 말하는 것 같았다. 그 록밴드 역시 오토바이 몇 대를 가지고 있었다는 것이다. 중개인은 그도 그런 종류의 일을 하는지 궁금해하는 눈치였지만 그는 아무런 대꾸도 하지 않았다. 그는 오토바이를 타고 시내로 나가 그의 명단에 있는 자들의 주변을 살피곤 하였다.

K의 사무실은 여의도에 있었다. 국회의사당과 매우 가까운 곳이었다. 34층짜리 건물의 19층에 위치한 K의 사무실은 비서실과 회의실, 그리고 K의 집무실로 나누어져 있었다. 가운데가 비서실이었고, 왼쪽이 회의실, 오른쪽은 K의 서재였다. 회의실은 다시 접견실과 대회의실로 나누어져 있었다. 그는 양복 차림을 하고 가끔 그 건물을 들락거렸다. 한번은 K가 사무실에 있을 때 화재 경보기를 누른 적이 있었다. 경보가 울리자 19층에 있는 많은 사람들이 밖으로 튀어나왔지만 K는 나타나지 않았다. K의 비서와 보좌관들도 무슨 일인지 알아보려고 얼굴을 드러냈지만 K의 모습은 끝내 보이지 않았다.

그는 오토바이를 타지 않고 여의도로 나와 K의 사무실 근처에서 어슬렁거렸다. 저녁 6시가 조금 지났을 무렵 K가 국회의사당을 나와 사무실로 들어가는 것이 눈에 띄었다. 그는 K의 사무실에서 서너 블록 떨어진 파리바게트 앞에서 휴대폰으로 퀵서비스를 불렀다. 퀵서비스는 10분 뒤에 나타났다. 그는 빌딩 뒤편에 숨었다. 퀵서비스 직원이 휴대폰으로 전화를 해왔다. 그는 파리바게트가 있는 건물의 3층에 있는 건축 사무실로 오라고 말했다. 퀵서비스 직원이 건물로 들어가는 것을 확인하고 그는 세워져 있는 오토바이로 접근했다. 오토바이의 등받이에 퀵서비스를 알리는 조끼가 한 벌 걸려 있었다. 그는 헬멧을 쓰고 자기의 오토바이 키를 꽂았다. 시동이 걸렸다. 대부분의 오토바이들은 성능이 좋은 오토바이의 키가 낮은 것을 작동시킬 수 있었다. 그는 오토바이를 몰고 K의 사무실로 갔다. 그의 손에는 대형 케이크가 들려 있었다. 오늘은 K의 예순네번째 생일이었다. 그는 오토바이를 후문 앞에 세우고 엘리베이터를 타고 19층으로 갔다. 퀵서비스 복장을 한 사람은 수위가 보고도 굳이 붙잡지 않았다. 그는 비서실로 들어갔다. 비서가 무슨 일로 왔느냐고 물었다. 그는 헬멧의 고글만 위로 올리고는 K의 생일이라 O그룹에서 케이크를 보냈다고 말했다. 비서는 고개를 약간 갸웃하더니 내려놓고 가라고 말했다. 그는 품에서 흰 봉투를 꺼내면서 O그룹에서 이것도 전해달라고 했다면서 지금 즉시 의원님 사인을 받아가지고 돌아가야 한다고 우겼다. 봉투 속에는 고성능 복사기로 위조한 백만원권 수표가 열 장 들어 있었다. 비서는 눈치를 채고는 얼른 일어나 케이크와 봉투, 그리고 퀵서비스 배달 확인증을 받아들고 K의 방으로 들어갔다. 잠시 뒤에 비서가 나오자 그는 확인증을 받아들고 비서실을 나왔다. 그는 엘리베이터를 타지 않고 비상구로 내려왔다. 두어 층을 내려오다 그는 벽면에 붙은 화재경보기를 울렸다. 그리고 엘리베이터를 타고 내려와 건물을 빠져나왔다. 그가 후문 앞에서 오토바이에 시동을 거는 순간 작은 폭발음이 들려왔다. 들렸다기보다는 그의 귀에 들리는 것처럼 느껴졌던 것이다. 케이크 속에는 그가 만든 폭탄이 들어 있었고, 그것은 K의 서재를 박살냈을 것이다. 어쩌면 강도에 따라 비서실과 회의실까지 영향을 미쳤겠지만 40평이 넘는 K의 집무실 밖으로는 폭발이 미치지 못했을 것이다. 그리고 보좌관과 비서들은 화재 경보를 확인하기 위해 밖으로 달려나갔을 테니까 별다른 피해는 없었을 것이다. 그러나 K의 몸은 산산조각났을 것이다.

그는 퀵서비스의 오토바이를 파리바게트가 보이는 대각선 건널목에 세워두고는 근처 정류장에서 가장 먼저 도착한 버스를 탔다. 버스는 곧 여의도를 빠져나와 영등포 쪽으로 달렸다. 그는 영등포 시장 앞에서 내려 눈에 띄는 식당으로 들어갔다. 그가 김치찌개를 다 먹을 때쯤 뉴스 속보가 나왔다. K의원 의문의 폭발 사고로 사망, 다른 인명 피해는 없었음. 그는 계산을 하고 식당을 나와 영등포역으로 갔다. 역 앞 전자 대리점의 쇼윈도에 진열된 텔레비전 수상기에서도 뉴스가 나오고 있었다.

K의원은 비서를 통해 퀵서비스로 배달된 케이크를 전달받았는데 케이크가 2분 뒤 폭발하였다. 경찰은 비서에게 그 케이크가 어디에서 온 것이었는지 추궁하였으나 비서는 한 번도 들어보지 못한 아무개 연구소에서 온 것이었다고 대답했다. 경찰은 아무런 단서를 얻지 못하고 이십대 후반의 퀵서비스 직원만 찾고 있다.

아마도 비서는 K와 O그룹간의 관계 때문에 일부러 이름조차 없는 연구소를 들먹거린 것 같았다. 그러나 지금부터 진위를 파악하기 위해 보좌관들이 O그룹을 닦달할 것이다. O그룹은 그가 두번째로 살해할 G의 사돈이 총수로 있는 그룹이었다. 아마도 G에게도 득달같이 소식이 전해졌을 것이다. 그는 지하철을 여러 차례 갈아타고 신도시에 있는 집으로 돌아왔다.

갱이 된 뒤로 그의 삶에서 생활이란 존재하지 않았다. 그는 삶을 악마에게 맡긴 예술가가 되어버린 기분이었다. 악마는 그에게 다른 사람을 죽이고서도 아무런 죄책감이 들지 않을 만큼의 뻔뻔스러움을 제공하였다. 그는 이 같은 거래에 대해 대체로 만족스러워하였다. 가끔 그는 군인이었던 시절을 그리워하곤 했다. 갱이란 죽이는 일 외엔 다른 것이 없었다. 군인이나 갱이나 죽이는 직업임에는 틀림없었지만 군인이 대의 명분에서 약간 앞섰다. 하지만 이토록 끔찍하게 권태롭고 평화로운 시대에는 쓸모 없기는 군인도 마찬가지였다. 그는 자기만의 전쟁을 선포하고 적들을 해치우기로 마음먹었다.

그는 국회의원 B를 두번째 인물로 선택했다. 그는 재계 출신 전국구 의원으로 경상도 일대에 아주 넓은 땅을 소유하고 있었고, 서울 근교 저택에서 살았다. 그는 B를 죽일 생각은 없었다. 그저 B의 금고만 털 계획이었다. B는 목숨보다 돈을 더 귀하게 생각하니까 결과는 마찬가지일 것이다. B의 집에는 셰퍼드가 네 마리쯤 정원을 어슬렁거렸고, 정원사와 운전사 그리고 경비원이 두엇, 때에 따라 많게는 서넛까지 있었다. 특수 경호원들은 B와 함께 행동했기 때문에 집에 있지 않았다. 그의 계획은 경비 시스템을 뚫고 들어가 셰퍼드와 경비원을 감쪽같이 따돌리고 집에 있는 귀중품을 가지고 나와 사라지는 것이었다.

그는 용산 근처에서 각종 경비 시스템의 비밀 번호를 해킹할 수 있는 소프트웨어를 샀다. 간혹 통신에 해킹 프로그램을 판다는 광고가 떴다 사라지곤 했었다. 그는 몇 번 접선을 하고는 실제로 나가서 구입하지는 않았다. 그 중에 하나는 용산 전자상가에 있는 사람이 띄운 것이었다. 물론 해킹 프로그램이라는 말은 그 어디에도 없었다. 다만 그 사람이 가끔 불법 복제된 소프트웨어를 싼값에 판다고 광고를 올리는 사람들 가운데 하나라는 것만은 분명했다. 그는 그 사람이 일하는 가게로 가서 최신 소프트웨어 CD를 몇 장 사곤 했다. 대개는 정품들이고 값이 비싼 것들이었다. 그리고 복제품도 몇 개 샀는데 값이 싸서가 아니라 국내엔 정품으로 시판되지 않아서였다. 그는 그 가게의 단골이 되었다. 어느 날 그는 주인에게 경비 시스템의 비밀 번호를 해킹하는 프로그램을 살 수 있겠느냐고 물었다. 주인은 그걸 무엇에 쓸 거냐고 물었다. 그는 국회의원 집을 털 계획이라고 말했다. 주인은 웃으면서 그걸 어떻게 믿을 수 있겠느냐고 또 물었다.

"내가 그 집을 털더라도 신문이나 방송에 나오지 않을 가능성이 높아요. 그놈의 집엔 강남의 게임룸과 호텔에서 들어오는 세금과는 전혀 상관이 없는 돈이 가득 들어 있으니까요. 물론 달러도 잔뜩 있죠."

그가 대답하자 주인은 자기가 물건을 대주면 얼마나 내겠느냐고 물었다. 그는 만 달러 정도 주겠다고 대답했다. 주인은 두말 않고 소프트웨어를 건네주었다. 그가 돈을 내려고 하자 만 달러를 기다리겠다면서 도둑이 범행을 저지르겠다고 장담하는 모습이 보기 좋다고 말했다. 그는 자신은 도둑이 아니라 갱이라고 말했다. 주인은 심심할 때 보라며 음란 CD를 몇 장 주었다. 그는 주인에게 한 달 뒤에 다시 오겠다고 말했다. 주인은 웃었다. 그는 그 사람을 자신의 조직원으로 기록했다. 군인 정철호, 예비 변호사 이은채, 그 다음으로 컴퓨터상 모씨.

　대문은 고요하게 열렸다. 그는 정문에 설치된 카메라를 총으로
쏘았다. 그리고 복면을 쓰고 정원을 가로질렀다. 현관에서 사내들
이 튀어나오는 게 보였다. 그는 재빨리 나무 뒤로 몸을 숨겼다. 그
리고 곧바로 개들이 어슬렁거리고 있는 현관 앞 뜰로 갔다. 개들을
향해 두 발을 쏘았다. 개들은 잠들었다. 사내들이 개들을 풀어놓으
려고 달려오고 있었다. 그는 집 뒤쪽으로 달렸다. 뒤뜰에는 풀장이
있었고, B의 딸이 일광욕을 즐기고 있었다. 여자의 다리는 보기 좋
게 그을려 있었고, 그의 다리보다 더 길어 보였다. 그가 달려와 앞
에 서자 여자는 놀라 벌떡 일어서며 몸을 세웠다. 그는 여자에게
총을 들이댔다. 여자는 움찔하며 동작을 멈추었다. 그는 여자를 조
용히 일으켰다. 그리고 여자를 앞세워 집으로 들어갔다. 가장 먼저
안방으로 들어가 금고를 찾았다. 금고는 최신형 디지털 방식이었
다. 그는 들고 있던 해킹용 단말기에 금고의 회로를 연결했다. 비
밀 번호의 조합이 네 자리로 압축되었다. 그는 B의 딸에게 생일을
물었다.

　"4월 17일."

　0417. 틀렸다.

　"주민번호말고 진짜 생일을 대."

　그가 인상을 찌푸리며 소리쳤다.

　"8월 24일."

　0824. 금고가 열렸다.

　"어떻게 알았어요?"

　"너 외동딸이지?"

"그래요."

"왜 있잖아. 아버지들이 딸하고 붙어먹고 싶어하니까. 어떤 청바지 회사 사장도 딸 생일을 브랜드 이름으로 했다잖아."

"와, 오빠 죽인다!"

B의 딸은 호들갑을 떨며 그의 팔에 매달렸다. 그는 여자를 밀쳐내고 금고에서 돈을 꺼냈다. 금고에는 달러가 백 장씩 한 묶음으로 가지런히 놓여 있었다. 그는 여자에게 가방에 돈을 넣으라고 말했다. 돈을 다 담은 후 장롱을 뒤져 패물들을 꺼내 몽땅 집어넣었다. 비키니를 입은 여자는 약간 겁에 질린 표정으로, 그러나 동시에 매우 호기심 어린 표정으로 그를 흘끗거렸다. 그는 여자의 방이 어디냐고 물었다. 여자는 그를 이층으로 이끌었다. 그는 복도에서 발을 멈추었다. 거기엔 르누아르 그림이 걸려 있었다. 그는 순간적으로 진품일지도 모른다는 생각이 들었다. 그는 칼로 그림만 오려내 품에 넣고는 여자와 함께 방으로 들어갔다. 그는 여자에게 상황을 설명했다.

"넌 나와 여길 빠져나갈 거야. 네 차는 어딨니?"

"차고에."

"좋아. 난 트렁크에 탈 거야. 이거 보이지?"

그는 수류탄을 들어보였다.

"네가 떠들면 꽝하고 터지는 거야. 알겠지?"

여자가 고개를 끄덕였다.

"그럼 옷을 입고 여기서 나가는 거야. 잘할 수 있겠지?"

여자가 다시 고개를 끄덕였다.

여자가 옷을 입는 동안 그는 밖을 살폈다. 사내들은 이리저리 달

62

리면서 살피고 있었지만 그의 존재를 발견하기는커녕 누가 들어오기는 온 것일까 하고 허둥대는 꼬락서니들이었다. 잠시 후 인터폰이 울렸다. 여자가 받았다.

"아니에요. 못 봤어요. 지금 나가려고 옷 갈아입어요. 무슨 일이에요. 잘 알아보고 나중에 얘기해요. 글쎄 난 지금 약속이 있어 나가야 한다니까요. 경호는 필요 없다니까 그러네. 집에 들어온 도둑이나 잡아요. 정말 짜증나게. 걔들이 죽은 게 나랑 무슨 상관이야."

여자는 인터폰을 소리나게 내려놓았다.

"멍청한 새끼들. 도둑 하나도 못 잡으면서……"

여자는 그를 보며 샐쭉한 표정을 지었다.

그가 말했다.

"난 도둑이 아니야, 갱이지."

그는 여자와 함께 차고로 가서 자동차 문을 열었다. 그는 수류탄의 안전핀을 뽑아보았다. 여자의 얼굴이 하얗게 질렸다. 그는 매우 세심한 동작으로 다시 안전핀을 뇌관에 꽂았다. 그리고 검지를 입에 대보였다. 여자가 고개를 끄덕였다.

"시동을 걸면 절대 브레이크를 밟지 마. 그 순간 수류탄이 터질 테니까. 이 길로 호수 공원까지 달리는 거야. 약 40분쯤 걸리겠지. 알아들었어? 그리고 사람들이 좀 뜸한 곳에 차를 세우고 트렁크를 두 번 두드려. 그 다음에 문을 열어."

"알았어요."

여자가 그를 빤히 쳐다보며 말했다.

그는 트렁크로 들어갔고, 여자는 운전석에 앉아 시동을 걸었다. 집을 빠져나온 뒤로 한참 동안 자동차는 쉬지 않고 달렸다.

살생부의 세번째 대상은 G였다. 그러나 그는 케이크를 받아야
할 명단에서 G를 일단 제외시켰다. 아마도 G는 잔뜩 긴장을 하고
있을 테고, 그렇다면 그만큼 위험이 따를 것이다. 퀵서비스는 이제
처음 시도되고 있는 참이었다. 그러므로 섣불리 사용한다면 결과
가 좋지 않을 게 뻔했다. G에게는 다른 방식을 쓰기로 하고 그는
세번째로 U를 택했다. 그는 언론인 출신으로 장관을 두 차례나 역
임한 중진 의원이었다. U는 얼마 전 자신의 정치 이력을 뽐내는 책
을 출간하였다. U는 경제부 기자 시절 자신의 활동상을 부각시키
며 경제를 잘 아는 정치인이 21세기를 주도해나갈 것을 강조하고
있었다. 그는 책표지에서 활짝 웃고 있는 U를 향해 죽음을 배달해
주겠다고 조용히 일렀다. U가 알아들었을까?

　그는 U의 출판 기념회가 광화문에 있는 L증권 빌딩에서 열린다
는 신문 광고를 오렸다. 그리고 L증권 빌딩 사업부로 전화를 걸어
U의 보좌관인데 그 동안 음식 준비를 어떻게 해왔느냐고 물었다.
사업부의 직원은 S호텔 음식부에 의뢰하면 차림표를 가르쳐줄 것
이라고 대답했다. 그는 S호텔에 전화를 걸어 지금까지 의원들의 출
판 기념회에 주로 사용되었던 차림표가 어떤 것들인지 물어보았
다. 그는 차림표를 받아적고는 곧 다시 연락하겠노라며 전화를 끊
었다. 그는 B호텔에 전화를 걸어 S호텔에서 가르쳐준 대로 음식을
주문했다. 커다란 케이크와 얼음 조각도 포함되어 있었다. 그는 B
호텔로 가서 뷔페 식당의 종업원들이 어떤 차림인지 알아보았다.

　출판 기념회가 시작되기 두 시간 전부터 그는 빌딩 로비에 서 있
었다. 그는 S호텔까지 새로 산 오토바이를 타고 왔으며 오토바이를
주차장 가장 앞자리에 세워두었다. 행사 한 시간 전에 B호텔의 이

동 뷔페가 도착했다. 그는 지배인에게 휴대 전화를 걸었다. 그는 상부의 지시가 늦게 하달되어 갑자기 S호텔에서 행사를 맡게 되었으니 케이크와 얼음만 두고 음식은 모두 되가져가라고 말했다. 지배인은 당황했지만 대금을 미리 받은 터라 음식을 다시 차에 실었다. 지배인은 케이크와 얼음을 엘리베이터 앞으로 옮겨놓고는 떠났다. 그는 엘리베이터에서 3단짜리 케이크에 폭발물을 심었다. 행사가 열리는 23층에는 승강기가 두 대밖에 서질 않았다. 그는 23층에서 내려 얼음 조각을 행사장 내부로 옮겼다. 잠시 후에 S호텔 음식부 종업원들이 들어와 세팅을 하였다. 그는 케이크를 두 층 위인 꼭대기 층까지 가져갔다. 그리고 비상 계단 쪽에 숨겨놓았다. 그는 행사장으로 가서 일의 진행을 살폈다. 간단한 리허설이 있는지 사회자와 말을 나누면서 U가 단상을 오르내리고 있었다. 사람들이 이미 삼십여 명 모여 있었다. 더 많은 사람들이 모인다면 자칫 잘못하여 피해자가 여럿 생길 수도 있을 것 같았다. 폭파 시간을 조금 앞당겨야 할 것 같았다. 그는 휴대폰으로 빌딩 프런트에 전화를 걸어 23층 행사장에 폭발물이 설치되었으니 즉시 사람들을 대피시키라고 말했다. 그가 전화를 끊자마자 행사장의 구내 전화가 울렸다. 빌딩 여직원이 전화를 받아 U의 보좌관에게 사실을 알릴 것이다. 그는 25층으로 올라갔다. 재빨리 케이크를 엘리베이터에 실었다. 그는 U가 케이크를 실은 엘리베이터에 탈 것으로 예상했다. 23층에선 두 대의 엘리베이터밖에 서질 않으므로 대부분의 사람들이 U보다 먼저 탈 것이다. U는 자신의 유권자들이 다치는 걸 원하지 않을 테고, 이미 폭발물이 있다는 사실을 알려온 것으로 봐서는 쉽사리 터뜨리지 않을 거라고 예측할 것이다. 사람들이 두

대의 엘리베이터에 타고 나면 U는 보좌관들과 한 층 더 내려와 엘리베이터를 타려고 할 것이다. 그러나 22층엔 단 한 대의 엘리베이터만 서게 되어 있다. 그는 이미 그 엘리베이터를 꼭대기 층에 세워두었다. 그러니까 만약 U가 한 층 내려와 엘리베이터에 탄다면 반드시 케이크가 실려 있는 엘리베이터에 타게 되는 것이다. 문제는 다른 사람들과 같이 타지 못하도록 하는 것이다. 그는 케이크를 최대한 앞쪽으로 밀어놓았다. 그리고 자신은 뒤쪽에 붙어 서서 U가 들어올 경우에만 자리를 좀 비켜주고 나머지는 케이크로 밀어낼 작정이었다.

그는 지하 1층 버튼을 눌렀다. 이 엘리베이터는 22층과 20층, 그리고 3층에서 한 번씩만 서게 되어 있었다. 22층에서 문이 열렸다. 아니나다를까, U와 보좌관 둘이 서 있었다. 엘리베이터에 케이크가 놓여 있자 멈칫하더니 U가 육중한 몸을 들이밀었다. 그는 케이크를 조금 앞으로 밀면서 U가 들어오는 것을 방해했다. 그러나 U는 이미 반 이상 들어온 상태였다. U는 몸을 좀더 앞으로 내밀면서 고개를 밖으로 돌리고는 자네들은 좀 이따가 내려와, 사정 좀 보면서, 경찰에는 연락했지? 라고 지껄였다. 그가 일부러 케이크를 좀더 앞으로 밀어붙이며 U를 간신히 끼여들게 해주었다. 그 순간 엘리베이터 문이 닫혔다. 20층에서 문이 열렸지만 엘리베이터에 사람들이 타지 않았다. 20층에는 모두 여덟 대의 엘리베이터가 섰고 대형 케이크가 실려 있는 걸 보고는 승객들이 뒤로 물러났기 때문이었다. 이제 곧바로 3층까지 직행이었다. 케이크에 들어 있는 폭발물에는 타이머가 장치되어 있질 않았다. 리모컨으로 버튼을 누르면 그 즉시 폭발하게 되어 있었다. 아마도 고성능이 아니라서 터지는 데에는 약 3초쯤 걸릴 것이다. U는 헛기침을 하며 남산만한 배를 앞으로 내밀고는 입맛을 다셨다. 이건 어디서 쓸 건가? 하고 U가 그에게 물어왔다. 그는 지하 식품 창고로 내려가는 것이라고 전라도 사투리로 말했다. U는 왜 그렇게 되었느냐고 물었다. 그는 케이크가 운반 도중에 뭉개져버려서 새로 교환해야 된다고 대꾸했다. 엘리베이터가 3층에서 열렸다. 문이 열리자 그가 몸을 빼냈다. 그리고 밖을 내다보았다. 엘리베이터에 타려던 대여섯 사람이 앞에 서 있다가 그가 케이크를 밀고 내리려고 하자 흠칫하며 뒤로 물러났다. 그는 재빨리 엘리베이터에서 내려 케이크를 앞으로 끌어당기는 시늉을 했다. 케이크는 조금도 움직이지 않았고, 엘리베이터의 문이 닫히려고 하였다. 그는 얼른 몸을 빼내며 리모컨을 눌렀다. 엘리베이터의 문이 닫히고 그가 서 있던 사람들을 밀치는 순간 펑하는 소리와 함께 건물이 약하게 흔들렸다. 그는 비상 계단 쪽을 향해 몸을 날렸다. 그리고 곧바로 주차장으로 달려가 세워두었던 오토바이를 타고 건물을 빠져나갔다.

그는 인도와 차도를 번갈아가며 달렸다. 광화문에서 우회전을 해서 마포 쪽으로 몰았다. 그가 얻어놓은 사무실은 강변로 근처에 있었다. 그는 주차장에 오토바이를 세워두고 사무실로 들어가 옷을 갈아입었다. 말끔한 양복으로 차려입고 밖으로 나와 택시를 탔다. 기사에게 강남에 있는 유흥가 쪽으로 가달라고 말하고는 시트에 고개를 떨구고 눈을 감았다. 그는 택시에서 내려 지하철역 쪽으로 갔다. 역 앞 편의점에서 종이백과 헤어 젤을 하나 샀다. 그리고 역에 있는 화장실로 들어가 약간 긴 머리 가발을 벗어 백에 넣고 테이프로 입구를 봉했다. 그는 헤어 젤로 짧은 머리를 손질한 뒤 안경을 끼고 밖으로 나왔다. 그리고는 지하철을 타고 집으로 돌아왔다. 지하철 안에서는 주간 영화 잡지를 내내 읽었다. 지하철에서 내리자 피곤이 한꺼번에 몰려오는 것 같았다. 그는 문을 열고 집으로 들어서자마자 욕실로 달려가 욕조에 널브러졌다. 더운물을 틀었다. 그는 옷도 벗지 않은 채 그 속에서 오랫동안 앉아 있었다.

폭발물에 의해 그들의 육체는 산산조각이 나고 말았다. 그 순간 그들의 영혼은 어디로 날아갔을까? 그는 자신이 살해한 두 남자의 육체가 흔적조차 없이 부서져버린 것이 과연 그들의 영혼에도 어느 정도 영향을 미치는 것은 아닐까, 하고 자문해보았다. 하지만 그것은 알 수 없었다. 영혼을 담고 있는 것이 육체였다면 혹시 영혼도 산산조각나버렸을지도 몰랐다. 그렇지 않다면 육체가 터져버리는 순간 영혼은 재빨리 빠져나갔을 것이다. 그런데 영혼이 물질이 아니라면 육체 속에 있지도 않고 육체를 빠져나가지도 않을 것이다. 사람이 죽으면 영혼이 육체를 빠져나가 죽어 있는 자신의 육체를 바라본다는 말을 들은 적이 있다. 그렇다면 영혼이란 또 하나의 자기이자 또 하나의 육체인 것이다. 사람이 죽은 뒤에 아무것도 없었으면 좋겠다는 게 그의 생각이었다. 하지만 죽은 뒤에도 또 다른 인생이 펼쳐진다면 그에게 살해당한 자들은 미친 듯이 소리지를 것이다. 너무 갑작스럽게 다른 세계로 강제 이주를 시킨 것은 부당하다고 스트라이크를 일으킬지도 모른다. 예전엔 파업이란 말만 들어도 경기를 일으키던 자들이 벌이는 데모라니, 가관일 것이다. 그는 욕조에 앉아서 이따위 헛생각에나 빠져 있는 자신이 마음에 들지 않았다. 그는 오직 살생부에 오른 자들의 이름을 하나씩 지워가는 일에만 신경을 써야 하는 것이다. 그러나 사람이란 존재는 가만히 놔두면 쓸데없는 생각에 사로잡히기 십상이다. 그는 벌떡 일어났다. 다시 움직여야 한다. 쉼 없이, 빠르고, 깨끗하게 일을 처리해야만 했다.

또다시 1순위는 G이어야 했다. 그러나 그는 왠지 G와 마주친다는 게 내키지 않았다. 그는 군에 입대하기 전 G의 부하 직원으로 6개월 가량 일한 적이 있었다. 언론인들이 정계에 진출하기 시작한 것은 오래 전부터 있어온 일이었지만 미디어 정치가 유행하면서 부쩍 늘었다. 정계에 진출한 대부분의 언론인들은 기득권층의 이데올로기를 대변하는 데 열을 올린 싸구려 입장사들이었다. 시대의 조류에 재빨리 발맞추어 실세가 등장할 때면 찬양을 아끼지 않다가 그들이 물러나면 한결같이 비판하고 나서는 더러운 놈들이었다. 군사 독재 시절엔 학생은 공부만 해야 한다고 목소리를 높이다가 문민 정부가 들어섰을 땐 학생 운동이 문민 시대를 열게 하였다고 입에 침이 마르도록 떠들어댔다. 그러다 한총련이 나타났을 땐 군사 독재 때보다 더 강력하게 비난하고 나섰다. 그들은 모두 색맹이었다. 유독 빨간색만을 구별하지 못하는, 조금만 앞으로 나서는 집단이 있다면 모두 빨간색으로 보고 질겁을 하는 똥오줌 못 가리는 투우장의 소였다. 관중들이 치켜세워주면 죽을 줄도 모르고 미친 듯이 붉은색을 향해 돌진하는 미치광이 소들. 그는 소 한 마리를 죽여야 했다. G는 그를 기억조차 못 하고 있을 것이다. G는 보도 본부장이었고, 그는 갓 입사한 풋내기 기자에 불과했으니까. 어쩌면 그가 기획안으로 내놓은 것들이 한결같이 정부와 지방 자치 단체들이 환경을 파괴하고 있다고 고발하는 것이 대부분이었으니 요주의 인물로 보고 주시했을 수도 있었다. 근무하는 동안 그의 기획안은 다른 방송사에서도 관심을 갖고 있다는 이유로 뉴스 때 잠시 지나치는 정도로만 언급되었을 뿐 단 한 번도 채택되지 않았었다. 그는 자신이 G를 개인적인 차원에서 보복하려는 것은 아닌지 여러 차례 고민했다. 그러나 명백한 사실은 그가 언론인으로 일하면서도 수많은 이권에 음으로 양으로 개입했고, 정치 인사들과 끈이 닿은 탓에 각종 방송 관련 사업에서 노른자위를 가로채왔다는 사실이었다. 그는 G를 공개적으로 처형해야겠다고 마음먹었다. G의 죽음은 텔레비전 생중계로 전국에 방영될 것이다.

그는 사격 클럽에 특별 회원으로 등록을 하였다. 3일 동안 거의 하루 종일 총만 쏘아댔다. 손끝에서 방아쇠의 금속성을 느끼면서 그는 흥분했다. 성적인 흥분과는 다른, 피를 보고 달려드는 야수들의 질주와 헐떡거림 같은 것이 그의 내부를 가득 채웠다. 그는 그 야수가 자신의 목을 물어뜯고 내장을 파내어 들판으로 질질 끌고 다니며 희롱하는 광경이 떠올랐다. 그는 스스로의 심장을 향해 방아쇠를 당겼다. 그는 총알이 다 떨어진 줄도 모르고 손잡이를 꽉 움켜쥐고 검지에 있는 힘을 다 모은 채 땀을 흘렸다. 그 동안 그는 적 앞에 나서지 않았다. 그러나 이제 그는 적 앞에 똑바로 서서 적을 향해 방아쇠를 당길 것이다. 적은 죽음 바로 직전에 그를 확인할 것이며 그에게 왜 총을 쏘느냐고 물을 수도 있다. 혹은 적이 그에게 응사할 수도 있으며 오히려 그가 적의 반격에 쓰러질지도 모른다. 그러나 그것보다는 그가 이전과 비교하여 보다 직접적인 방법으로 살인을 하게 되었다는 것이 문제였다. 그것은 과학적인 방법에 의해서가 아니라 그야말로 살의와 광기가 적당히 혼합되어야 가능한, 매우 심리적인 양상을 띨 것이 분명하기 때문이다. 적을 직접적으로 살해한다는 것은 동시에 그가 전면적으로 죽음에 노출된다는 뜻이기도 했다. 그는 매번 새로 장전을 하고 셀 수도 없을 만큼 사격을 해댔다. 마음이 점점 차분해지는 것 같았다. 마지막 3일째, 오전 10시부터 시작된 사격 연습은 거의 저녁 8시가 넘어서야 끝났다. 그는 그 동안 아무것도 먹지 않았고 심지어 화장실조차 가지 않았다. 사격장을 나오자 그의 위장과 방광이 동시에 뒤틀렸다. 그는 곧장 근처 빌딩으로 들어가 화장실에 쓰러졌다. 멀건 설사가 아래로 흘렀다. 자꾸만 신물이 넘어왔고 기침과 구토가 반복됐다. 그는 G의 얼굴을 떠올렸다.

G는 일주일 뒤 방송대상 시상식에 초청 인사로 나갈 예정이다. 방송개혁위원회 부위원장이라는 직책으로서였다. 그는 그전에 그를 한번 만나보기로 하였다. 어차피 G는 그와 마주할 수밖에 없으며 그렇다면 차라리 자신이 누구인지를 확실히해두는 게 낫겠다는 생각에서였다. 어쩌면 G가 얼마나 마땅히 죽어야 할 인물인지 스스로에게 확인시켜보이려는 심사였는지도 모른다. 아니면 형을 죽일 때처럼 아주 절친해서 그를 향해 총을 쏘는 것이 수인사 정도로 느낄 만큼 아무렇지도 않게 만들고 싶어서였는지도 모른다.

그는 방송대상 시상식 나흘 전 G가 퇴근하는 길목에 서 있었다. G는 의원이 된 뒤로는 술자리에 잘 어울리지 않았다. 더 이상 스캔들에 휘말리기 싫어서인지 방송가에서 알아주던 술고래가 얼굴을 싹 바꿔버렸던 것이다. 매우 가정적인 인사로 여러 여성 잡지에 소개되기도 했다. 밤 10시쯤 G가 나타났다. G의 운전사가 G를 집 앞에 내려놓고는 인사를 하고 떠났다. G가 내린 곳은 대문에서 10미터쯤 떨어진 곳이다. 거기래야 운전사가 차를 쉽게 돌릴 수 있었다. 그는 G보다 한 발 앞서 대문까지 걸어갔다. G는 그가 대문을 막아서자 급히 좌우를 둘러보았다. 그는 검정 양복에 선글라스를 쓰고 있었고 수염을 기르고 있었다. 그는 G에게 봉투를 들이밀었다. 거기에 사인을 하고 넘겨주면 조용히 돌아가겠노라고 말했다. G는 봉투를 받아들고는 그 자리에서 찢었다. 그는 웃었다. 다시 뵙겠다는 말을 하고 그는 자리를 떴다. G가 호주머니에서 휴대폰을 꺼내들고 버튼을 누르는 게 느껴졌다. 운전사를 부르거나 보좌관들에게 연락을 취하고 있을 것이다. 그는 골목에서 이미 봐두었던 집의 담을 넘었다. 그 집에서라면 G 쪽을 살펴볼 수 있을 것 같아서였다. 그리고 한 시간 가까이 그곳에 숨어 있었다. 운전사와 보좌관들이 달려왔다. G는 그가 건넸던 봉투를 집어들고 무어라고 떠들어댔다. 그 봉투에는 백지 한 장이 있었을 뿐 아무것도 없었다. G가 봉투를 보좌관에게 쥐어주면서 또 무어라고 얘기하자 보좌관들이 곧바로 자리를 떴다. 그는 G가 집 안으로 들어가는 것을 확인하고도 한참을 더 있다가 담을 넘었다. 그리고 천천히 걸어 골목을 빠져나왔다.

그는 G를 다시 만나기 전에 철호를 면회하러 갔다. 어쩌면 철호를 다시 보지 못할지도 모른다는 강박증 같은 게 그를 괴롭혀왔는지도 모른다. 그는 밤 11시쯤 철호와 함께 초소에 있을 수 있었다. 그는 위병소를 통해 부대로 들어왔고, 그가 예전에 입었던 군복으로 갈아입고 철호와 함께 근무를 서기 위해 나섰다. 함께 초소 근무를 나가기로 되어 있었던 차일병은 철호와 외박 순서를 바꾸는 조건으로 민간인인 그에게 총과 탄약을 넘겨주었다. 부대원들은 이미 그가 철호를 위해 초소로 여자를 데려왔다는 사실을 모두 다 알고 있었다. 그들은 그를 마이다스의 손이라고 불렀다. 차일병은 외박을 나가 그를 찾아가면 여자와 함께 일체의 경비를 제공받을 것이라는 데 추호의 의심도 없었다. 제대한 지 거의 100일 만에 그는 다시 초소로 돌아왔다. 철호는 쪼그려앉아서 담배를 피웠다. 철호는 지난 겨울부터 생기기 시작한 믿지 못할 일들에 대해 생각하기조차 싫다는 표정을 지어보였다. 철호는 그가 오자 매우 곤혹스러운 표정을 지었다. 철호는 그토록 위험한 일을 아무런 거리낌없이 저질러대는 그가 불편했다. 그를 보자 철호는 가슴이 뛰기 시작했다. 하지만 그가 이 땅에서 자신의 하나밖에 없는 친구라는 것을 인정하지 않을 수 없었다.

"난 네가 죽었는 줄 알았어. 부대장이 불러서 갔더니 총을 보여줬어. 네가 자살했다는 거야."

"형이 죽었어."

"대체 왜 그랬어?"

"사실은 내가 죽은 거야. 난 형이 됐고."

"그래서 뭘 어쩌게?"

"죽이고, 부수고, 불싸지르고, 온통 파괴하는 거지."

"젠장."

철호는 네놈은 진짜 살인귀야, 하는 표정으로 그를 노려보았다.

그는 뱀처럼 징그러울 정도로 싸늘하게 웃었다. 철호는 고개를 돌렸다. 한참 동안 서로 말이 없었다.

"네 아버지를 죽였다는 놈은 이미 이 세상에 없었어. 왜지?"

그가 불쑥 내뱉었다.

철호가 그를 한번 노려보았다가는 고개를 떨구었다.

"정말 아무리 찾아도 없더군."

그가 심드렁하게 내뱉었다.

"그만 해."

철호가 낮게 소리쳤다. 그가 어깨를 으쓱하자 철호는 다시 담배를 꺼내 물었다. 그리고는 옛일을 더듬는 듯한 표정으로 초소 밖을 멍하니 쳐다보았다.

"이제 그만 하는 게 좋아. 그만둬. 제발. 난 요즘도 내가 사람을 죽인 날 밤으로 돌아가곤 해. 꿈에서 난 누군가에게 야구 방망이로 머릴 얻어맞고 피를 흘리며 죽어가. 그런데 또 하나의 내가 야구 방망이를 들고 그 꼴을 지켜보고 있는 거야."

철호는 말을 더듬거리면서 그를 설득하려 들었다.

"난 네가 우리 갱의 가장 든든한 멤버인 줄 알았는데…… 이를 어쩌지."

그가 매몰차게 말했다.

"일이 너무 커지고 있다고 생각하지 않니?"

"난 대학 다닐 때 친구들이 데모하는 걸 보면서 생각했지. 저래서는 역사가 바뀌지 않는다고. 결코 역사를 뒤바꿀 수 없다고 말야. 그저 현실을 약간 흔들어놓을 수는 있겠지만 그것도 크게 다를 바 없다고 말야. 차라리 난 국회의원들이 자주 가는 식당이나 술집, 아니면 자동차를 폭파시켜서 그 인간들의 내장을 서로 뒤섞어놓는 게 더 낫다고 지껄이곤 했었지. 이제 보니 그리 어려운 일도 아니었어."

"네가 지껄이는 말은 도대체 무슨 말인지 모르겠어. 하지만 이제 그만 끝내야만 해. 총질은 군인이나 하는 거야."

74

"그렇게 불안해하지 마. 난 네가 그 고리대금업자를 야구 방망이로 쳐 죽였을지는 꿈에도 생각하지 못했어. 아직도 난 단 한 명도 내 손으로 죽이지 못했으니까. 겨우 셰퍼드 두 마리를 쏜 것밖에는."

"난 무식해. 그 수밖에 없었어. 하지만 넌 다르잖아. 잘 생각해 봐."

"난 늘 생각해. 그리고 그걸 실천해. 그것뿐이야. 난 비겁해. 그래서 테러리스트가 된 거야. 난 너처럼 순수하지 못해. 앞으로도 난 누굴 죽이지 못할지도 몰라. 사실 난 죽는 게 두려우니까. 다른 사람을 죽이는 것도 겁나고. 하지만 누굴 이용해 누군가를 죽일 수는 있을 거야. 네 말대로 총은 폼이고 말야."

"창녀보다 포주가 더 나빠."

"그래. 난 나쁜 쪽을 택했어."

잠시 동안 두 사람은 아무런 말도 없이 초소 너머를 바라보았다. 나누어진 하늘에서 별들이 반짝이고 있었다.

"이걸 좀 받아줘."

그가 품에서 비닐 종이를 꺼냈다.

"내 형이야. 아니, 죽은 나야. 여기 서 있는 난 유령이야. 형의 영혼이지."

철호는 그를 바라보며 얼빠진 사람처럼 서 있었다.

"이걸 DMZ에 묻어줘. 그곳이라면 형도 부활하지 않고 조용히 잠들 수 있을 거야. 거긴 죄가 없으니까."

철호는 그에게서 뼈가 든 비닐 봉지를 받아들었다. 철호가 이를 악물며 말했다.

"다시는 내게 오지 마."

"그래, 그럴게."

"죽지는 마."

"고마워."

그들은 초소에서 서로를 꽉 끌어안았다. 철호는 그를 약간 밀치며 말했다.

"여기가 바로 은채가 왔던 데야."

그들은 웃으며 다시금 서로를 세차게 포옹했다.

그가 철호의 등뒤로 얼굴을 내밀며 말했다.

"만약 내가 다시 널 찾아오면 모든 게 끝났다는 거야. 그땐 네가 날 쏴. 그리고 DMZ에 묻어. 형과 함께 눕고 싶어."

"그래. 아무도 널 찾지 못할 거야."

철호가 울먹거리며 대꾸했다. 철호는 지금 바로 정수를 쏴버려야 할지도 모른다는 생각을 하며 총을 쥐고 있던 손에 힘을 주었다. 그러나 아직은 하나뿐인 친구에게 청춘의 끝을 볼 수 있는 시간이 좀더 주어져야 할 것 같다고 느꼈다. 그러나 철호에게도 점점 더 운명의 시간이 가까워오고 있음을 그는 알아채지 못했다.

초소에서 돌아온 다음날 아침 일찍 그는 G의 사무실이 있는 곳으로 갔다. 정문 쪽에 수위가 나와 서 있었다. 아직 출근하는 사람은 없었다. 주차장 쪽에 차가 몇 대 서 있었다. 주차장 관리인은 아직 나오지 않았는지 보이지 않았다. 그는 세워져 있는 차로 다가가 억지로 문을 열려고 시도했다. 요란한 경보음이 터져나왔다. 그는 다른 차 뒤편으로 몸을 숨겼다. 후문 쪽에서 주차장 관리인으로 보이는 남자가 튀어나왔다. 그는 몸을 숨기고 있던 차를 두들겼다.

역시 경보음이 요란했다. 그는 기다시피 해서 다른 차로 몸을 숨겼다. 그리고 그 차를 발로 걷어찬 뒤 납작 엎드렸다. 경보음이 온 주차장을 뒤흔들었다. 이번엔 건물 정문 쪽에 서 있던 수위가 달려왔다. 주차장 관리인과 수위가 서로 떠드는 사이 그는 후문 쪽으로 기어갔다. 그리고 비상 계단을 통해 G가 일하는 사무실로 올라갔다. G의 사무실은 7층에 있었다. 그는 마스터 키로 문을 열고 비서실을 거쳐 G의 방으로 들어갔다. G는 약 십여 분 뒤면 출근할 것이다. G는 이 건물을 통틀어 가장 빨리 출근하는 사람 중 하나였다. G 비서는 G보다 약 십 분쯤 더 늦게 나온다. 그는 비서의 탕비실로 들어갔다. 거기에도 G의 방으로 통하는 문이 하나 있긴 했으나 책상으로 막고 물건들을 쌓아놓아 사용할 수가 없었다. 문 오른쪽으로는 차를 끓일 수 있는 주방 시설이 있었다. 애초엔 여기서 곧바로 차를 준비해 G의 방으로 내갈 수 있도록 했을 텐데 비서실로 연결된 문으로 에둘러 가도록 막아놓은 것 같았다. G의 권위 의식 때문이었을 것이다. 비서가 뒷문과 같은 곳으로 드나드는 걸 못마땅하게 여겼을 게 뻔했다. G는 늘, 법칙을 준수하고 질서 있게 움직이자, 라는 식의 근무 태도를 지니고 있었다. 그래서 아무리 바빠도 모든 절차를 간소화하는 일 없이 반드시 회의를 통해 결정을 한 뒤 시행하였다. G는 부하 직원들이 전결 상태로 무슨 일인가를 처리하는 것을 결코 두고 본 적이 없었다. G 역시 윗사람들을 그렇게 대했다. 그런 면에서 G는 완벽주의자였다. 그래서인지 늘 법과 질서는 G의 편이 되어주었고, G는 그것을 어기거나 무시한 적이 없었다. 우리나라의 법과 질서는 G와 찰떡궁합이었다.

G는 정확한 시간에 나타났다. 활달한 걸음걸이로 방을 가로질러

자신의 책상으로 가 의자를 빼고는 자리에 앉았다. G는 목을 한번 좌우로 움직여보고 등받이에 몸을 푹 기댔다. 그리고 책상 앞에 놓은 서류를 습관적으로 뒤적거렸다. 그는 탕비실 문을 열고 G에게 다가갔다. 어젯밤과 같은 복장이었다. G는 흠칫 놀라는 표정으로 그를 바라보았다. 그는 검지를 입술에 댔다. G는 아무 말도 하지 않았다. 그 대신 조용히 미소를 지었다. 그도 미소를 지었다. 그 순간 G의 손이 인터폰 쪽으로 움직였다. 그는 안주머니에서 총을 뽑아들었다. 그리고 왼손을 가로 저었다. G는 두 손을 모두 가슴 높이로 들어보이며 여유를 부렸다. 그는 흰 봉투를 꺼내놓았다. G는 봉투를 집어들고는 그를 올려다보았다. 그는 다시 손을 가로 저었다. 그가 턱짓을 하자 G가 봉투를 열었다. 거기엔 보육원과 실업자 구호 단체, 노숙자나 행려병자들을 위한 무료 의료 시설 등의 명단이 적혀 있었고, G가 그곳에 10억의 지원금을 보내겠다는 내용의 각서가 씌어져 있었다. 그리고 금액이 씌어지지 않은 약속 어음도 들어 있었다. 그는 G에게 사인을 해주면 좋겠다고 정중하게 말했다. G는 우습다는 듯이 미소를 띠며 고개를 가로 저었다. 그는 총에 소음기를 끼웠다. 그리고 G를 향해 총구를 세웠다. G는 눈에 힘을 주며 침착하려고 애썼다. 그는 총구를 돌려 화병을 쏘았다. 건너편 테이블에 놓인 화병은 박살이 나며 바닥에 요란한 소리를 냈다. G는 웃으며 펜을 들고는 약속 어음에 금액을 적고 사인을 했다. 그는 G에게 그것을 봉투에 넣으라고 고갯짓을 했다. G는 그가 시키는 대로 약속 어음을 봉투에 넣었다. 그는 봉투를 받아 호주머니에 집어넣었다. 그리고 G에게 말했다. 탕비실에서 G의 사무실로 곧장 차를 내오면 매우 편리할 것 같다고. G는 고개를 끄덕였다.

그는 소파에 앉았다. 그리고 G에게 일을 보라고 했다. G는 의자에 등을 기대며 한숨을 내쉬었다. 약 5분쯤 후에 G는 그를 향해 왜 이런 일을 하느냐고 정중한 어조로 물었다. G는 예전의 아나운서답게 매우 낭랑한 목소리로 가능하면 상대방을 자극하지 않으려고 애쓰는 모습이었다. 그는 그냥 심심해서 그런다고 대답했다. G는 어이없다는 듯이 고개를 저었다. 왜 하필 날 찾아왔지? 하고 G가 다시 물었다. 그는 옛정이 생각나서 그렇다고 대꾸했다. G는, 어디서 봤지? 하고 물었다. 그는 다시 만나게 되면 알게 될 것이라고 했다. G는, 자넬 다시 보지 않게 되길 빌겠네, 하고 말했다. 세번째 만난 뒤에는 다시 못 보게 될 거라고 그가 말했다. 세번째는 어디서가 될까? 하고 G가 물었다. 많은 사람들이 보는 데서, 라고 그가 대답했다. G는 알겠다는 듯이 고개를 끄덕였다. G는 아마도 그를 다시 맞을 준비를 계획해두려는 것 같았다. G는 마치 자신의 스케줄이라도 점검하려는 듯이 눈을 지그시 감았다. G는 잠시 후에 눈을 뜨고는 그를 노려보며 물었다.

"누구 밑에서 일하나?"

그는, 아무도, 라고 대답했다.

"뭘 어쩔 셈인가, 도둑질해서 가난한 사람을 돕겠다, 이 말인가?"

G가 소리를 약간 높였다.

도둑은 당신이잖아, 하고 그가 미소를 띠며 가벼운 투로 대꾸했다. 그때 밖에서 인기척이 났다. 아마도 비서가 출근한 것을 알리려는 것 같았다. 그는 G에게 인터폰으로 손님이 있으니 개의치 말고 그냥 일을 보라고 말하라고 했다. G는 인터폰으로 그가 한 말을 거의 토씨 하나 틀리지 않고 반복했다. 그는, 옛 솜씬 여전하시군,

하며 G를 추켜세웠다. G는 어깨를 으쓱해보였다. 그는 소파에 등을 기대며 눈을 감았다. G가 그 틈을 이용해 몸을 움직였다. 하지만 동작이 크지는 않았고, 의심을 살 만한 행동은 하지 않았다.

"젊은이, 패기 있어 보이는데 나와 같이 일하지 않겠나?"

G가 거드름을 피우며 수작을 걸었다.

"난 당신과 일한 적이 있어, 그래서 더는……"

그가 귀찮다는 듯이 대꾸했다.

갑자기 G가 등을 곧추세웠다. 그리고는 그를 똑바로 쳐다보았다. 그는 감고 있던 눈을 뜨고 G를 마주 쳐다보았다. G는 선글라스와 수염 때문에 그를 알아보지 못했다.

"차라도 마시겠나?"

G가 물었다.

그는 고개를 저었다. G가 벽에 걸린 시계를 보았다. 7시 45분이었다.

"여기서 언제 나갈 참인가?"

G가 물었다.

"9시 25분."

그가 짧고 단호하게 대답했다.

그때 G의 휴대폰이 울렸다. 그는 G를 향해 총을 겨눴다. G의 보좌관 가운데 하나인 것 같았다. 그쪽에서 누구와 같이 있느냐고 묻는 것 같았다. G는 복지 재단에서 나오신 분인데…… 추석이지 않나, 하고 G가 말했다. 보좌관들은 G의 대답에 신경을 곤두세우며 사무실 밖에서 대기하고 있을 것이다. 그는 전화를 그만 끊으라는 신호를 보냈다. G는 전화를 끊었다.

"어젯밤에 자네를 만나고 난 뒤 사람들에게 얘길 했네. 아마도 밖에서 자넬 맞을 준비를 하고 있을걸세."

G가 득의만만한 미소를 띠며 말했다.

반은 거짓이고 반은 진실일 것이다, 라고 그는 생각했다. 그는 그저 희미하게 웃었다. G는, 이런 일이 있으리라고 상상하지 못했는데 매우 흥미롭군, 하고 말했다. 그는 소파에서 일어섰다. 그리고 G에게 자리에서 일어나라고 총을 끄덕거려보였다. G가 자리에서 일어났다. 그는 총으로 맞은편 소파를 가리켰다. G가 그와 마주보는 자리에 와 앉았다. 그도 자리에 앉았다. 이제 아무 말도 하지 않고 좀 있는 게 좋겠다고 그가 말했다. G는, 그러지, 하고는 눈을 감았다. 그도 눈을 감았다. 그는 잠을 잤다. 꿈도 꾸었다. 그리고 9시가 조금 못 되어 눈을 떴다. G는 여전히 그를 노려보고 있었다.

"정말 잠을 잤는가?"

G가 두려움과 호기심으로 뒤범벅이 된 얼굴을 하고 물었다.

아마도, 하고 그는 대답했다. G는 금세 딱딱하게 굳은 표정으로 그를 바라보았다. 그가 자고 있는 동안 G가 아무런 행동도 하지 않고 그 앞에서 한 시간 넘게 가만히 앉아 있었다는 게 믿어지지 않을 정도였다. 그가 자고 있는지 아니면 그냥 눈을 감고만 있는지 가늠하는 데 그만큼의 시간이 걸렸을지도 모를 일이었다. 하지만 그의 잠도 반쯤은 가짜였는지도 모른다. 하지만 그가 잠들었고 꿈을 꾼 것은 바로 앞에서 지켜본 G도 느낄 수 있을 만큼은 되었을 것이다. 하지만 G는 그의 총 앞에서 꼼짝할 수 없었다. 죽음에 대한 공포를 이겨낼 만큼 민첩한 행동을 할 수 있는 사람은 그리 흔하지 않으니까. 그는 G에게 비서를 불러 지금 즉시 은행에 가서 약속 어음을 처리하도록 하라고 말했다. 지금 자네가 하려는 일이 가능하리라고 믿나? G가 말했다. 그는 고개를 끄덕였다. 그리고 봉투를 꺼내 수십 개의 계좌 번호가 적힌 종이와 함께 약속 어음을 G에게 되돌려주었다. G는 인터폰으로 비서를 불러 지금 즉시 약속 어음을 현금으로 바꾸어 쪽지에 씌어진 계좌로 입금시키라고 일렀다. 비서는 깜짝 놀라는 표정으로 G를 보았다. G는 웃으며, 돈을 좀 깨끗이 쓰려고 말야, 하고 대꾸했다. 돈세탁을 하려는 것뿐이니 안심하라는 뜻으로 들리도록 한 말인 것 같았다. 하지만 그는 개의치 않았다. 어차피 비서가 보좌관들에게 알릴 것이고, 그들은 만약의 사태에 대비해 만반의 준비를 하고 있을 테니까. 그는 휴대폰으로 전화를 걸었다. 그는 며칠 전 대학로에 나가 친구를 하나 사귀었다. 친구가 전화를 받았다. 그는, 나야, 약속 시간에 거기서 봐, 라고 말하고는 전화를 끊었다. 9시 45분이 조금 지나 비서가 돌아와 30장의 무통장 입금증을 G에게 내밀었다. 비서가 나가자 G는, 자네 운이 좋군, 하고 말했다. 당신이 그만큼 힘이 있기 때문이라고 그가 대꾸했다. 그는 자리에서 일어나 G에게 원래 자리로 돌아가 앉으라고 말했다. G가 느긋한 태도로 자리에 앉자 그는 보좌관들에게 회의가 있으니 모두 들어오라고 하고 비서에게 자신을 주차장까지 안내하도록 지시하라고 말했다. G는 보좌관들을 불러들였다. 모두 여섯이 들어왔다. 아마도 셋 정도는 보좌관이고 셋은 경호원이 틀림없어 보였다. 그는 그냥 소파에 앉아 있었다. G는 사람들에게 회의용 테이블 쪽에 앉으라고 말했다. 그리고 비서를 불러 그를 주차장까지 안내하라고 말했다. 그는 자리에서 일어섰다. 천천히 문 쪽으로 이동하며 낮게 말했다.

82

"탕비실에 케이크가 있으니 나중에 차와 함께 드십시오, 의원님!"

그리고는 바지 호주머니에서 리모컨을 꺼내들어 보였다.

G는, 잘 먹겠네, 하고 대답했다. 보좌관들이 몇 움직이려고 했지만 G가 기침을 크게 하는 바람에 모두 꼼짝하지 않았다. 그는 밖으로 나왔다. 비서가 따라나서려고 했지만 그는 그만 됐다고 말했다. 아마도 G의 똘마니들은 겁을 내며 탕비실로 달려가보았을지도 몰랐다. 그들은 케이크를 발견했을 테고 어쩌면 정말로 겁도 없이 그것을 열어보려고 했을지도 모른다. 하지만 그가 잠든 사이 G가 꼼짝도 하지 않고 있었던 걸로 미루어볼 때 아마도 꽤 오랫동안 꼼짝않고 자리에 앉아 있을지도 모른다. 그가 멀리 도망가기를 기다린 후에 안전하다고 판단이 설 때쯤 용기를 내 탕비실로 가서 케이크를 확인할지도 모른다. 아니면 벌써 군 폭발물 전문반에게 알렸을 수도 있다. 그러나 결과는 마찬가지일 것이다. 그는 G에게는 폭발물을 쓰지 않겠다고 생각했고, 그냥 케이크 하나를 가져다 놓은 것뿐이니까. G는 아마도 송금 취소 신청을 할 것이다. 그러나 이미 은채가 돈을 다른 계좌로 이체했을 테고 수차례 이체를 거쳐 G가 서명한 각서에 씌어진 대로 돈이 필요한 사람들에게 전해질 것이다. 어쩌면 G가 돈을 되찾으려는 노력을 하지 않을 수도 있다. 오히려 G는 그를 찾으려고 할 것이다. 그러나 G에게는 시간이 별로 없었다.

그는 세종문화회관 앞에서 친구를 기다렸다. 친구는 어렸다. 나이는 열일곱, 많아야 열아홉 정도일 것이다. 그는 친구의 이름도 묻지 않았다. 그가 대학로에 나간 것은 닷새 전이었다. 언제나 탈주로가 문제였다. 모든 계획은 탈주에서 끝이 났다. 사건 현장에서 빠져나올 수 없다면 일을 성사시켰다고 하더라도 완벽하다고 말할 수 없었다. 그는 직접 총을 쓰는 경우 혼자서 탈출하기란 쉽지 않을 것이라고 생각했다. 누군가의 도움이 필요했다. 은채는 그를 도울 수 없었다. 그는 대학로에서 자정 너머까지 있었다. 밤 11시가 넘어서면서부터 폭주족들이 하나둘씩 모여들더니 자정이 넘자 본격적인 질주가 시작되었다. 그는 타고 있던 오토바이를 공원 쪽에 세워두고 그들을 지켜보았다. 그들 가운데엔 아주 비싼 오토바이를 타고 있는 녀석들도 있었지만 대부분이 개조한 혼다를 타고 있었다. 그는 여자 아이를 뒤꽁무니에 태우고 위험하게 돌아다니는 녀석을 계속 살폈다. 여자 애를 태운 탓에 위험한 곡예 따위는 하지 않았지만 녀석이 그들 중에서 가장 실력이 나으리라는 느낌이 들었다. 한번은 경찰차를 가볍게 뛰어넘었다. 여자 아이를 태우고도 그토록 가뿐하게 오토바이를 모는 녀석이라면 믿을 수 있을 것 같았다. 경찰이 점점 많아지자 고장난 오토바이에 기름을 붓고 불을 지르는 녀석들이 나타났다. 여자 아이를 뒤에 태운 녀석은 장난스럽게 불타는 오토바이를 뛰어넘더니 그 주위를 맴돌았다. 여자 아이가 뒤에서 소리를 질러댔다. 그는 오토바이에 올라탔다. 여자 아이가 무섭다고 돌아가자는 것 같았다. 녀석의 오토바이가 인도로 올라서더니 속도를 높여 달아나기 시작했다. 그는 속도를 내며 녀석의 뒤를 따랐다. 녀석은 미아리 쪽으로 달렸다. 그도 몇 번이나 신호를 무시한 채 뒤따라 달렸다. 녀석이 일직선으로 달리고 있기에 망정이지 도로를 벗어나기만 했다면 그는 녀석을 따라잡지 못했을 것이다. 그러나 녀석은 단 한 번도 곁길로 새지 않고 곧장 달렸다. 드디어 4·19 기념탑 앞에까지 와서 녀석이 멈췄다. 녀석과 여자 아이는 터지는 웃음을 참으려고 애쓰면서 공원의 담을 넘었다. 그들은 묘지 뒤쪽 언덕으로 올라갔다. 그리고 거기서 사랑을 나누었다. 그는 그들을 지켜보았다. 한참 만에 공원을 빠져나온 녀석과 여자 아이는 공원 앞에서 키스를 하고 헤어졌다. 녀석은 여자 아이가 공원과 이어지는 골목으로 사라지는 것을 지켜보았다. 녀석이 여자 아이를 보이지 않을 때까지 배웅하고 돌아서서 오토바이로 돌아오자 그가 말을 걸었다.

"여자 친구가 귀엽더구나."

"왜 따라디녀?"

녀석이 시비조로 물었다.

"여자 친구한테 스포츠카를 사줄 수 있다면 뭐든 하겠어?"

그가 물었다.

"오토바이를 바꿀 수 있다면."

녀석이 수정해서 대답했다.

"좋아, 친구."

그가 오토바이에 기댄 채 담배에 불을 붙이며 대꾸했다. 그렇게 해서 그는 친구를 얻었고, 탈주 수단을 갖게 되었다. 그는 녀석을 데리고 오토바이 전시장으로 갔고 녀석은 마음에 드는 것, 말할 것도 없이 BMW를 골랐다. 몇 년 전만 해도 대부분의 젊은이들이 할리 데이비슨을 추앙했지만 요즘 아이들은 좀 달랐다. 그는 탈주에 사용할 오토바이는 낡은 혼다를 쓰자고 말했다. 녀석은 새 오토바이를 시험할 기회를 놓쳐 아쉬운 눈치였지만 그렇게 하겠다고 대꾸했다.

그가 친구를 만난 것은 저녁 6시가 조금 넘어서였다. 녀석은 오후 내내 오토바이로 갖가지 실험을 하며 시간을 보냈다고 자랑스럽게 지껄였다. 육교에서 계단을 빠른 속도로 내려오기를 수백 번도 더 했다는 것이다. 녀석은 세종문화회관의 충계들을 내려다보면서 이 정도는 식은죽 먹기라며 어깨를 으쓱했다. 그와 친구는 맥도날드에서 저녁을 먹었다. 빅맥 세트와 치킨 그리고 밀크셰이크. 그는 거의 먹지 않았다. 녀석은 그의 몫까지 다 집어삼키며 그의 눈치를 살폈다. 녀석이 도무지 믿어지지 않는다는 표정이었다. 그러나 그를 향해 이러쿵저러쿵 묻지 않았다. 잠시 후면 모든 것을 알게 될 텐데 뭘, 하는 식이었다. 그는 그런 녀석이 어른스러워 보였다. 그는 한 시간 정도 후에 G의 심장을 향해 총을 쏠 것이다. G의 보좌관과 경호원들이 그를 향해 덤벼들 것이다. 그때 녀석의 오토바이가 나타나 그를 싣고 달아난다. 타이밍이 완벽해야만 탈출할 수 있다. 그러나 그는 자세한 계획을 친구에게 알리지 않았다. 녀석은 모르고 있는 게 나았다. 마치 아무것도 모른 채 우연히 사건에 휩쓸렸다는 식이 가장 이상적이었다. 그러나 그가 녀석의 오토바이 뒤에 탄다면 모두가 공범이라는 것을 알게 될 것이다. 오토바이 한 대 값으로는 터무니없이 위험한 일이었다. 그러나 녀석은 아무렇지도 않게 응했다.

"그러니까 형이 광화문 한복판에서 사고를 치고 내가 형을 뒤에 태우고 뜬다. 뭐 그런 거 아니에요. 좋아요. 까짓것, 합시다."

녀석은 그렇게 말했었다. 녀석은 자잘한 도둑질에 이미 오토바이를 사용한 적이 있었을지도 모른다. 아이들과 싸우고 도망치는 정도의 경험은 수차례 있었을 것이다. 모든 게 계획대로만 된다면 그저 한 건 올린 것에 불과할 테지만 만약 잘못된다면 그야말로 개 죽음을 당하게 될 것이다. 그런데도 녀석은 전혀 긴장하지 않는 표정이었다. 녀석의 눈빛은, 인생은 그저 다 그렇고 그런 거 아니겠느냐고 말하고 있는 듯했다. 스피드에 몸을 싣고 죽음을 향해 가속페달을 밟는 일.

그는 7시쯤 세종문화회관 맨 위 층계에 앉아 있었다. 그는 가발을 쓰지도 않았고 수염을 기르지도 않았다. 그는 짧은 머리에 청바지와 티셔츠, 그리고 가죽 재킷을 걸쳤다. 총은 왼쪽 품에 애완용 강아지처럼 들어 있었다. 총에는 모두 여덟 발의 총알이 장전되어 있었다. 그는 가능히면 세 발 정도에서 G를 쓰러뜨릴 작정이었다. 나머지 세 발은 추격전에 사용될 것이다. 어차피 공공 행사이기 때문에 소규모의 경찰 병력이 동원될 것이고, 잘 훈련된 경찰이라면 그를 뒤쫓아올 것이 분명했다.

7시 30분, G가 나타났다. G는 늘 모든 면에서 함께 일하는 사람들보다 한 발 빨랐다. 8시에 식이 시작될 예정이라면 지금쯤 도착하는 것이 당연했다. 그는 녀석의 휴대폰 버튼을 울렸다. 녀석이 받았다. 왔어. 그는 휴대폰을 뒷주머니에 꽂았다. G가 보좌관들에 둘러싸여 계단을 오르고 있었다. 그는 한두 발짝씩, 아주 느리게 그러나 리듬을 타면서 내려갔다. G의 양쪽에는 보좌관이 있었고, 한두 계단 앞서 오르는 경호원도 둘 있었다. 경호원들은 G가 계단을 오르는 것을 방해하지 않으면서도 외부로부터 적절히 G를 보호하고 있었다. 경호원들이 그의 시야를 약간 가렸다. G와의 거리가 불과 십여 미터로 좁혀졌다. 그는 재빠르게 총을 꺼내 한 발을 발사했다. 경호원들이 몸을 날렸지만 오히려 G와의 사이가 좀더 벌어질 뿐이었다. 그는 다시 한 발을 쏘았다. 심장을 겨냥했지만 약

간 상탄이었다. 총알은 G의 왼쪽 관자놀이 쪽에서 이마를 관통하
며 하늘로 솟구쳤다. 그는 경호원을 향해 총을 발사했다. 총알은
빗나갔다. 다시 한 발을 쏘았다. 경호원들은 실탄이 장전된 총을
가지고 있지는 않은 것 같았다. 달려오는 경찰들의 모습이 보였다.
그는 경찰들을 향해 총을 겨눴지만 쏘지는 않았다. 그들이 먼저 그
를 향해 총을 발사했다. 그 순간이었다. 녀석의 오토바이가 뒤편에
서 달려왔다. 그는 몸을 날렸다. 몇 초 동안 그는 녀석의 등을 붙잡
은 채 공중에 떠 있었다. 오토바이는 층계 위를 날아 인도에 떨어
졌다. 인도를 걷던 사람들이 비명을 지르며 흩어졌다. 다행히 부딪
친 사람은 없었다. 인도에 떨어지면서 속도가 줄어 그는 간신히 몸
의 중심을 잡고 오토바이에 걸터앉을 수 있었다. 오토바이는 곧장
차도로 뛰어들었다. 그리고 8차선 도로를 횡으로 가로질렀다. 순
식간에 중앙분리대를 넘어 반대쪽 차선을 타고 달렸다. 그는 도저
히 믿어지지 않았다. 어떻게 이럴 수가 있을까. 녀석은 절묘하게
타이밍을 잡고 나타난 것이다. 신호등이 바뀌는 짧은 시간을 철저
하게 계산하지 않고서는 불가능한 일이었다. 오토바이가 처음 도
로에 진입했을 때는 이쪽 신호등이 빨간 불로 바뀌는 참이었고, 반
대편으로 진입할 때는 막 녹색 불로 바뀌는 타이밍이었다. 그를 실
은 녀석의 오토바이는 차들을 스치듯 피하며 도로를 가로질렀다.
차는 경복궁을 가로질러 종로경찰서를 스치고 안국동과 허리우드
극장에서 다시 동대문 쪽으로 빠졌다. 그리고 남쪽으로 남쪽으로
달렸다. 경찰은 따라오지 못했다. 오토바이는 분당까지 오는 데 삼
십 분도 채 걸리지 않았다. 그는 은채의 집 앞에 서 있었다. 녀석은
이미 사라지고 없었다. 아마도 근처에 있는 지하철역 계단을 오토

바이를 타고 내려가서는 역사에 오토바이를 버려둔 채 지하철을 타고 미아리까지 갈 것이다. 그는 엘리베이터를 탔다. 심장이 불타는 것 같았다. 그는 손을 왼쪽 어깨에 댔다. 이미 총알이 어깨를 뚫고 지나갔다는 것을 알 수 있었다. 심장에 맞은 것은 아니니까 죽지는 않을 것이다. 그는 다음 번에는 방탄 조끼를 입어야겠다는 생각을 했다. 은채의 집 벨을 눌렀을 때 그는 거의 정신을 잃을 것만 같았다. 은채가 문을 열자 그는 그대로 쓰러졌다.

은채는 그를 구겨넣듯이 방으로 끌고 가 눕혔다.

은채의 방에는 별다른 가구가 없었다. 침대조차 없었다. 은채는 그의 옷을 벗기고 피가 흐르고 있는 어깨를 무명천으로 동여맸다. 그리고 의대 학보사로 전화를 걸어 M에게 지혈제와 붕대를 갖고 학교 정문으로 나와달라고 소리쳤다. 시위가 있는 날이면 가끔 있는 일이라 M도 별소리 없이 응해주었다. 은채는 급히 나가 M에게서 약품을 받아 돌아왔다. 시위 때 부상당한 애들을 몇 번 봐준 덕에 은채는 빠른 손놀림으로 그의 상처 부위를 소독하고 붕대로 감쌌다. 그는 단 한마디의 신음 소리도 내지 않고 참아냈다. 은채는 그가 아직까지 군인처럼 느껴졌다. 은채는 발을 뻗고는 그의 얼굴을 자신의 허벅지 위에 올려놓았다.

"너무 위험해."

은채가 혼자말처럼 중얼거렸다.

"난 괜찮아."

그가 눈을 감은 채 대꾸했다.

"폭력밖에 없다는 거야? 네가 하는 일이 정당화될 수 있을 것 같아?"

"난 그런 거에 관심 없어. 정당화란 저들이 꾸며내는 것이니까."

"넌 이미 합법적인 방식으로 당했어. 경찰 총을 맞았잖아."

"경찰은 어쩔 수 없이 자기가 할 일을 했을 뿐이야."

"넌 정말 테러리스트가 되고 싶니?"

"아니. 난 그저 세상에 대해 약간의 불만과 분노를 가지고 있고 그런 감정들을 솔직하게 표현하려는 것뿐이야. 내 감정을 거스르는 사람들이 더 이상 그렇게 못 하도록 막으려는 것뿐이지."

"넌 정말 미쳤어."

"하지만 넌 나의 그런 면을 좋아하잖아."

"아냐, 난 그저 네가 겉멋이 든 갱이라고 생각했어. 멋지게 은행을 털고 세상을 좀 야유하는……"

"한때는 나도 그랬어. 하지만 현실은 나 같은 놈들을 욕하고 저주하고 사회로부터 내쫓으려고만 해. 난 좀더 다른 방식을 택하기로 했어. 나의 멋진 살인을 아무도 만끽할 수 없게 만드는 거야. 오직 나만이 나를 즐길 수 있어."

"왜 하필 살인이야? 많은 사람들이 죽었어."

"하고 싶은 일이 아무것도 없어. 그렇지만 이 일만은 내 흥미를 끌어."

"넌 곧 목숨을 잃게 될 거야."

"그래, 그러니까 빠른 시간 내에 명단에 있는 자들을 없애야만 해."

"네가 아무리 그들을 제거해도 제2, 제3의 그들이 또 나타날 거야."

"아마도 그렇겠지. 이 체제는 악을 최고 속도로 재생산해내야만 유지될 수 있으니까.”

“제발 이제 그만둬.”

“그러길 바래. 빨리 끝내야지.”

“넌 너무 사적으로 행동하고 있어.”

“그래, 난 내 행동이나 사고가 최대한, 아니, 아주 완벽하게 개인
적이길 바래. 그래서 누군가 나를 죽일 때도 그냥 사적으로 그렇게
해주길 바래. 아무도 사회라는 이름으로 날 처단할 수 없어.”

“이 사회는 너에게 고통을 주었어. 아마 끝까지 그럴 거야.”

“계속 당할 수만은 없어. 이제 난 갱이니까.”

“그럴수록 빨리 죽을 뿐이야.”

“그게 내가 원하는 거야.”

“넌 정말 꿈이 없니?”

“내 꿈은 DMZ에 묻혀 있어, 보석처럼. 빨리 그걸 캐러 가야 돼.”

“네가 죽으면 거기에 묻어줄게.”

“그렇게 해. 철호녀석이 도와줄 거야. 아직도 철책 앞에서 보초를
서고 있으니까. 우린 아직도 수색대야. 우린 죽음을 무서워하지 않
는다고.”

“미친놈. ……섹스하고 싶어?”

“응.”

“지금 할까?”

“어깨가 부서질 거야.”

“그럼 좀더 기다릴게. 네가 날 짐승처럼 대할 때가 좋아. 난 정말
이지 이십 년 내내 타락하고 싶었으니까. 이보다 더 나쁠 순 없을
거야.”

"알아. 우린 이미 돌아올 수 없을 만큼 나아갔으니까. 공부는 잘 돼가?"

"응. 죽으라고 법전을 외우고 있어."

"고마워. 내가 제일 싫어하는 족속이 되어준다고 약속해줘서."

"난 가장 더럽고 비열한 변호사가 될 거야. 왜냐하면 단 한 사람, 오직 너만이 유일한 의뢰인일 테니까."

"그러기 위해선 더 많이 죽이고 더 많이 빼앗아야겠는걸."

"좋아, 끝까지 잘해봐. 대신 내가 변호사가 될 때까지는 버텨봐, 죽지 말고. 넌 벌써 경찰의 총에 맞았잖아."

"그들은 내게 총을 쏘긴 했지만 나를 몰라. 내가 누군지도 모르면서 총을 쏘다니 어리석은 것 같지 않아?"

"맞아. 그들은 널 모르니까 쏜 거야. 너한테 겁먹었나봐."

"그래. 걔네들은 나한테 겁먹었어. 나 피곤해. 좀 자고 싶어."

"불 꺼줄까?"

그녀는 그가 총을 들이대고 청원경찰을 위협하여 현금지급기에서 돈을 빼내는 모습을 지켜보았다. 대낮의 갱을. 그녀는 그저 바라보기만 했는데도 저만치 떨어져나간 것만 같았다. 연주되고 있는 음악에서 툭 튕겨져나와 홀로 소리를 내는 악보처럼 그녀는 떨고 있었다. 오르가슴이야! 그녀는 속에서 외치는 자신의 소리를 느꼈다. 그녀 속에서 울려난 것인데도 저 너머에서 흘러드는 타인의 유혹 같은 소리를. 그녀는 황홀하게 그를 바라보았다. 그가 그녀의 눈빛을 알아채고는 총을 보여주었다. 그녀는 그 총에 이끌렸다. 그리고 이미 대낮의 갱과 함께 이 지긋지긋한 일상으로부터 도망치고 있는 자기 자신의 모습을 얼핏 보았다.

3

매혹의 바깥

그는 앙상했다. 그녀가 그를 품었을 때의 느낌이었다. 거의 동시에 그도 그렇게 느꼈을 것이다. 치명적인 가벼움. 그래서 그들이 함께 느낀 것은 완벽하게 버림받은 느낌 같은 것.

그에게 살점이 있는 부위라고는 엉덩이밖에 없었다. 그의 손은 몹시 작았다.

"손이 말하는 걸 느끼니?"

그가 말했다.

그녀는 그저 웃었다. 아주 오랜 시간이 지난 뒤 그녀는 이 말을 기억해낸다.

그는 그녀가 다른 남자와 입맞추는 것, 같이 잠을 자는 것을 가끔 본다. 더 가끔은 여자들과 어울리는 것을. 그때마다 그는 웃었다. 그가, 손이 말하는 걸 느끼니? 라고 물었을 때 그녀가 웃었던 것처럼.

그녀가 그를 처음 만난 곳은 은행에서였다. 그가 들어서는 순간부터 그녀는 그를 보았다. 그는 그녀가 줄곧 자신만을 보고 있다는 것을 느끼지 못했다. 그는 나중에서야 사랑에는 약간의 시간이 필요하다는 걸 알게 되었다. 서로를 마주 바라볼 수 있는 시간, 그리고 그 시간들을 사랑에 관한 상상으로 메워야만 하는, 느낄 수 없을 만큼 비밀스런 통증과 쾌락이 만들어내는 시간의 길이와 깊이가 있다는 것을.

그녀는 그가 총을 들이대고 청원 경찰을 위협하여 현금지급기에서 돈을 빼내는 모습을 지켜보았다. 대낮의 갱을. 그녀는 그저 바라보기만 했는데도 저만치 떨어져나간 것만 같았다. 연주되고 있는 음악에서 툭 튕겨져나와 홀로 소리를 내는 악보처럼 그녀는 떨고 있었다. 오르가슴이야! 그녀는 속에서 외치는 자신의 소리를 느꼈다. 그녀 속에서 울려나온 것인데도 저 너머에서 흘러드는 타인의 유혹 같은 소리를. 그녀는 황홀하게 그를 바라보았다. 그가 그녀의 눈빛을 알아채고는 총을 보여주었다. 그녀는 그 총에 이끌렸다. 그리고 이미 대낮의 갱과 함께 이 지긋지긋한 일상으로부터 도망치고 있는 자기 자신의 모습을 얼핏 보았다.

그때 그는 군인이었다. 그의 꿈은 자기가 군인이었을 때 전쟁이 났으면 하는 것이었지만 그가 군에서 나올 때까지 이 땅에서는 전쟁이 일어나지 않았다. 그는 제대하면서 총 한 자루를 가지고 세상으로 나왔다. 또 폭발물 제조 기술도 배웠고, 총을 쏘아서 다른 인간의 심장을 꿰뚫는 테크닉과 그 순간의 짜릿한 쾌감 따위도 익혀서 나왔다. 그러나 사실 이것들은 이 세상에선 아무 쓸모도 없는 것이었다. 세상 사람들은 아무도 그가 그런 기술을 사용하는 것에 대해 찬성하지 않았다. 사람들은 총을 쓰는 자들을 이 세계로부터 끊임없이 추방시켜왔었다. 그가 이 평화의 시대에 총소리를 울린다면 그건 자살 행위나 마찬가지일 것이다. 말하자면 그의 삶 자체를 거부하는 꼴이다.

그는 한때는 군인이었지만 지금은 갱이다. 그는 벙어리이고, 뇌성 마비를 약하게 앓고 있다. 그래서 그는 세상이 그에게 말하는 소리를 알아듣지 못했다.

힘없는 자의 욕망은 무서운 죄악이야! 세상은 이렇게 말하고 있는데도 말이다.

그녀는 달랐다. 그녀는 세상으로부터 사랑받고 싶어했다. 세상이 보내는 갈채 소리를 듣고 싶었다. 많은 사람들이 그녀를 무대 위에 올려놓고 황홀한 눈빛으로 바라다보며 그녀의 몸 동작 하나하나에 온 신경을 기울여 반응해주길 바랐다. 그녀는 무대 위에서 내려올 줄 몰랐다. 그녀는 그것이 가장 두려웠다. 무대 아래에서 자신의 모습을 발견하는 것을. 혹은 무대 아래서 무대 위에 있었던 자신의 흔적을 느끼는 것을. 그녀는 삼인칭이 되는 것을 무서워했다. 많은 사람들이 사랑하는 당신으로서, 끝까지 이인칭으로 남고 싶었다. 그라면, 군인이자 살인자며 갱인 남자, 그런 사내라면 가능할 것 같았다. 하지만 정작 그가 원했던 것은 무대 밖에서 무대를 불사르는 것이었다. 사랑과 갈채를 받으며 기쁘고 황홀하고 때론 너무 슬퍼서 지독히 아름다운, 삶이라는 그 무대 너머로 달아나는 것이었다.

그는 시간이 멈춘 곳, 역사가 없는 순수의 공간으로 도피하고자 했다. 그녀는 망설였다. 그는 군인이었을 때 그녀를 DMZ의 초소로 데려갔다. 그녀는 이렇게 좁고 더러운 무대는 처음이라며 불평

했다. 그에게로의 이끌림 때문이 아니었다면 그녀는 평생 남자들만의 공간에 가볼 수 없었을 것이다. 그 순간 그녀는 과거를 회상했다. 이미 다른 많은 남자들이 그녀에게 거의 똑같은 방식으로 행했던 몸의 기억들을 재생해내었다. 몸은 기억을 가지고 있었다. 몸은 자기가 느꼈던 모든 감정들을 빠짐없이 기록하고 있었다. 몸은 출발이자 끝이었다. 몸은 아예 그만두고 싶어했지만 단 한 번도 멈춘 적이 없었고, 동시에 끝까지 가고 싶어했지만 늘 어느 순간쯤에서 뚝 멎곤 했다. 세상은 비유로 가득 차 있다. 그녀의 몸이 그녀에게 말하고 있었다.

DMZ의 초소에서 군인들과 섹스를 했을 때 그녀는 미쳐 있었다. 그리고 남방한계선을 넘어 북에서도 군인들이 넘어오곤 하는 비무장지대로 들어갔다. 무장 해제 구역이지만 남북의 군인들이 단 한 번도 무기 없이 드나든 적이 없는 곳을 오직 그녀만이 알몸뚱이로 기어들어갔다. 거기서 북의 남자와 성교를 하였다. 그녀는 자신의 몸이 어떤 감정 상태로 들어가게 되는지를 느끼고 싶었다. 몸만이 감정을 느낄 수 있었다. 영혼이나 정신 따위는 아무런 감정이 없었다. 그녀에게 있어 몸이야말로 그 자체로 사랑하는 기계였다. 그녀는 그 남자들을 모두 사랑했다. 그녀는 단 한 남자도 배반한 적이 없었다. 그 절대의 사랑의 순간에 그녀는 사랑한다고 말했다. 그녀의 육체가 남자의 몸에게 말을 거는 것이었다. 대개의 남자들은 침묵했다. 사내들의 몸이 아니라 정신 따위가 그들을 입 다물게 했다. 가끔 사내들은 몸이 없는 것처럼 느껴지기도 했다. 그녀는 그가 반벙어리인 까닭을 다른 사내들을 통해서도 느끼고 있었다. 많은 사내들이 불구였다. 사랑을 느끼지 못하는 몸을 가지고 있었다.

98

그 남자들의 몸은 사랑으로 인해 입은 상처를 어떻게 저장해야 하는지 몰랐다. 그래서 그들은 마치 자신들에겐 상처가 없다는 듯 으스대곤 하였다. 그런 면에서라면 그도 한없이 바보같이 느껴졌지만 그가 행동했다는 점에서는 몸을 사용할 줄 아는 몇 안 되는 사내라는 생각이 들었다.

그는 DMZ를 꿈꾸었다. 모든 존재들이 역사의 시간으로부터 달아나 자연의 시간에서 멈춰 살아가고 있는 그런 텅 비어버린 상태. 그는 DMZ에 들어갈 수 없는 존재들의 명단을 가지고 있었다. 그들의 시간은 현실 외에 그 어디에도 갈 수 없는 붙박이 성격을 지니고 있었다. 그는 그들의 완고함에 화가 났다. 그래서 억지로 그들을 떼어내 다른 공간으로 이동시켜버렸다. 삶의 시간에서 죽음의 '시간 없음'으로. 그러나 죽음에도 일정한 시간이 있는 것은 아닐까.

그녀는 그를 바라보는 일이 즐거웠다. 그가 실천하는 악이 그녀를 매혹시켰다. 끝장날 때까지 타락하고 싶었던 사춘기를 생각나게 했다. 첫 남자가 처음 자신의 몸을 짓뭉개던, 자기 몸이 자신을 향해 처음으로 말을 걸었던 그 순간으로 돌아가고 싶었다. 그는 가끔 그녀를 거기까지 몰고 갔다가 털썩 내려놓곤 했다. 그럴 때면 그녀는 그 시절로 되돌아가서 한참 동안 놀다 오곤 했다. 사랑은 추억을 만드는 것이 아니라 사랑 이전의 추억으로 돌아가도록 만들었던 것이다. 그것이 사랑의 마술이었다. 아, 이 사랑에서 멈추고 싶어, 그렇게 말한 때가 한두 번이 아니었다. 너무나 아찔한 사랑의 순간들이 계속된다는 것처럼 두렵고 슬픈 시간들이 인생에서 또 있을까. 그러나 그녀는 멈출 수 없었다. 이 무시무시한 사랑의 가속도에서 벗어나기는 불가능한 것처럼 보였다. 그녀의 몸이 그것을 용서할 것 같지 않았다. 지옥의 끝에서 사랑의 벌을 받고 싶었다. 그가 보여주는 현란한 악의 행위들과 함께 그녀의 사랑도 대가를 치르게 될 것이다. 살인적인 사랑과 달콤한 악. 그녀는 그 순간의 쾌락에서 벗어날 수가 없었다. 그녀는 자신이 가장 경멸하는 로맨티스트가 되고 말았다. 그녀는 그가 자신에게 그랬던 것처럼 스스로를 총살하고 싶다는 충동 속에서 하루하루를 버텨나갔다. 그녀가 사랑한다고 말했던 지상의 남자들을 하나씩 살해하면서.

처음에 그녀는 그를 사랑할 수 없었다. 그는 그녀에게 있어 생애 처음으로 은행을 털고 있는 현재 진행형의 갱이었다. 그녀는 그의 완결된 범죄가 아니라 지금 막 조금씩 진행되어가는 범죄 행위를 지켜보았다. 그리고 그 범죄가 완성되는 순간을 약간 도울 수 있었다. 그녀는 그것에 대해 아무에게도 말하지 않았다. 왜냐하면 그를 만난 그 순간 그의 범죄는 그녀에게 오르가슴과도 같은 황홀경이었고, 선악과를 따먹도록 유혹하는 뱀의 혀와 같이 그녀를 전율시켰기 때문이다.

그와의 첫 섹스. 그는 그것에 대해 한참이 지나서도 아무런 말을 하지 않았다. 그녀는 그에게 어땠어요? 하고 묻고 싶은 충동을 여러 번 느꼈다. 그러나 그렇게 물으면 그가 황홀경에 도달하는 순간 몸을 치떨며 죽음만큼 고통스럽게 인상을 찌푸리던 그 표정이 갑자기 지워져버릴 것만 같았다. 그 순간 그는 터져나오려는 쾌락을 참으려고 무던히 애를 썼다. 그녀의 몸 속에 자신의 흔적을 남기는 것이야말로 은행을 터는 것보다 더 큰 범죄인 양 그는 그녀의 몸 속에서 자신의 성기를 뽑아내려고 하였다. 그러나 그녀는 허리와 엉덩이에 힘을 주며 다리로 그의 하체를 꼬아 그를 도망치지 못하도록 하였다. 그녀는 그에게 진짜 쾌락을 느끼게 해주고 싶었다. 여자의 몸 속에서 아무런 장애도 받지 않고 맘껏 방류할 수 있도록, 그리하여 완벽한 절정과 동시에 남자로서의 정복감을 느낄 수 있도록. 그녀는 그에게 그렇게 해주었다. 완벽했다.

그가 형을 살해하던 날의 행적을 그녀는 알지 못했다. 그는 형을 죽였다. 그가 형을 죽일 때 어떤 감정을 느꼈는지 그녀도 느낄 수 있었으면 하는 생각을 자주 했다. 그저 타인을 죽이는 것과는 완벽하게 다른 그 어느 깃과도 공유할 수 없는 감정. 처음 순결을 잃었을 때나 스스로 목을 맬 때와 같은 기분이 들지도 모른다는 막연한 느낌뿐이었다. 그가 자신의 형을 죽이고 나서는 어떤 행동을 했을까. 그는 차를 몰아 집으로 왔을 것이다. 그는 옷을 벗지도 않은 채 욕실로 들어가 욕조에 반쯤 기대어 눕는다. 물이 한 방울도 없는 마른 욕조다. 그는 구두를 신은 발로 수도꼭지를 걷어차 물을 튼다. 벽걸이에 걸려 있던 샤워기에서 물이 쏟아진다. 그는 다시 한 번 수도꼭지를 발로 걷어찬다. 물이 세차게 떨어져내린다. 그는 꼼짝도 하지 않고 거기 누워 있다. 아주 오랜 시간이 흘렀다. 하루나 이틀쯤. 물은 그의 몸을 타 넘었으며 욕실을 넘어 거실이나 방들로 밀려들어갔다. 그의 집은 온통 물로 가득 차버렸다. 하루나 이틀쯤이란 시간은 그의 집을 바닷속에 넣어버릴 수도 있는 시간이었다. 그런데 누군가 그의 집을 방문하여 문을 두드린다. 그는 듣지 못한다. 방문자는 문을 더욱 세게 두드린다. 그는 물에서 걸어나와 방으로 들어간다. 그는 형이 늘 입던 옷을 입는다. 그리고 형으로서 방문자들을 맞이한다. 방문자는 형에게 동생이 죽었음을 알린다.

사실은 그에게 그 자신이 죽었노라고 다른 사람이 말해주는 꼴이다. 그는 형으로서 동생의 죽음을 슬퍼하는 제스처를 취한다. 그러나 그는 결코 형을 죽인 살인자 동생으로서의 말이나 행동은 보일 수가 없었다. 그는 형을 죽임으로써 형의 인생을 살 수 있었다. 반벙어리에다 뇌성 마비, 그가 꼭 한 번쯤 맡아보고 싶었던 배역을.

그녀는 형을 동생의 장례식에서 만난다.

동생의 죽음은 너무나 애석한 일이에요. 그녀가 말한다.

죽은 건 동생이 아니라 바로 나예요. 형이 말한다.

당신이 죽어서 너무나 죄송해요.

아닙니다. 동생이 바로 나예요. 이제 막 인생이 시작된걸요.

그녀는 그의 변호사가 되어주겠다고 약속했지만 자신이 그 약속을 지킬 순간에 그가 법정에 서는 일 따위는 생기지 않을 거라고 막연히 느끼고 있었다. 그는 곧 죽을 것이다. 아니면 그는 불멸해서 그리고 너무나 완벽해서 이 땅의 법 따위에는 심판받지 않을 것이다. 그가 법정에 서서 다른 인간들의 조롱거리가 되는 것을 지켜보느니 차라리 자신이 그를 향해 방아쇠를 당길 것이라는 게 그녀의 생각이었다. 그가 형을 쏘았듯이 그를 죽인 뒤 그의 생을 살겠다는 것. 그것이 그녀가 그를 만나 그에 대하여 결정한 그 무엇이었다. 어차피 그녀가 그와 결혼을 하거나 아이를 낳거나 하면서 세속적인 행복에 치를 떨 수 있으리라고는 단 한 번도 상상하지 못했으니까. 그러나 그는 그녀에게 절망이었다. 그는 순교당하는 어린 양이자 사형 집행관이니까.

그를 만나기 전 그녀에게는 여자 친구가 있었다. 약 2년 전쯤에 도우미 교육장에서 만났다. 구제 금융 시대가 막 시작되던 때였다.

실업률과 취업률이 반비례하여 연일 기록을 갱신하고 있었고, 대학생 아르바이트도 마땅한 데가 없었다. 그녀는 생활 정보지에서 도우미를 뽑는다는 광고를 보고 그곳에 갔다. 일거리를 찾아 갔지만 일은커녕 6개월 교육에 입회비까지 내라는 것이었다. 취업은 좋은 시절 이야기였다. 그녀는 발걸음을 돌렸다. 다음 학기 학비를 벌기 위해서는 다른 일을 빨리 알아봐야만 했다. 그녀는 복도에서 돌아서서 나가려다 J와 부딪쳤다. J는 그녀보다 거의 10센티미터 정도 키가 컸다. 그녀는 눈을 치뜨고 J를 바라보았다. J는 웃고 있었다. J는 거의 아무런 표정도 짓고 있지 않았지만 웃고 있는 것만은 확실했다. 그녀도 J를 향해 웃으려고 노력했다. 그러나 그녀는 그것이 잘되지 않았다. 그녀는 약간 더 인상을 찌푸리는 데 그쳤다. J는 웃음을 멈추지 않은 채 그녀를 계속 내려다보고 있었다. 그녀가 비켜 지나가려는데 J가 말했다.

"지금 가면 날 다시 못 볼 거예요."

그녀는 이해할 수 없다는 듯이 J를 올려다보았다. J는 아까보다는 표정이 좀더 살아나 보이는 웃음을 지었다. 그녀는 고개를 약간 갸웃하고는 그냥 지나쳤다.

J는 저녁때쯤 그녀에게 전화했다. 그녀는 도저히 이런 상황이 믿어지지 않았다. J는 자기 이름이 J이고, 1년 전부터 그 용역 회사에서 일하고 있다고 말했다. J가 왜 그냥 갔느냐고 묻자 그녀는 입회비를 낼 돈이 없었다고 대답했다. J 역시 아직까지 입회비로 낸 돈의 절반도 채 벌지 못했다고 투덜댔다. 하지만 곧 큰일이 주어질 것이며 그때는 돈을 벌게 될지도 모른다고 덧붙였다. J는 그녀가 매우 좋은 인상을 가지고 있어서 이런 일에 잘 어울릴 거라고 말했

다. 그녀는 일은 하고 싶지만 지금 수중에는 한푼도 없다고 대꾸했다. J는 돈을 좀 빌려줄 수도 있다고 했다. 그녀는 고맙지만 그럴 필요까지는 없다며 거절했다. 돈을 빌리면 당장엔 일을 할 수 있겠지만 돈을 버는 순간부터 빚을 갚아야 하기 때문에 그런 소모적인 일에 에너지를 쓰고 싶지 않다고 말했다. J는, 그럼 돈 많은 남자를 꼬시는 수밖에 없겠군요, 라고 힘없이 대꾸했다. 그녀는 약간 기분이 상했지만 그보다는 J의 말투가 갑자기 사그라드는 것에 가슴이 아려왔다. 이상한 느낌이었다. J는 어쩔 수 없군요, 같이 일하고 싶었는데, 라고 말하며 전화를 끊으려고 했다. 그녀는 관심을 써주어서 고맙다고 말했다. 둘 다 전화를 끊지 못하고 잠시 망설였다. J는, 전화해줄래요? 하고 물었다. 그녀는 연락처를 물으려다가 J더러 지금 어딨냐고 했다. J는 그녀가 있는 곳에서 불과 백여 미터 떨어진 곳에 있었다. 그녀는 믿어지지 않아 고개를 좌우로 흔들며 전화를 끊었다. 그녀는 잠시 동안 나가야 할지 말아야 할지를 고민했다. 자신의 집 앞까지 와서 전화를 걸고 있는 J라는 여자를 만난다는 게 왠지 불길하게 느껴졌던 것이다. 하지만 그녀는 J를 만나러 나갔다.

 J는 아주 짧은 치마에 부츠를 신고 있었고, 위에는 보풀이 올라온 반팔 스웨터를 입고 있었다. J는 활짝 웃었다. 그녀는 J가 웃을 때만큼은 어느 탤런트보다도 아름답다고 느꼈다. J는 나와줘서 고맙다고 말했다. 그녀는 여기까지 왔는데 그냥 돌려보낼 수가 없지 않느냐고 웃으면서 대꾸했다. 그녀는 J와 함께 사거리 은행 앞에 있는 카페에 앉아 오랜 시간을 보냈다. J는 저녁 7시가 되자 자리에서 일어났다. J의 아르바이트 시간이었다. J는 압구정동에 있는

람세스라는 나이트 클럽에서 춤을 춘다고 말했다. J는 열일곱 살에 집에서 가출했고, 집을 나온 것을 기념해 같은 주유소에서 일하던 남자 아이와 섹스를 했다는 것이다. 그리고 주유소에서 일하는 것은 너무나 힘든 일이었고, 돈을 벌 수도 없고, 집을 얻어 살 수도 없어서 어쩔 수 없이 나이트 클럽에서 춤을 추기로 했다는 것이다. 열아홉 살까지 J는 나이트 클럽에서 춤을 추다가 룸살롱에도 가끔 나갔는데, 남자들과의 섹스가 너무나 지겹고 고통스러웠다고 말했다. 그녀는 J의 말을 잘 들어주었다. J는 자기에게 살 집을 마련해준 건달 오빠로부터 독립하려 한다고 했다. 이제 자기 혼자 작은 방을 마련할 수도 있고, 도우미를 할 수도 있으니까 더 이상 룸살롱이나 나이트 클럽에서 춤을 추지 않아도 된다는 것이었다. 그녀가, 남자가 놓아주지 않으려고 할 텐데……라며 말끝을 흐리자 J는, 그럼 죽일 거야, 하고 대꾸했다. 그리고 J는 일어서서 춤을 추기 위해 람세스로 갔다. J에겐 춤추는 것이 매우 즐거운 일이어서 일이 끝나고도 혼자 남아서 춤을 추곤 한다고 했다. 그녀는 집으로 걸어오면서 J가 춤추는 것을 상상해보았다.

J가 그녀에게 전화를 한 것은 며칠 뒤였다. 어쩌면 그보다 훨씬 더 오랜 시간이 지나서였는지도 몰랐다. 그녀는 J를 잊고 있었다. J가 전화로 처음 한 말은, 그를 죽였어, 어쩔 수 없었어, 라는 말이었다. 그녀는 예전에도 그랬던 것처럼 지금 어딨니? 하고 물었다. 너네 집 앞에. J가 처음처럼 대답했다. 저녁이 밤으로 넘어가는 시각이었고, 밖에는 비가 부슬부슬 내리고 있었다. J는 전화 부스 앞에서 촌스럽고 어린 티가 나는 옷을 입고 떨면서 서 있었다. 그녀는 키가 큰 J의 등을 토닥이며 약간 껴안은 듯이 붙잡았다. J는 이상

하게도 처음 보았을 때처럼 표정 없는 미소를 띠고 있었다. 그녀는
섬뜩해져서는 J를 더욱 꼭 끌어안았다. 그녀는 J를 집으로 데리고
왔다. 술 마시고 싶어, 하고 J가 말했다. 그녀는 J를 침대에 눕히고
술을 사러 가게로 갔다. 그녀가 들어왔을 때 J는 거의 죽은 듯이 누
워 있었다. 잠들었나, 하고는 그녀는 한쪽 구석에 앉았다. J는 잠들
지 않고 깨어 있었다. 그녀가 텔레비전을 보다가 자리에서 일어나
J를 보니 J는 멍한 눈길로 천장을 올려다보고 있었다. 눈동자가 전
혀 흔들리지 않았다. 인형의 눈 같았다. J의 눈은 처음 보았을 때보
다 두 배나 더 커진 것 같았다. J는 넋이 나간 것처럼 보였다. 그녀
는 불을 끄려고 몸을 움직였다. 잠이 올 것 같지 않아, J가 말했다.
그녀는 J 곁에 엉덩이를 걸치고 앉았다. J가 팔을 뻗어 그녀를 붙잡
았다. 그리고 와락 끌어안았다. 그녀는 J를 위로해주고 싶다는 생
각에 마주 껴안았다. J는 흐느끼듯이 거친 숨을 몰아쉬었다. 하지
만 J는 울고 있지 않았다. 그녀는 J가 마치 발악이라도 하는 광인처
럼 느껴졌지만 사실은 아니었다. J는 그녀를 꼭 끌어안았으며 얼굴
을 마구 비비며 몸을 밀착했다. J의 팔은 그녀의 몸을 빠져나가지
못하도록 틀어막았고, 손으로는 그녀의 등과 엉덩이와 허벅지를
어루만졌다. J의 손이 그녀의 옷 속으로 들어와 배와 가슴을 애무
했다. 그녀는 그저 어찌해야 좋을지 감을 잡지 못한 채 J가 하는 대
로 그냥 내버려두었다. J는 그녀의 얼굴에 입술을 비볐다. 그리고
는 드디어 그녀의 입에 키스를 해왔다. J의 입술이 살짝 떨어지는
가 싶더니 약간 벌어진 채 다시 입맞춰왔다. 그녀도 약간 입을 벌
릴 수밖에 없었으며 빨려들어오는 혀를 받아들였다. J는 그녀의 입
술과 혀를 뜨겁게 빨아댔다. 감미로우면서도 따뜻하고 몸을 흥분

106

시키는 키스였다. 그녀도 J의 입술과 혀를 미친 듯이 빨아댔다. J는 그녀의 옷을 걷어냈다. 그녀의 상체는 순식간에 드러났고 J의 애무는 목덜미와 귀, 겨드랑이와 가슴, 그리고 배와 골반으로 이어졌다. J는 그녀의 바지 지퍼를 내렸다. 그녀는 순간 움찔하며 J의 손을 막았다. J의 손은 잠시 멈칫하더니 곧바로 너무나 부드러워져서는 그녀의 손을 살짝 밀어내고는 아무런 힘도 가하지 않고 그녀의 바지를 벗겨내렸다. J는 그녀의 팬티는 그대로 두었다. 그리고는 허벅지 안쪽에서부터 무릎까지 혀로 핥으며 내려갔다. 그녀는 전율했다. 그 어떤 남자와의 섹스에서보다 그녀를 더 흥분시키는 애무였다. J는 혀로 그녀의 발목과 복숭아뼈, 그리고 발가락 사이를 빨았다. 그리고 다시 다른 쪽 다리를 거꾸로 타고 올라왔다. J는 그녀의 팬티 위로 입술을 부볐다. 그녀의 사타구니는 이미 축축하게 젖어 있었고, J의 혀와 입술이 닿으면서 이상한 소리를 내기 시작했다. 팬티를 벗겨달라고 애원해봐, J가 명령했다. 그녀는 잠시 망설였지만, 벗겨줘, 하고 말했다. 애원하라니까, J가 소리쳤다. 벗겨줘, 제발. 그녀가 외쳤다. 내 이름을 불러, J가 다시 명령했다. J, 제발 벗겨줘, J. 그녀는 애원했다. 네가 벗어. J가 냉정하게 말했다. 그녀는 자신도 모르게 엉덩이를 높이 쳐들고 과장된 몸짓을 하며 팬티를 벗었다. J는 그녀가 옷을 벗는 것을 지켜보았다. 그리고 자신의 바지 지퍼를 내렸다. J의 지퍼는 엉덩이까지 연결된 것으로 J가 지퍼를 열자 엉덩이와 사타구니가 고스란히 드러났다. J의 바지는 두 동강이 나서 떨어져내렸다. J는 팬티를 입고 있지 않았다. J는 그녀에게 몸을 부딪쳐왔다. 그녀는 J의 사타구니에 자신의 것을 부벼댔다. J는 마치 남자와도 같은 힘으로 그녀를 몰고 갔다. 그녀

는 이 순간에는 남자의 성기가 자신의 몸을 뚫고 들어와주었으면
하고 바랐다. 그 순간이었다. J가 몸을 바로 세우더니 그녀의 얼굴
을 사정없이 갈겼다. 남잔 필요 없어, J가 외쳤다. 그녀는 눈물이
핑 돌았다. 갑자기 애인한테 버림받은 듯한 느낌이었다. 그녀는 J
를 끌어안았다. 그리고 마구 키스를 퍼부었다. 달아나려는 애인을
붙잡으려는 여자의 애처로운 모습처럼. J는 그녀를 마음껏 사랑해
주었다. J의 혀는 그녀의 사타구니를 지워버릴 듯 애무했다. 그녀
는 오르가슴의 순간에 미친 듯이 소리를 질렀다. J는 자신의 입술
을 깨물었다. J는 피가 흐르는 입술로 그녀의 가슴을 또 깨물었다.
그녀는 젖꼭지가 떨어져나가는 것 같았다. 아아아. 그녀는 기절했
다. 눈을 떴을 때 J는 가고 없었다. 다음날 신문을 보자 J라는 나이
트 클럽의 댄서와 동거중이던 H라는 남자가 변사체로 발견되었다
는 기사가 났다. H는 건달이었는데 평소 지니고 다니던 사시미 칼
에 찔려 숨졌다는 것이다. 경찰은 조직 폭력배간의 세력 다툼 때문
인 것으로 보이나 시기상으로 볼 때 마땅한 근거가 없어 치정에 의
한 살인일 가능성도 배제하고 있지 않다고 말했다. 그리고 달아난
동거녀 J를 찾는 일에 주력하고 있다고 했다.

　J가 다시 나타난 것은 6개월 뒤였다. J는 약간의 돈을 가지고 왔
다. J의 얼굴은 약간 달라진 것 같았다. 눈이 전보다 더 커졌고, 코
도 오똑했고, 광대뼈와 턱뼈도 약간 깎은 듯했다. 그리고 이젠 이
름도 J가 아니라 L로 부르라고 했다. J는 다른 신분증도 가지고 있
었다. J는 같이 살던 남자를 죽이고 다른 조직에 정보를 팔고, 그
대가로 이제는 다른 사람이 되어 나타난 것이었다. J는 그들에게
자신은 레즈비언이기 때문에 더 이상 남자들과는 살고 싶지 않다

고 말했다고 한다. 그래서 그들은 J를 윤간한 뒤에 그냥 돌려보내 주었다는 것이다. 그러지 않았으면 그들은 J를 계속해서 노리개로 삼고는 풀어주지 않았을 것이라는 게 J의 말이었다. 그날 밤부터 J 는 그녀와 잤다. 그녀는 남자와 다시 잘 수 있을까, 약간 걱정을 하면서 매일 밤 J의 몸과 어울렸다.

그가 그녀에게 철책선 바로 앞 초소에서 보초를 서고 있는 친구와 성교를 해줄 것을 요구하자 그녀는 드디어 J와 헤어져야겠다고 마음먹었다. 남자들과 함께 어울리려면 더 이상 여자와 함께 잘 수는 없었다. 그녀는 일을 마치고 J와 함께 춤을 추러 갔다. 놀이 동산 매표구에서 일하던 그녀는 표 판 돈을 그냥 가지고 나와버렸다. J도 꼿꼿이 서서 입장하는 손님들을 향해 인사하는 것도 지겹다며 거길 그만두겠다고 말했다. 그녀는 자신이 떠나고 나면 J가 다시 나이트 클럽에서 춤을 추거나 뒷골목에서 몸을 팔게 되리라는 사실을 알고 있었다. 그러나 이젠 더 이상 J와 함께 살 수는 없었다.

J는 춤을 추기 시작했다. J는 록카페의 벽을 짚고 서서 몸을 벽에 비비며 아주 조금씩 움직이며 춤을 췄다. J의 몸은 물결치는 비단처럼 차가운 벽을 장식했다. J의 몸이 벽을 훑고 지나갈 때마다 할렘의 여자를 그려놓은 인상파의 그림이 물에 흔들리며 새겨졌다. J는 자기가 그려놓은 그림을 지우려고 물을 끼얹기도 했으며 동시에 불을 지피기도 하였다. 벽은 타오르다가 툭, 멈춰서서는 웃음짓고, 때론 눈물을 쏟아내는 물의 불로 무늬지어졌다. 벽은 젤로 변해 깊이 파고들었다가는 다시 솟아오르고 울룩불룩하게 튀어나왔다가는 푹 꺼지기를 반복하며 춤의 조형물로 변해갔다. 그녀는 J의 춤을 바라보기만 했다. J의 몸에서 빛과 향기가 한꺼번에 뿜어져나

왔다. 카페 안은 지독히 어두웠고, 스테이지에서 멀리 떨어진 그녀의 자리에는 칸막이가 놓여져 있었다. 가끔 멀리서 조명이 흔들리며 다가와 J의 몸을 훑고 지나가곤 했다. 그때마다 J의 몸은 조각조각 깨어져 빛을 토하며 죽어가는 회유성 물고기처럼 보이곤 했다. 마지막 절정을 향해 거슬러오르는 물고기의 비늘들이 마구 떨어져 내리며 그녀의 발 밑에 굴렀다. 그녀는 그 빛의 조각들을 한 움큼 집어들고는 자기 머리에 쏟아부었다. 그녀의 몸을 타고 내리던 빛은 황금 같은 음악 소리를 내었다. J가 그녀의 몸을 이끌었다. 그녀는 J와 엉켜 춤을 추었다. J는 등뒤에서 그녀를 껴안은 채 몸을 완전히 밀착시켜 그녀의 몸에 허벅지를 문질러댔다. 그녀는 허리와 엉덩이에 닿는 J의 손길과 사타구니를 느꼈다. 여자 둘이 추는 춤이야말로 완벽한 애무였다. 그녀는 몸을 돌려 거의 J 앞에 쓰러지듯이 J의 몸을 훑어내려갔다. J는 손으로 자기 몸을 쓰다듬으며 그녀 앞에 자기의 관능을 전시해보였다. 그녀는 J의 몸을 열었다. J의 가슴을 움켜쥐고 거기에 얼굴을 파묻었다. 둘은 서로 엉켜 상대를 물어뜯었다. 그리고 바닥을 뒹굴며 짐승처럼 울부짖었다. 아무도 그 둘을 보지 못했다. 그곳엔 여자 둘이서 머리끄덩이를 쥐고 싸우는 모습을 즐겁게 구경할 만큼 한가한 사람들이 없었다. 거기 모인 청춘 남녀들은 춤의 오르가슴을 향해 치닫고 있어서 아무도 그녀와 J의 피 터지는 마지막 사랑의 춤을 지켜보지 못했던 것이다. 격렬한 음악이 끝나고 부드럽고 감미로운 선율이 카페 안을 적시고 있을 때 싸움을 끝낸 두 암컷은 사타구니 사이를 흐르는 미끈한 액체를 손으로 찍어 서로의 몸에 처발랐다. 독한 치즈 향내가 주위를 물들였다. 그녀는 차라리 J를 죽이는 게 낫지 않을까, 라는 생각을

110

잠시 했다.

　DMZ로 가는 길은 멀었다. 그리고 거기에 가겠다고 결심하기까지의 시간은 더욱 길었다. 그녀는 J와의 관계를 끝내고 이사를 했다. J에게는 약간의 돈을 남겼다. 더 이상 J가 원하지 않는, 그러니까 남자에게 매춘을 강요당하는 일만큼은 없었으면 하는 바람 때문이었다. 그녀는 J에게 자기보다 더 아름다운 여자 친구를 사귀게 되기를 빈다고 쪽지에 써서 화장대 위에 놓아두었다. 이제 그녀는 다시 남자에게로 돌아왔다. 그리고 DMZ로 갔다. 그리고 그 울창한 푸른 숲에서 알몸뚱이로 새벽을 맞았다. 그곳은 그 어떤 사랑에도 전혀 무방비 상태인 것처럼 보였다.

　그녀는 퇴계로에서 오토바이를 샀다. 오토바이를 파는 청년은 이만큼 튼튼한 바퀴라면 사하라 사막이나 히말라야 산맥도 넘어갈 수 있다고 큰소리를 쳤다. 그녀는, 그럼 DMZ는요? 하고 물어보려다가 그만두었다. 그녀는 그 오토바이를 샀다. 그가 제대하면 선물로 주고 싶었다. 청년은 그녀에게 오토바이를 탈 수 있느냐고 물었다. 그녀는 대답 대신 웃음을 지어보였다. 그녀는 오토바이에 올라타고는 청년에게 뒤꽁무니에 타지 않겠냐고 물었다. 청년은 자기 목숨은 하나뿐이라며 고개를 저었다. 그녀는 발로 시동을 걸며, 한번쯤 목숨을 걸고 달리고 싶지 않느냐고 유혹하는 목소리로 다시 물었다. 청년은 점포 안에다 대고, 좀 나갔다올게요, 라고 소리치고는 잽싸게 그녀 뒤에 올라탔다. 그녀는 오토바이를 출발시켰다. 오토바이는 급하고 둔탁한 소리를 내며 튀어나갔다. 청년은, 와우, 하고 소리를 질렀다. 그녀는 점점 더 속력을 냈다. 사거리의 신호를 무시했고, 갓길에 인도까지 타고 달렸다. 그녀는 이미 자유로를 달리고 있었다. 헬멧 좀 벗겨줘, 그녀가 소리쳤다. 청년이 그녀의 헬멧을 벗겨서는 공중에 던졌다. 헬멧은 높이 올랐다가 오토바이가 이미 오래 전에 지나온 자리에 떨어졌다. 그녀는 급히 손잡이를 꺾어 오토바이를 유턴시켰다. 그리고 헬멧을 향해 달리며, 스턴트맨이 되고 싶지 않니, 저걸 주위봐, 하고 소리질렀다. 청년은 몸을 잔뜩 꺾어 거의 아스팔트 바닥에 밀착시키고는 손을 뻗어 헬멧을 움켜쥐었다. 반대편에서 달려오는 차들이 미친 듯이 클랙슨을 울리며 그녀의 오토바이를 칠 듯이 스쳐지나갔다. 그녀는 중앙분리대에 바짝 붙여 오토바이를 세웠다. 청년은 얼굴이 새파랗게 질려 있었다. 그녀는 주머니에서 짚이는 대로 지폐를 꺼내 청년의 조끼 주머니에 쑤셔넣어주었다. 돌아오는 길에는 청년이 오토바이를 몰았다. 그녀는 몸을 흔들며 맘껏 까불어댔다. 청년은 그녀의 집까지 오는 동안 한마디도 하지 않았다. 그리고 그녀의 집 앞에 오토바이를 세우고는 이렇게 말했다.

"돈은 필요 없어. 난 널 갖고 싶어."

그녀는 한 번 활짝 웃고는 다짜고짜 청년의 입에 키스를 퍼부었다. 청년이 흥분해서 그녀를 담벼락에 몰아붙이자 그녀는 몸을 떼고 말했다.

"넌 날 가질 수 없어."

청년은 그저 웃기만 했다. 그녀는 청년이 이미 끝장을 보았다는 것을 눈치챘다.

남쪽의 끝 혹은 북의 시작, 그곳의 날씨는 추웠다. 하지만 그녀에겐 추위를 느낄 만큼의 시간이 주어지지 않았다. 남자들의 땅에 발을 딛는 순간의 흥분과 두려움은 추위와는 상관없이 그녀의 몸

112

을 떨게 만들었다. 숨을 헐떡이며 산길을 기어올라 초소에 들었을 때는 등줄기에서 땀이 흘러내렸다. 초소는 반 평이 될까말까 했고, 벽에 기대어 서서 담배를 피고 있는 그의 친구는 초소와 함께 점점 줄어들고 있다는 느낌을 주었다. 그녀는 그를 밖으로 내보내고 그의 친구에게 시작하라고 신호를 보냈다. 그리고 옷을 벗었다. 그녀는 그의 친구가 섹스를 하기엔 그런대로 미남이어서 다행이라고 생각했다. 그의 친구가 그녀의 다리 사이를 파고들자 그녀는 통증을 느꼈다. 동시에 그녀는 어서 빨리 이 통증이 쾌락으로 변해주기를 바랐다. 그녀는 엉덩이를 아래위로 좌우로 흔들어댔다. 그의 친구는 크게 소리질렀고, 그 때문에 그녀도 조금 흥분할 수 있었다. 엉덩이에 와 닿는 남자의 다리는 매우 굵고 단단했다. 그의 친구는 마치 처절한 전투를 치르듯 있는 힘껏 달겨들었다. 거칠고 힘찬 사내의 파상 공격이 약 십 분쯤 이어졌다. 그녀는 속으로 말했다. 당신들이 남자라서 좋아요. 그리고 군인이어서. 당신들만이 여자들과의 전투에서 이겼으니까요. 드디어 그의 친구가 마지막 남은 한 발의 포를 적진을 향해 발사하고 말았다. 그리고 대인 지뢰를 밟은 척후병처럼 쓰러졌다. 갑자기 반 평짜리 초소가 휑하니 넓어지며 조명탄이 터진 듯 밝아졌다. 그러나 그것은 그녀 내부에서 터진 것이었다. 절벽 끝에서 한없이 떨어지는 느낌이더니 한순간 걷잡을 수 없이 솟구치는 붕 뜬, 그러다 갑자기 턱 하고 허리가 부러질 듯이 꺾이는 느낌. 아, 개 같은 순간의 지독하게 더러운 쾌락이 그녀의 몸을 관통했다. 바지가 발목께에 걸려 있었지만 주워올릴 만한 힘이 없었다. 그가 초소로 들어와 벌거벗은 그녀의 아랫도리를 노려보았다. 그의 친구는 쾌락과 공포로 떨고 있었다. 그 순간 그의 얼굴은 어둠과 빛, 노을과 푸른 하늘과 검은 산이 충돌하는 그림처럼 버무려졌다. 그는 초소에 있는 자신의 분신들을 향해 총을 난사하고픈 충동을 느끼고 있는 것처럼 보였다. 그녀는 싱긋 웃어주었다. 이보다 더 나쁠 수는 없을 것 같았다.

네가 사랑하는 여자가 다른 남자와 자는 것에 대해 어떻게 생각하지? 아니, 사랑하는 남자 앞에서 다른 남자와 섹스하는 것은?

그는 그때 무어라고 대답했을까?

남자들이 망설이는 순간에 그녀가 선택한 것은 다른 남자가 아닌 무수히 많은 남자들이었고, 단 한 번이 아닌 또다시였으며, 그것도 다른 편의 군인들, 적성 국가의 병사들로 그 목록을 채울 수 있기를 하고 바랐다. 그가 총질을 시작하기 전에 어떻게 해서든 다른 미친 짓이라도 벌여야만 할 것 같았다. 그녀는 철책을 넘어 DMZ로 들어가자고 우겼다. 그의 친구가 벌벌 떠는 모습은 가관이었다. 그러나 그는 오히려 자기 속의 살의를 다스리려는 탓인지 오히려 냉정하고 싸늘하게 그녀의 요구를 받아들였다.

"좋아, 네가 원한다면."

그는 그녀의 손목을 이끌고 초소를 나와 철책을 넘었다. 그녀는 군인들처럼 낮은 포복으로 기어 철조망을 통과했다. 무릎과 팔꿈치가 쓰라려왔다. 그녀는 자신을 달래려고, 이따위 것쯤은 아무렇지도 않아, 아무렇지도 않다고, 그저 좀 새롭고 낯선 것뿐이야, 정말 아무렇지도 않다구, 하면서 중얼거렸다. 그는 계속해서 욕지기를 내뱉고 있다. 미친년 지랄하고 있네, 뭐 그런 식이었다. 그는 여자가 자기보다 한술 더 뜨려고 하는 것을 못마땅해하는 우리나라의 보통 남자와 다를 바 없어 보였다. 그러나 여자가 하고자 하는 바를 이루기 위해 목숨을 걸고 있다는 점에서는 다른 어떤 남자들과도 달랐다.

　그는 익숙한 몸놀림으로 앞으로 전진했지만 그녀는 거의 숨이 턱까지 차올라 기어가다가 죽을 것만 같았다. 그가 멈추자 그녀는 벌렁 드러눕고 말았다. 등이 축축하게 젖어왔다. 철책을 넘어서인지 단 한 번도 맡아본 적이 없는 흙 냄새가 콧속으로 쳐들어왔다. 그녀는 가쁜 숨을 몰아쉬느라 가슴과 배가 높이 솟았다가 가라앉곤 하였다. 그도 숨을 몰아쉬다가 몸을 일으켜 그녀를 내려다보았다. 그녀는 거친 숨을 내쉬느라 꼼짝도 할 수 없었다. 그는 헐떡거리고 있는 그녀의 몸을 날렵한 시선으로 여러 번 훑었다. 이윽고 그가 몸을 덮어왔다. 그녀는 귀와 목덜미에 뜨거운 기운을 느꼈다. 그의 물기 없는 입술이 지나가면서 그녀의 피부를 소름 돋게 하였다. 그녀는 그의 입술에 물을 부어주고 싶었다. 그녀는 그의 몸을 팔로 감싸고 일어나 앉았다. 그가 자신의 어깨를 내리고 애무하는 동안 그녀도 그의 귀를 깨물고 목덜미에 키스를 퍼부었다. 그가 잠시 멈추고 그녀의 얼굴을 똑바로 쳐다보았다. 그리고 삼킬 듯이 입을 열고 달겨들었다. 그녀는 축축한 혀와 입술로 그의 마른 입술에 침을 잔뜩 발라주었다. 그녀의 혀와 뒤엉켜 춤추고 있는 그의 혀도 이젠 이슬을 맞아 비늘을 번들거리는 비단구렁이처럼 깊이 그녀의 목을 넘어 들어왔다. 그의 손은 그녀의 가슴을 풀어헤쳤다. 그녀는 숨을 멈췄다. 목덜미에서 섬뜩함이 느껴졌다. 그들 위로 소총 그림자가 드리워졌다. 그녀가 한 번도 본 적 없는 북쪽의 병사가 그들을 향해 총을 겨누고 있었다.

　"안녕."

그가 인사를 했다. 이런 상황에서는 도저히 상상할 수조차 없는 아주 우스꽝스런, 아니 너무나 애교 넘치는 인사였다. 그도 자기 입에서 튀어나온 말이 어색한지 쑥스러운 표정을 지었다.

북쪽의 병사는 아직 어렸다. 북쪽의 병사는 너무나 형편없이 말랐고, 과연 굵고 단단한 성기를 가지고 있을까, 하는 생각이 들 정도로 애송이였고, 남자로 느낄 만한 아무런 매력도 없는, 정말이지 볼품없는 몰골을 하고 있었다. 동시에 그 어린 병사는 초조하고 불안하게 눈을 쉴새없이 굴려댔고, 총을 든 자는 자기인데도 마치 그가 일어나 자기를 죽이려 들지나 않을까, 하는 걱정스런 마음을 감출 줄도 몰랐다. 젊고 겁이 없고 사납고 무시무시한 빨갱이 군인을 만나리라고 막연히 생각했는데 막상 어린 꼬마 병정을 보자 그녀는 약간 실망했다. 하지만 그는 흥미로운 듯 어린 병사를 유혹했다. 그는 북쪽의 병사에게 남쪽 여자를 붙여주려고 무척 애를 썼다. 북쪽 병사는 그녀를 오랫동안 관찰했다. 그녀는 일부러 관능적인 미소를 띠기도 했고, 몸을 이리저리 틀어서 북쪽 병사가 쉽게 자기의 몸을 엿볼 수 있도록 도와주기도 했다. 북쪽의 병사는 이제 더 이상 참을 수 없게 되어버린 것이 분명했다. 금방이라도 녹아내릴 듯한 버터처럼 부드럽게 춤추는 듯한 남쪽 여자의 하얀 살결을 만지고 느껴보고 싶어서 미치고 환장할 지경에 이른 것이었다.

"자, 총을 내리고 저 풀숲으로 가서 기다려. 여자를 보내줄게."

북쪽의 병사는 최초의 경험을 남쪽 여자와 하게 될 것이다. 어쩌면 이미 첫 경험을 나이 많은 고참 병사와 치렀을지도 모른다. 어린 병사는 욕망에 몸을 떠는 나이든 병사들에게 엉덩이를 돌려대고 엎드려 있었던 죽고 싶었던 경험들을 가지고 있을지도 모른다.

그러나 진짜 여자라니, 그것도 적성 국가의 여대생과 교접하게 되리라는 것을 상상이나 했을까. 어린 병사가 숲에 숨자 그녀는 짐승처럼 기어가 북쪽 병사의 몸을 타고 올라 금세 노리개로 만들어버렸다. 노리개는 아름다운 음악 소리를 냈고, 눈물을 흘렸고, 그녀의 몸을 찌르고 들어왔으며, 거칠게 율동했고, 이윽고 죽은 듯이 쓰러졌다. 그녀는 노리개의 기능을 시험해보기 위해 몇 차례 더 실험을 계속했고, 그녀의 노리개는 화려하거나 빛을 내지는 못했지만 풋풋한 기운을 풍기며 몸에 있던 물기를 모두 쏟아내고는 전사하고 말았다.

그가 다가와 초소에서 그랬던 것처럼 자신의 여자와 일을 치르고 벌렁 나자빠진 전리품을 노려보았다. 그러나 아까보다는 한결 부드러워진 눈빛으로 숲의 정경을 훑고 있었다. 그녀는 그에게 미소를 보냈다. 그도 그녀를 향해 웃음지었다. 그녀는 그를 끌어당겨 가슴에 품었다. 그리고 태양이 입김을 불어 그들의 몸을 따뜻하게 데우는 것을 느끼며 눈을 뜰 때까지 그야말로 미친 사랑의 행위에 몰두하였고, 얼핏 까마득한 잠을 경험하기도 하였다. 태양이 남과 북의 경계에서 미친 줄타기를 했던 두 사내와 그녀를 동시에 비추었다. 남과 북은 한순간의 빛에 드러나는 아주 작은 땅에 불과했기 때문이다.

북쪽의 병사는 눈을 뜨고 군복을 챙겨 입고는 그의 전투화를 들고 일어섰다. 그는 그것을 가져가도 좋다는 시늉을 하였다. 어린 병사가 입가에 미소를 띠자 고르지 못한 이와 붉은 잇몸이 드러났다. 어린 병사가 늙은이처럼 보였다. 하룻밤의 신선 놀음에 대책 없이 늙어버린 것 같았다.

왜 여자는 성적인 존재로서만 남자와 구분되는 것일까? 그녀는 DMZ에서 돌아와 자신이 이제껏 한 행위들이 모두 성적인 것들이었음을 깨달았다. 남자의 대척점에 서 있는 여자로서의 행위들은 그것 자체로 어떤 의미나 가치를 띠는 게 아니라는 생각이 든 것이다. 남자가 만든 세계, 남자가 만든 질서, 남자들의 일, 남자의 성, 그 가운데 여자가 속해 있었다. 특히 남자들의 성에는 여자의 성 또한 포함되어 있었고, 여자가 여자라는 성을 가지고 있지 않다면 남자들에겐 아무런 가치도 매력도 없는 것이 된다. 그렇다면 J는 그에게 어떤 존재가 될 수 있을까. 자기 애인의 여자 파트너. 그녀는 J를 그에게 소개시켜야겠다는 생각이 들었다. 그가 J를 범하는 것을 보고 싶어졌다. 아니다. J가 여자로서, 그리고 남자의 성에 위반하는 레즈비언으로서 그와 어떤 관계일 수 있는지, 남성의 반대편의 여성이 아니라 그저 여자로서의 성을 어떻게 실천해보일 수 있는지 그녀는 그게 무척 궁금했다. 그러기 위해서는 그녀처럼 남자와 로맨스에 빠지는 약한 여자여서는 안 될 것만 같았다. 그녀는 이제 남자의 성을 완벽하게 만들어주는 성적인 행위로부터 빠져나와 뭔가 다른 일을 해보면 어떨까, 생각해보았다. 갱이 된다든가 하는, 모두들 남성 명사쯤으로 여기는 갱이란 단어에 다른 성을 부여하는 것. 갱의 여자가 아니라 그저 여자 갱일 수 있다면.

그녀는 그가 제대하기 전까지 사격 클럽엘 들락거렸다. 귀청을 찢어놓을 듯이 울리는 총성에 자지러질 뻔도 했지만 그녀는 차츰 총에 익숙해져 클럽에서 인기 있는 사수가 되었다. 그는 제대했지만 그녀를 찾아오지는 않았다. 얼마 뒤 그는 총에 맞아 피를 흘리며 그녀의 아파트 현관 앞에 쓰러졌다.

118

그녀는 그의 총을 물려받았다. 그녀는 이제 혼자서 그의 몫까지 다 해야만 했다. 옛날 어머니들이 난봉꾼에 노름쟁이인 아버지들을 대신했던 것처럼. 그녀는 어머니들이 그랬던 것처럼 자신의 인생도 고달프고 외로우리라는 것을 알고 있었다. 그나마 그것도 매우 짧으리라는 것도. 그녀는 일을 시작하기 전에 DMZ를 다시 한 번 보고 싶어졌다. 푸른 숲에서 노루처럼 벌거벗고 누워서 아침 햇살을 맞던 순간을 다시 한 번 만끽하고 싶었다. 숨막히는 진공 상태 속을 시간이 짐승처럼 지나는 모습을 만져보고 싶었다. 오직 한 사람의 여자로서, 남자들이 만들어놓았지만 그 남자들에게만큼은 완벽하게 금지된 땅의 희망과 기쁨을 보고 싶었다. 그리고 그 땅을 흘러갔던 수십 년의, 역사가 아닌 자연으로서의 시간들을.

그는 그녀에게 두번째 상처를 입혔다. 몸은 모든 것을 기억할 것이다. 그녀가 방아쇠를 당기는 순간 깨어질 듯한 금속성의 느낌과 가공할 속도감, Y의 이마에서 터져나오는 핏줄기, 이 모든 게 그녀의 감각에 전달되어 기억의 저장고에 새겨질 것이다. 그녀의 몸은 상처료 가득 채워질 것이다. 그녀는 아마도 이런 상처들을 한쪽으로 밀어놓기 위해 다른 작은 상처를 덧칠할 것이다. 섹스라든가 동성애, 자위 아니면 시속 80킬로의 러닝 머신이나 어쩌면 문신이나 때밀기 같은 사소한 다른 몸짓들로 그것들을 대신할 것이다.

4
청색 시대

정수가 총을 맞고 들어온 지 꽤 오랜 시간이 지났다. 그의 잠은 길고 깊었다. 이제는 그녀의 몫이다. 그는 당분간 일어나지 못할 것이다. 어쩌면 죽을지도 모른다. 그녀는 불 꺼진 방을 쳐다본다. 아무것도 보이지 않는다. 어둠만이 여기 있다. 그녀는 그걸 느낀다. 어둠이 몸 속으로 스멀스멀 파고드는 것을. 어둠은 고요하게 그녀의 몸을 점령한다. 피부의 껍질들을 벗기고 세포 하나하나에 먹〔墨〕을 입힌다. 그녀는 목을 뒤로 젖힌다. 아, 이제 어둠의 물이 그녀의 몸을 완전히 적신다. 그녀는 어둠 깊이 들어가 눕는다. 이미 어둠 건너편에 가서 누운 그의 곁으로 점점 다가간다. 시간이 그녀의 허리 근처를 스쳐지나간다. 이대로 수십 년 동안 잠들었다가 문득 깨어나 이 짙은 어둠을 한번 쓱 돌아보고는 다시 깊이 잠들었으면, 수천 년 우주의 잠을 이 몸으로 겪어내보았으면.

그녀는 새벽에 그를 병원으로 옮겼다. 응급실에 들어가자마자 침대에 그를 눕히고 커튼을 쳤다. 그녀는 총을 젊은 의사의 머리에 대고 조용한 목소리로 말했다.

"총을 맞았어. 응급 처치만 해. 경찰에 불면 넌 죽어. 여기도 쑥밭이 되고. 간호사 한 명과 너만 여길 들어오는 거야. 자, 알았지? 조용히 조심조심. 오케이?"

"네."

의사는 짧게 대답했다.

그녀는 의사를 풀어주었다. 의사는 잠시 뒤 간호사 한 명을 데리고 들어와 그를 치료했다.

"피를 많이 흘렸군요."

의사가 그녀를 보고 말했다.

그녀는 땀을 흘리고 있었다. 아직 그녀는 갱이 아니었고, 속으로는 떨고 있었다.

"그는 강해. 죽지 않아."

그녀는 스스로에게 다짐하듯 말했다.

의사는 총알이 뚫고 나간 어깨를 꿰맸다. 총알은 그의 어깨를 관통하며 그의 어깨 근육과 살점을 떼어 달아났다. 당분간 왼쪽 어깨를 쓰지 못할 것이라고 의사가 말했다. 새로운 살을 이식해야 하지만 현재로선 불가능했다. 그녀는 눈물을 꾹 참으며 젊은 의사가 거칠게 수술하는 모습을 지켜보았다. 목숨이라도 건졌다는 데 만족해야만 할 것이다. 그는 형이 그랬던 것처럼 몸의 일부에 장애를 갖게 될 것이다. 그녀는 그가 자기의 삶을 방치하는 꼴을 보며 눈물을 흘렸다.

의사가 대충 치료를 마치자 그녀는 의사에게 간호사와 함께 그를 자동차로 옮기라고 말했다. 그녀는 그를 뒷자리에 태우고 시동을 걸었다. 그녀는 차를 거칠게 몰아서는 이제 막 해가 뜨고 있는 자유로를 달렸다. 그녀는 그의 집으로 그를 데리고 왔다. 그의 집에는 아무런 가구도 없었다. 거실 한쪽 벽에 걸린 다트판 위에 단검이 꽂혀 있는 것이 눈에 띄었다. 그녀는 그를 질질 끌고 와 침대에 눕혔다. 그녀는 자기의 어디에서 그런 힘이 나오는지 알 수 없었다. 그녀는 거실을 가로질러 주방 쪽으로 갔다. 냉장고 문을 열었다. 그가 마시던 조니워커 블루가 있었다. 그녀는 얼음을 꺼내 잔에 넣고는 술을 부었다. 그리고는 건배하듯이 잔을 위로 한번 쳐든 뒤 단숨에 마셨다. 목과 가슴이 붉타는 것 같았다. 그녀는 얼음을 입에 넣고 와삭 씹었다. 이가 시려 견딜 수 없는 통증이 솟구쳤다. 그녀는 다트판 쪽으로 걸어가 단검을 뽑았다. 거실 끝으로 가서 단검을 들고 다트판을 겨냥했다. 다트판은 그녀에게, 어서 던져봐, 하듯 히죽거리고 있었다. 그녀는 단검을 거꾸로 들고 다트판을 한번 노려본 뒤 세게 던졌다. 단검은 다트판을 세게 때린 뒤 거실 바닥에 금속 소리를 내며 떨어졌다. 그녀는 천천히 걸어가 단검을 주워들고 제자리로 돌아왔다. 그녀는 숨을 고른 뒤 다트판을 노려보았다. 가능한 한 어깨에 힘을 빼고 단검을 가볍게 쥐었다. 그녀는 단검을 손에서 슬쩍슬쩍 돌려보았다. 그녀의 시선이 다트판 중앙에 꽂혔다. 그녀는 단검을 가슴 쪽으로 가져왔다. 그리고 숨을 내쉬듯 획 하고 내던졌다. 단검은 가볍게 날아 다트판을 때렸다. 그러나 곧바로 거실 바닥에 떨어져 꽂혔다. 단검이 마룻바닥에 꽂히며 약하게 진동했다. 그녀는 다시 걸어갔다. 아주 천천히. 그녀는 허리를 숙여 바닥에서 단검을 뽑아들었다. 그녀는 돌아서서 다시 제자리로 돌아왔다. 악, 그녀는 순간적으로 소리를 지르며 몸을 돌려 다트판을 향해 단검을 내던졌다. 단검이 날렵하게 날아가 소리 없이 다트판에 꽂혔다. 단검은 비행을 마치고 부르르 몸을 떨었다. 그녀는 그를 돌보기 위해 방으로 들어갔다.

그는 가끔 반쯤 눈을 떴다가는 곧 다시 잠들었다. 저렇게 수십 년 동안 잠들어 있는 게 아닐까, 하는 생각이 들 지경이었다. 하루 이틀 시간이 그녀의 다리 사이로 빠져나갔다. 그녀는 다시 사격 클럽에 등록했다. 너무나 고요한, 마치 시체처럼 정지해 있는 그를 더 이상 감당할 수 없을 것 같았다.

그녀는 따로 아주 넓은 평수의 빌딩 한 층을 빌렸다. 150여 평의 텅 빈 방에 방음 장치를 완벽하게 했다. 방음벽을 설치하는 동안 그녀는 철호를 만나기 위해 DMZ로 갔다. 그녀는 초소에서의 정사를 떠올렸다. 아니, 메마르고 푸석거리고 거칠고 불쾌하기 짝이 없었던 기막힌 사랑. 그런 걸 사랑이라고 부를 수 있을지 의심스러웠지만 그것 외에 다른 이름으로 부른다면 완전히 소멸해버릴 것만 같은, 아주 예외적인 몸의 사랑.

그녀는 철호가 건네주는 콜트45와 탄약을 이스트팩에 가득 담았다. 이 탄약은 전쟁이 아닌 평화를 위해 쓰여질 것이다. 평화를 위한 몇 번의 살인에. 전쟁보다 더 끔찍하고 더 가치 있는.

철호는 그녀를 보고 아무런 말도 하지 못했다. 철호는 그녀가 나타났다는 사실에 어찌할 바를 몰랐다. 그녀는 철호를 향해 웃었다. 지난번 초소에서 섹스를 했을 때는 철호를 제대로 느낄 수 없었다. 그가 어떤 사람인지 무엇을 생각하며 어떤 욕망을 가지고 있는지, 왜 군인이 되었는지, 어떤 과거를 감추고 있는지. 하지만 그런 게 무슨 상관일까. 철호는 그저 검게 그을린 젊은 남자였다. 그의 뇌에는 별다른 이물질이 들어가 있지 않아 보였다. 반쯤은 텅 비어서 다른 사람들이 침략해 들어오면 슬쩍 비키며 자기 자신을 공짜로 내어줄 것 같은, 빈 곳이 넓어 보이는 남자였다.

"날 한 번 더 갖고 싶어요?"

"아닙니다. 한 번이어야만 추억이 될 수 있죠."

"멋지군요."

"다 그 친구한테 배운 거죠. 폼생폼삽니다."

"나도 좀 그래요. 근데 좀 실망스러워요. 내가 매력 없어요?"

"아뇨. 당신은 그의 여자니까."

"난 소유되지 않아요. 난 누구와도 사랑을 할 수 있어요."

"나도 당신을 사랑해요. 하지만……"

"알겠어요. 휴가 나오면 멋진 여잘 소개하죠."

"그는 정말 갱이 되었나요?"

"물론이죠. 사람도 많이 죽이고 돈도 많이 빼앗았죠."

"난 제대하면 집 앞에서 빵집을 하고 싶어요."

"갱은 빵집을 운영하지 않아요."

"난 갱이 아닙니다."

"휴가 때 서울에서 봐요. 돈을 좀 드릴게요. 제대는 언제죠?"

"2004년 6월쯤."

"그때까지 우리가 살아 있을지 모르겠어요. 당신 이름으로 계좌를 개설해두겠어요."

"고마워요."

"조심해요."

"탄약 문제는 걱정 말아요."

"연락은 내가 할게요."

"그는 건강한가요?"

"죽어가고 있어요."

"그를 꼭 살려야 돼요."

"당연하죠."

"여자가 필요하면 어쩌죠?"

"내 사서함에 메시지를 남겨요."

"알았어요."

　그녀가 돌아왔을 때는 대포 소리도 밖으로 새어나가지 못할 만큼 방음벽이 완벽하게 설치되어 있었다. 그녀는 매일 그의 집에서 작업실까지 오토바이를 타고 달렸다. 아무도 그녀가 여자라는 걸 알아채지 못했다. 그녀는 사격 클럽에서 개인용 연습 세트를 임대해왔다. 그 중에는 시가지 전투용 서바이벌 게임을 할 수 있는 프로그램도 있었다. 대 테러용도 있었고, 침투용도 있었다. 그녀는 갖가지 연습용 장비를 일주일에 한 번씩 빌려와 실전 감각을 길렀다. 그녀는 언제 어디서나 총이 불을 뿜을 수 있게 자신을 단련했다. 그녀는 스탠딩 자세에서는 과녁을 한치의 오차도 없이 모두 명중시킬 수 있었다. 창문을 뛰어넘어 달려드는 적을 순식간에 쓰러뜨릴 수도 있었다. 두 명의 적이 한꺼번에 사격을 가해올 때 피하는 요령과 빠르게 몸을 숨기며 기습 사격을 하는 법도 익혔다. 그녀는 「니키타」나 「레옹」 같은, 테러리스트를 주인공으로 한 영화들을 수없이 반복해서 보았다. 놀이 동산이나 전자 오락실에 가서도 오직 사격 게임만 하였다. 생각 같아서는 도장에 나가 무술을 익히고도 싶었지만 아무래도 자신이 없었다. 그 대신 그녀에게는 총이 있었다. 뭔가 자신의 신체 외에 다른 것을 이용한다는 데 거부감 같은 게 있었지만 총은 이제 그녀의 일부가 되어 있었다.

그는 오래도록 잠들어 있었다. 가끔 깨어나 그녀가 준비한 식사를 하는 것을 제외하고는 거의 누워서 꼼짝도 하지 않았다. 그는 생각에 잠긴 듯한 얼굴로 멍하니 천장을 바라보거나 창밖으로 보이는 풍경들을 넋을 잃고 보고 있었다. 그녀는 단 한 번도 그를 깨우지 않았다.

언젠가 그녀가 외출했을 때 잠에서 깨어난 그는 혼자서 요리를 한 적이 있다. 그는 치료를 세대로 받을 수가 없어서 팔을 징상적으로 쓸 수 없었다. 상처는 그런대로 아물었지만 근육은 원래대로 되살릴 수 없었던 것이다. 그는 한 손으로만 칼을 잡고 무와 파를 썰고 마늘을 다졌다. 그는 이미 만들어진 양념을 쓰지 않고 직접 만들었다. 찌개를 끓이는 솜씨는 그녀가 도저히 따라갈 수 없었다. 그녀는 그에게 취사반에서 일했었냐고 물었다. 그는 그저 웃을 뿐이었다. 그녀가 외출에서 돌아왔을 때 그는 밥의 뜸을 들이고 있었다.

"너무 배가 고파서 네가 올 때까지 기다릴 수 없었어."

"어떻게 한 손으로 요리를 할 수 있어?"

"우린 모든 게 다 갖추어져야 정상이라고 믿으니까."

"지금까지 나도 그랬어. 당신이 죽거나 병신이 될 거라고 생각했는데."

"한 손으로도 밥을 지을 수 있으니까 병신은 아니지?"

"미안해. 그리고 고마워."

"나도 그래. 네가 내 곁에 있어줘서."

그들은 밥을 먹었다. 그녀는 자꾸만 눈물이 날 것 같았다. 한 손으로 밥을 짓고 한 손으로 식사를 하는 그에게 밥을 떠 먹이고 반찬을 올려주고 싶었다.

"이사를 해야겠어. 여긴 너무 넓어."

"어디로?"

"아주 작은 평수의 아파트로. 우린 너무 호화스럽게 살고 있어."

"우린 부자야."

"우린 젊어. 이런 데 사는 건 어울리지 않아."

"알았어. 집을 알아볼게."

"서둘러."

그가 치료를 받은 뒤 뉴스에는 그를 치료했던 의사가 나와 그의 인상 착의를 말하는 모습이 방영되었다. 나중에 그녀는 그 의사에게 전화를 걸어 뉴스를 잘 보았다고 말했다. 의사는 떨리는 목소리로 자신은 시민으로서 할 바를 다한 것뿐이라고 말했다. 그녀는 그의 상처가 낫는 데 도움이 될 만한 약품을 가르쳐달라고 했다. 의사는 그런 약품을 구하면 반드시 의심을 살 거라며 말하기를 꺼려했다. 그녀는 주소를 불러주며 이곳으로 약을 보내줄 수 있겠느냐고 물었다. 의사는 약품을 보내겠다고 약속했다. 그녀가 전화를 끊으려고 하자 의사는 왜 자기를 두 번씩이나 믿느냐고 물었다. 그럼 누굴 믿어야 하죠? 그녀는 되물었다. 의사는 아무 말도 못 했다. 며칠 뒤 약이 왔다. 그러나 그 약들은 그의 상처를 덧나게 하지 않는 데는 도움이 되었지만 그의 살과 근육이 되살아나도록 하지는 못했다.

"이제 명단을 줘."

그녀가 소파에 길게 누워서 텔레비전을 보고 있는 그에게 손을 벌리며 명령하듯 말했다.

"네가 사람을 죽이겠다는 거야?"

그는 몹시 화가 난 사람처럼 소리쳤다.

"난 너의 여자가 아니야. 우린 동료야."

"네 손에도 피를 묻히겠다는 거야?"

"넌 지금 다쳤어."

"너도 봤잖아. 난 한 팔로도 할 수 있어."

"알아. 하지만 이건 요리가 아니야."

"총을 쏠 수도 있어."

"하지만 차를 운전하긴 힘들어."

"그럼 네가 차를 운전해."

"아니. 네가 계획을 세워. 내가 쏠게."

그는 입을 닫았다. 그녀도 조용히 앉아 멍하니 텔레비전에 눈길을 주었다. 텔레비전에서는 한·일간 축구 대표 평가전이 펼쳐지고 있었다. 그는 스포츠에는 종목을 막론하고 열광하는 편이었다. 분위기로 봐서 한국팀이 일본에게 밀리는 판세였다. 그는 짜증 섞인 탄성을 여러 번 지르며 욕을 내뱉곤 하였다. 전반전이 끝나고 광고가 나왔다. 그녀는 자리에서 일어나려고 몸을 세웠다.

"좋아. 그 대신 먼 곳에서 저격하는 걸로 하자. 근접해서 쏘고 달아나는 건 위험해."

그가 불쑥 입을 열었다.

"난 훈련을 충분히 했어. 저격수쯤으론 성이 차지 않아. 우린 갱이야."

"물론 그래. 하지만 처음부터 무리할 건 없잖아. 계획은 내가 세워!"

"좋아. 원거리 저격도 짜릿하겠다. 까짓거, 하지 뭐."

"Y가 명단 상위에 있었는데 나중으로 미뤘어. Y는 광주에 들어갔던 장군들 가운데 하나야. 아직도 금배지를 달고 있지."

"어디서 쏘지?"

"증권 거래소 앞에서."

"그치도 증권에 손을 대고 있어?"

"그놈들이 안 하는 게 어디 있어야지."

"내 위치는?"

"증권 거래소 휴게실."

"사람들이 많은데?"

"휴게실 옆 비상구 창문."

"거기서도 밖을 볼 수 있어?"

"몰라. 하지만 거기에도 창문이 있다는 건 확실해."

"그럼 이건 어때? 유리창 닦이."

"그건 노출이 너무 심해."

"그래서 의심받지 않을 수도 있어."

"탈출로가 없어."

"옥상으로 가서 비상구로 내려오면 돼."

"그럴 바에야 옥상에서 쏘겠어."

"아니, 유리창 닦이가 더 쉬워."

"그럼 유리창 닦이 밧줄을 아주 길게 해서 땅으로 내려오자. 탈출은 오토바이로 하는 거야."

"오토바이는 누가 몰고. 내가?"

"아니."

"네가 모는 건 너무 위험해."

"할 수 있어?"

"한 손으로 모는 건 힘들어. 거친 일이야. 경찰과 도로에서 부딪칠 수도 있어."

"알아. 방법이 있어."

그는 그녀를 밖으로 데리고 나와 시범을 보여주었다. 탄력이 있는 밧줄로 오토바이 핸들과 그의 팔을 묶고 조종을 하면서 오른손으로만 운전을 하였다. 언제 연습을 했는지 코너링이 완벽했다. 운전에는 불가능이 없어 보였다. 하지만 점프는 거의 할 수 없을 것 같았다. 그녀가, 점핑은 안 되잖아, 하고 소리치자 그는 밧줄을 팔에 두 번 감더니 팔을 핸들과 하나가 되게 만들었다. 그리고 최고로 속력을 내며 달리다가 갑자기 도로를 대각선으로 가로질러 중앙분리대를 넘었다. 정말 눈 깜짝할 사이에 완벽하게 점프를 해보인 것이다.

"모든 게 완벽해. 하지만 우리가 너무 드러나는 것 같아. 지난번에도 서울 시내 한복판에서 사람을 쏘고 오토바이로 달아났었어."

그가 오토바이 시범을 멋지게 끝내고 나서 우려 섞인 목소리로 말했다.

"그래, 하지만 이번엔 달라. 왜냐하면 킬러가 여자니까. 아무도 그게 여자일 거라고는 생각하지 못할 거야. 현장에서 잡히지 않는 한 아무도 알 수 없어."

"좋아. 그럼 준비해."

그녀는 이사를 했고, 며칠 동안 집을 정리했다. 집은 아주 작았다. 곧 헐리게 되는 재건축 지역의 주공 아파트였다. 이곳은 케이블 방송이나 하나로 통신 같은 것이 들어올 수 없었고, 텔레비전 수신 상태도 좋지 않았다. 상가는 텅 비어 을씨년스러웠다. 상가 전체가 복덕방 일색이었다. 재건축을 하면 집값이 천정부지로 뛸 것이라는 소문 때문에 거래가 활발한 편이었다. 그녀는 자신이 살던 아파트와 그의 아파트, 그의 사무실, 새로 얻은 작업실 등을 그대로 쓸 생각이었다. 만약 경찰과의 숨바꼭질이 시작된다면 숨을 만한 곳이 많이 있는 게 나을 것 같아서였다. 물론 두어 군데 더 임대해둘 필요도 있었다.

이 집은 매우 재밌는 구석이 있었다. 현관문의 잠금 장치는 대개 오른쪽으로 돌려 잠그는 데 반해 이것은 왼쪽으로 돌려야 잠기고, 가스 밸브 역시 오른쪽으로 돌려 열고 왼쪽으로 닫는데 이 집 밸브는 정반대였다. 심지어 수도꼭지나 샤워기도 위아래가 반대였고, 뜨거운 물과 찬물도 파란색과 붉은색이 거꾸로 표시되어 있었다. 꼭지를 아래로 내리면 물이 나오고, 파란 쪽으로 돌려야 따뜻한 물이 쏟아졌다.

이 집으로 이사 온 건 너무나 잘한 일이야, 하고 그가 말했다. 그녀는 이 집이 중세 이야기에 나오는 주인 잃은 성처럼 느껴졌다. 일반적인 법칙과는 약간 다른 마법과 같은 것이 이 집을 움직이고 있는 듯한 느낌이었다.

집이 좁아서 이것저것 가져다 놓을 형편이 못 되었다. 책상과 컴퓨터, 책장과 침대 그리고 옷장이 들어가자 집이 꽉찼다. 그는 오히려 아늑한 느낌이 든다며 좋아했다. 그녀는 오토바이 모는 걸 연습하는 것 외에는 거의 대부분의 시간을 침대 위에서 보내는 그가 약간 걱정스러웠다. 그는 줄곧 생각에 빠져 있는 것 같았다. 그는 가끔 그녀를 향해 웃음을 지어보이곤 했는데 그것은 괜히 여유를 부려보는 것에 지나지 않았다. 그는 거의 말을 하지 않았다.

갱은 지속적으로 돈벌이를 해야만 했다. 그는 지난번에 한번 들어가 금품을 훔쳐낸 적이 있는 B의원의 집으로 전화를 걸었다. 그는 B의 딸을 사귀어두었기에 그 집을 쉽게 드나들 수 있었다. 그는 B의원 딸 차의 뒤 트렁크에 타고 들어가 B의 숨겨둔 통장을 꺼내 왔다. 그리고 밤새도록 비밀 번호 조합을 만들었다. B의 주민등록 번호, 집과 사무실의 전화 번호, 가족들의 생일과 자동차 번호 등을 총망라해서 비밀 번호를 조합해보았다. 드디어 그는 자동차 번호를 하나씩 건너뛰며 거꾸로 쓴 것이 비밀 번호라는 걸 알아냈다. 우리나라 사람들은 비밀 번호를 간단하게 쓰는 편이라 암호를 조합하는 일은 그렇게 어렵지 않았다. B의 계좌에서 3억을 빼냈다. B의 딸은 들떠서 어서 술이나 마시러 가자며 난리를 쳤다. 그는, 이 돈은 Y를 쏘는 데 자금으로 쓸 거야, 하고 말했다.

"정말 Y 아저씨를 쏠 거니? 내가 어릴 때부터 잘 알던 아저씬데……"

B의 딸이 괜히 울상을 지으며 말했다.

"무슨 소리야. 그 대상이 너네 아버지가 아닌 걸 고맙게 생각해야지."

그가 비웃음이 가득한 얼굴로 되받아쳤다.

B의 딸은 아무런 말도 하지 않았다. B의 딸은 그가 하는 일이라면 무조건 오케이였다. 그녀는 이 여자 애야말로 B의 딸로 제격이

라고 생각했다. B가 일생 동안 해온 작업 가운데 하나가 국민들의 우민화 정책이었으니까. B는 군부 독재 시절 문공부 장관을 10년 가까이 지낸 인물이었다. 그 딸의 한심한 작태라니. 그녀는 그의 매력에 반해 자기가 무슨 짓을 하는지도 모르고 설쳐대는 B의 딸이 정말이지 싫었다. 하지만 그는 여자들에겐 비교적 관대했다. 그것이 갱으로서는 약점이 될 수도 있었다.

그녀는 부산으로 내려갔다. 거기서 러시아인 V를 만나기로 했다. V는 자동 소총과 저격용 라이플을 건네줄 것이다. 대금은 1억 2천만 원 정도였다. 그녀는 부산에서 비행기를 내려 마산까지 리무진을 타고 가서는 러시아인의 하수인 노릇을 하는 D라는 여자를 만나 진해로 나가 식사를 했다. 회를 먹으며 매실주를 마셨다. D라는 여자는 왜 총이 필요한지 그걸 어디다 쓰려고 하느냐 따위는 묻지 않았다. 어쩌면 어떤 거래를 위해 그녀가 부산에 내려왔는지 알지 못하는지도 모른다. 거래 품목이 총이든지, 마약이든지 아니면 여자일 거라고 막연하게 생각하고 있을 것이다. D라는 여자가 맡은 임무는 그녀를 V에게 잘 연결시켜주는 것뿐이었다. 요즘 러시아인들의 뒷거래에 경찰이 촉각을 곤두세우고 있어서 일을 아주 조심스럽게 추진해야만 했다. D는 그녀를 다시 부산으로 데리고 왔다. D는 그녀가 혼자 이틀을 더 묵게 만들었다. 그리고 전화를 걸어 부산역 대합실에서 가방을 바꾸자고 말했다. 그녀는 열두 개 은행에서 돈을 나누어 찾아 부산역으로 갔다. 한 시간이 넘도록 아무도 나타나지도 않았고, 아무런 낌새도 느낄 수 없었다. 그녀는 다시 여관으로 돌아와 연락을 기다렸다. D에게서 전화가 걸려왔다. D는 그녀에게 다음날 다시 마산으로 와서 하룻밤을 묵고 진해에서 이틀을 묵은 뒤 서울로 가라고 했다. 그녀는 서울로 돌아왔다. 며칠 뒤 총 열두 개의 박스가 택배로 배달되었다. 총을 분해해서 부품별로 보낸 것이다. 택배로 보내진 박스에는 책이 가득 들어 있었고 그 안에 총기 부품들이 교묘하게 숨겨져 있었다. 며칠 뒤 D가 다른 여자를 보내 돈을 받으러 왔다. 그녀는 돈을 건네고 나서 생각해보니 돈을 받아간 것은 다름아닌 D인 것 같았다. D는 감쪽같이 변장을 하고 나타난 것이었다. 어쨌든 돈을 받기 전에 총을 보낸 것은 뜻밖이었다. 며칠 동안 지켜본 결과 그녀가 믿기지 않을 만큼 민첩하게 행동을 했기 때문인 것 같았다.

그녀는 그가 모는 오토바이를 타고 여의도에 있는 증권 거래소로 갔다. 그는 아주 천천히 그러나 매우 유연하게 오토바이를 몰았다. 그가 한 손으로 운전을 하고 있다는 느낌이 전혀 들지 않을 정도였다. 그는 입을 잘 열지 않았다. 총을 맞고 부상을 당한 이후로 그는 거의 말을 잃은 것 같았다. 그녀는 그에게 말을 할 때마다 과연 그가 듣고는 있는지 의문이었다. 그는 그저 소리 없이 고개만 끄덕일 뿐이었다. 오토바이에서 내려 그는 근처에 서 있고, 그녀만 빌딩 안으로 들어갔다. 맨 꼭대기 층까지 올라가서는 옥상으로 통하는 계단이 있는지 살펴보았다. 비상구를 통해 옥상으로 올라가는 길이 있었으나 쇠로 빗장이 질러져 있었고, 자물통이 달려 있었다. 그녀는 성능 좋은 마스터 키와 쇠톱이 있어야겠다고 생각했다. 그녀는 다시 내려와 그의 뒤에 타고 집으로 돌아왔다. 그는 오토바이 운행이 금지되어 있는 올림픽대로를 달렸다. 오토바이로 올림픽대로를 달린다는 것은 자칫하면 경찰의 표적이 될 수도 있었다. 특히 헬기가 뜰 경우 쉽게 발각될 위험이 있었다. 그러나 우리나라

경찰이 그 정도로 민첩하게 대처할 수 있으리라는 생각은 들지 않았다. 만약 그럴 경우 올림픽대로를 빠져나와 다른 길을 찾으면 된다.

다음날 두 사람은 다시 증권 거래소로 갔다. 마스터 키로 자물쇠를 열고 옥상으로 올라간 그녀는 위에서 아래를 내려다보았다. 과연 어느 정도 사계(射界)인지 가늠해보았다. 이 정도 거리라면 표적을 맞출 수 있을 것 같았다. 만약 한 방에 쓰러뜨리지 못한다면 줄을 타고 내려가며 총을 쏘아야 할 것이다. 다음날도 그 다음날도 그들은 아침 일찍 나와 증권 거래소 앞에서 죽치고 있었다. 유리창 닦이가 나타날 때까지.

며칠 뒤 유리창 닦이들이 나타났다. 새벽 4시 반. 경비들과 유리창 닦이들이 서로 알은체를 하고, 유리창 닦이들은 옥상으로 올라갔다. 이제 문제는 언제 옥상으로 들어가 저격을 하느냐 하는 것이다. 아무래도 그들이 자리를 비우는 점심때가 적당할 것 같았다.

그는 민우에게 전화를 걸었다. 그는 민우더러 Y의 집 앞에 숨어 있다가 Y가 어디로 가는지 미행해서 알려달라고 했다. 7시 45분쯤 Y는 집에서 나와 이동 중이었다. 아마도 Y는 여의도에 있는 사무실로 출근을 했다가 이곳으로 올 것이다. 민우는 Y가 증권 거래소 전방 1킬로미터 지점에 도착하면 연락을 해올 것이다. 그때 그녀가 옥상으로 진입하여 유리창 닦이들을 제압하고 증권 거래소 앞에 내린 Y를 저격한 뒤 재빨리 유리창 닦이들의 작업줄을 타고 아래로 내려갈 것이다. 그때 그는 그녀를 태우고 달린다. 여의도에서 올림픽대로로 그리고 어느 지점에서든 시내로 빠져나와 오토바이를 버리고 사라진다. 민우와 그는 낡았지만 성능이 좋은 스즈키에 퀵서비스 복장을 하고 있었다.

오전 10시 25분, 드디어 Y가 사무실에서 나왔다는 연락이 왔다. 이곳으로 오는 데는 채 15분이 걸리지 않을 것이다. 예정보다 조금 빨리 그녀는 엘리베이터를 타고 옥상으로 올라갔다. 그녀는 검은색 정장 차림에 증권 거래소 직원용 표찰을 패용하고 있었다. 맨 꼭대기 층에서 내려 옥상으로 가는 계단을 올라가자 철문이 열려 있었다. 그녀는 옥상으로 나갔다. 그녀가 고른 저격 장소 반대편 쪽에 사람들이 몇 있었다. 그녀는 그에게 전화를 걸어 유리창을 닦는 인부들의 위치를 알렸다. 인부들은 아래쪽을 보며 뭐라고 지껄이고 있었다. 그녀를 신경 쓰는 사람은 없었다. 그녀는 가방을 열고 분해되어 있는 드라구노프를 조립했다. 그리고 지지대를 받치고 그 위에 총을 놓았다. 가끔 저쪽에서 그녀를 보는 것 같았지만 꽤나 떨어진 거리여서 그녀가 무엇을 하는지 그들은 자세히 알 수 없을 것 같았다. 그녀는 그들에게, 수고들 하세요, 하고 인사를 했다. 그들은 인사를 받는 둥 마는 둥하며 자기들 일에만 신경을 썼다. 그녀는 유리창 닦기용 발판이 필요했다. 그녀는 천천히 그들이 일하는 쪽으로 걸어갔다. 그때 휴대폰이 울렸다. Y가 1킬로미터 이내로 접근했다는 것이었다. 그녀는 그들에게 안전 검사를 하려고 하니까 작업판을 좀 올리라고 말했다. 그들 중 하나가 반발하자 그녀는 품에서 안전 점검 관리 지침과 안전 점검 관리표를 꺼내 보여주었다. 그들은 어쩔 수 없다는 듯이 작업판을 끌어올렸다. 그녀는 그들에게 모두 작업을 중지하고 대각선 방향에 있는 물탱크 쪽으로 모여달라고 말했다. 그들은 구시렁거리며 물탱크 쪽으로 이동했다. 그녀는 그들 중 하나를 붙잡아 작업판의 밧줄을 풀고 새로 가져간 밧줄을 매달라고 지시했다. 그리고는 아래로 한 번 내렸다가 다시 끌어올리라고 했다. 밧줄은 땅바닥까지 충분히 닿았고 다시 끌어올려졌다. 그녀는 그 사람이 작업판을 오르내리는 방식을 세심하게 관찰했다. 그녀는 그 사람도 물탱크 쪽으로 가서 좀 쉬라고 말하고는 저격 장소로 왔다. Y의 자동차가 시야에 들어왔다. 현관의 번잡을 우려해 주차 요원이 미리 주차장 쪽으로 차를 유도하는 바람에 Y는 현관과 좀 떨어진 곳에서 내렸다. 현관까지 가는 데 걸리는 시간은 약 1, 2분 정도였다. 그녀는 1분 30초 이내에 방아쇠를 당겨야만 했다. 그녀는 렌즈에 눈을 바짝 갖다 댔다. 시야에 Y의 머리가 잡혔다. 십자형 한가운데 Y의 반질한 이마가 나왔다. 그녀는 호흡을 멈추고 하나, 둘, 셋을 세었다. 그 순간 방아쇠가 당겨졌다. 그와 동시에 40층 아래, Y의 이마에서 피가 솟구쳤다. 저격은 단 한 방으로 깨끗하게 끝났다. 그녀는 재빨리 반대쪽으로 달려와 작업판을 내린 뒤 밧줄을 타고 내려왔다. 작업판은 무시무시한 속도로 내리꽂혔다. 작업판은 지면 위 2미터 지점에 멈췄고, 그녀는 몸을 날렸다. 땅에 닿는 순간 그의 오토바이가 스치듯 멈춰서자 그녀는 잽싸게 오토바이에 올라탔다. 발바닥과 무릎의 통증이 느껴져왔다. 그녀는 그의 등을 부서져라 감싸안았다. 그의 오토바이는 미친 듯이 질주했다. 경찰이 출동하는 데는 시간이 좀 걸릴 것이다. 그녀는 그의 등에 얼굴을 댔다. 그녀의 얼굴은 불에 탄 듯이 뜨거웠고, 가슴은 북을 두드리듯 쿵쾅거렸다. 그는 질주했다. 올림픽대로에서도 차들 사이를 곡예하듯 빠져나갔다. 드디어 압구정동으로 빠지는 길로 나왔다. 경찰의 움직임은 느낄 수 없었다. 그는 그대로 오토바이를 몰아 집으로 돌아왔다. 집은 조용했다. 세상도 그러했다. 두 사람의 숨소리만이 간간이 정적을 깨며 크게 들렸다. 그녀는 미친 듯이 소리를 지르고 싶었다. 하지만 입술을 깨물며 참았다. 입술에서 피가 배어나왔다. 그녀는 일어나서 화장실로 갔다. 거울을 보았다. 눈물에 마스카라가 지워져 검은 줄이 눈에서 턱까지 그어져 있었다.

그는 그녀에게 두번째 상처를 입혔다. 몸은 모든 것을 기억할 것이다. 그녀가 방아쇠를 당기는 순간 깨어질 듯한 금속성의 느낌과 가공할 속도감, Y의 이마에서 터져나오는 핏줄기, 이 모든 게 그녀의 김각에 진달되이 기억의 저장고에 세겨질 것이다. 그녀외 몸은 상처로 가득 채워질 것이다. 그녀는 아마도 이런 상처들을 한쪽으로 밀어놓기 위해 다른 작은 상처를 덧칠할 것이다. 섹스라든가 동성애, 자위 아니면 시속 80킬로의 러닝 머신이나 어쩌면 문신이나 때밀기 같은 사소한 다른 몸짓들로 그것들을 대신할 것이다.

그녀는 물을 틀었다. 뜨거운 물이 쏟아졌다. 그녀는 자신의 이마에서 피가 솟구치는 느낌이 들었다. 물이 이마를 때릴 때마다 피와 물이 혼음을 하며 그녀를 훑고 내려왔다. 바닥으로 떨어진 핏물이 발목을 적시고 무릎을 휘감고 허리까지 차올랐다. 드디어 가슴을 감싸고 목을 점령했다. 아아, 그녀는 침묵으로 소리를 질렀다. 그녀는 그를 불렀다. 그녀는 그에게 도움을 요청했다. 그녀는 물의 점령지에서 빨리 탈출하고 싶었다. 그는 귀머거리에다 벙어리에 팔병신이어서 그녀의 말을 듣지 못했고 달려와 안아주지도 못했다. 그녀는 계속 혼자 그렇게 서 있었다. 피가 그녀의 몸 속으로 역류할 때까지.

며칠 뒤 은채는 법대에서 회보 만드는 일을 하고 있었다. 일주일 동안 멍하니 벽만 바라보는 시간이 끝난 것이다. 아직도 살인에의 감촉, 금속 탄두가 인간의 몸을 관통할 때의 숨막히는 오르가슴의 느낌은 지금도 씻어낼 수 없었지만 어쨌든 시간이 어느 정도 흐르자 견딜 만해졌다.

대학 신문에서도 일 년 가량 일했지만 그녀는 법대에서 일하는 것이 더 마음에 들었다. 그리고 이제 일 년만 있으면 졸업이었으므로 이제부터는 가급적 법대 근처를 떠나지 않으려고 애썼다. 법대에는 따로 도서관이 있었고, 법대 회보실 또한 대학 신문 못지않게 널찍했고, 바로 이어진 자료실과 전자 정보실 또한 대학 내에서 최고였기에 그녀는 여기서 일하게 된 것에 매우 만족했다. 은채는 가끔 법과는 거리가 먼 꼭지를 기획하곤 했는데, 이번엔 '21세기 우리나라에서 꼭 사라져야 할 것들' 시리즈로 외국 여행을 한 사람들의 체험담을 통해 일상 생활에서 고쳐야 할 나쁜 습관들을 꼬집는 것이었다. 은채는 D일보 체육부 레저 담당 기자에게 전화를 걸었다. 기자는 아주 즐겁다는 투로 전화를 받았다. 그런 이야기를 쓰지 못해 안달이 났었는데 잘됐다며 원고를 쓰기 전에 이런 원고를 청탁한 사람을 꼭 만나야겠다고 말했다. 은채는 전화를 끊고 동료들에게 K기자의 말을 전했다. 동료들은 기자들이 여자 후리는 데 일가견이 있으니 조심하라고 놀려댔다. 은채는 동료들의 말을 그저 웃어넘겼다. 누군가 자신을 유혹하려 든다는 것처럼 매력 있는 일이 또 있을까. 여자라면 더더욱.

D일보 앞 '까딸로니아'에서 은채는 K를 만났다. K가 그녀를 보며 환하게 웃었다. 그 순간 K는 키스하고 싶을 정도로 예뻐 보였다. 동료들에겐 K가 여자라는 사실을 말하지 않았다. 그러나 은채

는 속으로 K가 아름다운 여자이기를 은근히 바랐었다. 은채는 K가 서른이 좀 넘은 여자라는 것을 알고는 있었지만 아직 결혼을 하지 않았으리라고는 생각하지 못했다. K는 은채보다 아홉 살이나 많았다. K는 좀 수다스러운 데가 있다고 할 정도로 크게 웃으며 가끔은 수줍은 듯 입술을 삐죽거리면서 이야기를 잘도 풀어나갔다. 은채는 K와 자기가 마음이 통하고 얘기가 잘 되는, 몇 안 되는 여자 중 하나가 되리라는 걸 직감적으로 깨달았다. 그 동안 은채는 여자들과 이야기하는 것에 매우 서툴렀다. K의 이름은 김문형이었지만 농시에 김승혜였다. 호석상의 이름과 부르는 이름이 나르나는 게 그 사람을 정말이지 더 특별하게 느끼도록 만드는 것 같았다. 은채는 K가 정수처럼 두 개의 이름을 가지고 있다는 게 마음에 들었다. 어쩌면 K도 정수처럼 두 개의 존재일 수도 있지 않은가.

"외신 기자들과 호주에 갔었어요. 지난달에요. 모두가 삼십대 후반에서 사십대 초반이었는데 결혼한 여자는 거의 없었어요. 그들이 너무 부러웠어요. 그들은 정말 자유로워 보였어요. 난 이제까지 내가 보지 못한 세계가 너무 많다는 것을 깨닫고는 미쳐버릴 것만 같았어요. 난 수영을 못 해 호텔 풀장을 이용하지도 못했고, 해변으로는 아예 나갈 생각도 못 했어요. 그들은 몸매가 그리 아름답지 않았지만 최소한 물에 뜰 수는 있었거든요. 난 그리 나쁜 몸매가 아니라 옷을 벗고 해변에 앉아 있기는 했지만 물에 들어갈 수 없다는 사실이 그토록 고통스럽게 느껴진 적이 없었어요. 그래서 삼 주째 수영을 배우고 있죠."

K는 명문대를 나와 경제부와 사회부에서 7년 일했는데 좀 쉬고 싶어서 체육부로 옮겨왔다고 했다. 학교 선배가 유럽으로 연수를

떠난 자리에 임시로 와서 일하고 있는데 선배가 돌아오면 돌아갈 자리가 없어질지도 모른다며 웃었다. 그땐 여행이나 다니면서 자유롭게 글을 쓰는 일을 하고 싶다고 덧붙였다. 은채는 K가 외신 기자들을 부러워했던 것처럼 황홀한 눈빛으로 K를 바라보았다.

"나는 부모님이 하라는 대로만 하고 살았어요. 신문사에 들어가는 걸 약간 반대하기는 했지만 내가 공채로 들어가자 자랑스러워하셨어요. 밤늦게 들어가고 술을 좀 마시는 걸 빼면 난 부모님과 거의 같은 생각을 하며 같은 방식으로 살았어요. 삶이 거의 일치했다고 할 수 있지요. 그런데 지금은 왜 내가 그렇게 살았나 싶어요. 한마디로 난 제도권에서 벗어나지 못하고 살았어요. 한 발짝도요. 학교 때 데모를 하기도 했지만 그땐 그게 유행이었으니까. 물론 지금까지 데모할 때의 나를 기억하고 있지도 않고요. 아무튼 이젠 나도 좀 다르게 살고 싶은 거 있죠. 은채씨를 만나게 된 것도 그래요. 문득 내게 전화를 걸어온 알지 못하는 사람에 대해 너무 궁금해져서요. 어쨌든 은채씨도 나와는 다른 세계에서 사는 사람일 테니까요."

은채는 자신이 K와 다른 세계에 사는 사람이 아니라고 발뺌을 했다. 그리고 불과 얼마 전까지는 자신도 K와 다를 바 없는 삶을 살았다고 우겼다.

"얼마 전까지라면 언제까지?"

K가 눈을 동그랗게 뜨고 물었다.

"글쎄……"

"근데 지금은 그렇지 않다는 얘긴데, 그건 또 왜죠?"

K는 쉴새없이 질문을 퍼부었다.

"이거 내가 인터뷰당하는 느낌이군요. 기자라서 그런가."

"미안, 미안. 난 그저 궁금해서……"

은채는 어쩌면 이 땅에 사는 여자가 결코 가볼 수 없는 곳을 갔다 왔다고 말했다. K가 어디? 하며 잔뜩 호기심 어린 표정으로 재차 물었지만 은채는 원고가 손에 들어오고 나면 이야기하겠다며 끝내 말하지 않았다. 은채는 K를 다시 만나고 싶었던 것이다.

식사가 거의 끝날 때쯤 은채는 지나가는 말로 이렇게 말했다.

"예쁘지도 평범하지도 않은 페미니스트들 때문에 예쁘고 평범한 여자들이 너무나 고통당하고 있어요."

그 말이 끝나자마자 K는 자지러질 듯이 웃었다. 은채는 자기가 무슨 말을 잘못했나 싶어 멀뚱한 얼굴로 K를 바라보았다.

"어머, 정말 멋진 아가씨야. 아, 통쾌해. 명색이 기자라서 어디 가서 그런 말 못 해서 미칠 지경이었는데 내가 할 말 대신해주다니. 자기 멋지다. 쿨이야. 요즘은 페미니스트가 기득권층이잖아, 왜. 아, 재밌어."

그제야 은채도 환하게 웃었다. K는 계속해서 목젖이 터질 듯이 크게 웃어댔다. 은채는 정수에게 K를 소개시켜야겠다고 마음먹었다. 그가 철호에게 자신을 소개시켰듯이.

원고가 끝나자 승혜에게서 전화가 왔다.

"자우림 알지? 거기서 만나자."

승혜는 마치 친구라도 되는 듯 편하게 말을 놓으며 약속 장소를 말했다.

자우림은 紫雨林이란 중국 여인의 이름이자 그 여자가 서울에서 연 카페의 이름이다. 그녀가 카페를 연 것은 자기의 이름과 같은 록밴드가 나타났을 무렵과 거의 일치한다. 그녀가 그곳에 간 것은 카페가 생긴 지 17개월쯤 되었을 때였다. 거기서 자우림이란 록밴드가 연습 삼아 연주하고 있었다.

승혜가 자우림으로 나오라고 했을 때 은채는 그런 이름의 록밴드가 있다는 얘기는 들었지만 카페가 있는 줄은 몰랐다며 신기해했다. 하지만 은채는 카페 자우림을 찾지 못하고 길에서 사십 분 넘게 헤맸다. 결국 약속 장소를 찾지 못하고 휴대폰으로 승혜를 불렀다. 그녀가 두리번거리며 서 있는데 갑자기 승혜가 건널목 저편에 나타나 손짓을 했다. 그녀가 길을 건너자 승혜가 따라오라는 시늉을 하고는 먼저 골목으로 몸을 돌렸다. 그녀는 승혜를 놓칠 것 같은 불안감에 휩싸여 재빨리 뛰어 승혜를 붙들었다. 골목으로 몇 미터나 더 들어갔을까. 혹은 커브를 몇 번 돌았을까.

"바로 여기야."

승혜가 말하자 눈앞에 자우림이 보였다.

아, 여기라니. 은채는 이 골목을 수없이 지나쳤었다. 그러나 여기에서 자우림이라고 씌어진 팻말을 발견하기는 처음이었다.

"이런 곳에 카페가 있었다니, 믿을 수 없어."

은채가 곧 허물어질 듯한 자세로 승혜를 멍하니 바라보며 말했다.

"서울 속에도 이런 오지가 있어."

승혜가 아무렇지도 않게 대꾸했다.

그녀는 다리에서 힘이 빠져나가는 걸 느끼며 조금 비틀거렸다. 승혜가 은채를 부축해서 카페로 들어섰다. 그리고는 가장 가까이에 있는 의자에 앉혔다. 승혜가 시원한 맥주를 가져와 은채더러 마시고 나면 힘이 날 거라고 말하며 은채의 뺨을 톡톡 쳤다. 자우림의 맥주 맛은 통쾌했다. 가슴이 펑 터지는 듯한 느낌이었다. 두 여자는 신나게 떠들어댔다. 그리고 은채는 누구에게도 말하지 않았던 걸 이야기하고 말았다. 정수와 함께 DMZ에 다녀왔으며 거기서 무슨 일이 있었는지에 대해서도.

  승혜는 믿을 수 없다는 표정을 지었다.

"어떻게 거길 갈 생각을 했어?"

"당신도 그랬었겠지만 난 내가 여자인 걸 어떻게 인식해야 할지 몰랐어. 남자와 대자적인 입장에서만 설명되는 여자, 물론 싫었지. 하지만 그렇다고 완전히 여자만으로 설명될 수 있는 여자란 게 어디 쉬워? 난 동성애를 경험한 적이 있어. 하지만 성의 정체성을 찾는 데 동성애이든 이성애이든 그게 무슨 상관이야. 누구처럼 우리가 무성 생식을 추구하거나 혹은 외계인과 사랑에 빠지거나 하지 않는 이상 우린 남자들과 살게 될 거야. 그래서 남자들을 보고 싶었어. 확실한 남자. 그래서 거길 갔어. 남자들이 해놓은 꼬라지를 보려고. 가관이더군. 참호 속에 웅크리고 있는 짐승들, 난 그 짐승들과 차례로 섹스를 했어. 아니 그건 교접에 가까웠어. 남쪽 군인 둘, 북쪽 군인 하나. 그야말로 통음이었지. 난 남자들을 알게 되었어. 그들의 세계, 그들의 삶, 그들의 행동들. 그래서 난 내가 여자란 걸 더 깊이 깨달았어. 남자들에게 상처받음으로써. 하지만 그건 그냥 상처가 아닐 거야. 우리가 이 땅에 함께 태어나고 살아가고 있다는 것 때문에 입는, 공유하는 상처지."

"난 살면서 비무장지대가 있다는 생각을 몇 번이나 했는지 모르겠어."

"나도 그래. DMZ를 사전에서 찾아봤을 정도니까."

"난 정말 그곳이 한반도에 있다는 걸 믿을 수가 없어."

"나도. 벌써 두 번이나 가봤지만……"

승혜는 은채의 말을 이해하지 못하는 것 같았다. 하지만 그녀는 더 이상 승혜를 설득하고 싶은 마음이 없었다. 어쨌든 그녀는 승혜에게 자신도 남들이 가보지 못한 곳을 여행했다는 걸 알려주었다는 데 약간의 기쁨을 느꼈다.

그뒤로 은채는 자우림에 수시로 들락거리며 승혜와 부딪쳤다. 그들은 만날 약속을 따로 하지 않았다. 자우림에 가면 열 중 아홉은 서로의 얼굴을 볼 수 있었으니까. 어느 날 그녀는 정수를 데리고 그곳에 갔다.

"김정숩니다."

"이 친구야. 내가 DMZ에 함께 갔다는 군인."

은채가 승혜에게 그를 소개시키자 승혜는 그때 그녀가 한 말이 정말 사실이었단 말인가, 하는 표정으로 그를 올려다보았다. 이내 승혜는 밝은 얼굴로 돌아와 그를 향해 손을 내밀었다. 그러나 승혜와 정수는 그렇게 잘 맞는 것 같지 않았다. 가끔 몇 마디씩 얘기를 나누곤 했지만 그렇게 긴 시간은 아니었고, 내용도 그저 일상적인 안부를 묻는 정도에서 그쳤다. 정수는 기자들에게 이유를 알 수 없는 반감 같은 걸 가지고 있는 것 같았다. 나중에 민우와 그의 여자 친구인 영도 자우림에 나오곤 했다. 정수는 민우와 영에게 시킬 일들을 자우림에서 전달했다.

그러던 어느 날 그가 B의 딸을 데리고 나왔다.

"미스터 트렁크예요, 이 친구."

B의 딸이 간지러운 말투로 은채에게 말했다. 은채는 그게 무엇을 뜻하는지 알고 있었지만 아무 말도 하지 않았다. B의 딸은 은채가 그의 애인이란 걸 금방 알아보았고, 그래서 자기를 경계하고 있다고 생각하고는 승혜에게로 눈길을 돌렸다. 승혜는 B의 딸에게 올해 안으로 아프리카를 다녀올 예정인데 같이 나가는 게 어떠냐고 물었다.

"이 친구가 우리집 돈을 몽땅 털지 않는다면요."

B의 딸은 그의 정체를 밝히지 못해 좀이 쑤신다는 식으로 사사건건 그를 물고늘어졌다.

은채는 아무런 표정도 짓지 않고 그를 바라보았다. 그는 대수롭지 않다는 식으로 어깨를 으쓱하였다. 은채도 고개를 갸웃하며 상관없다는 식의 제스처를 해보였다. 승혜는 B의 딸의 조크가 별로 맘에 들지 않는지 인상을 약간 썼다가 곧 웃었다.

"정수씨, 백수건달이지만 돈은 좀 있다 했더니 다 이쪽에서 나온건가 보네."

승혜가 B의 딸의 말을 거들면서 말했다.

"얘도 이제 동료예요, 난 갱이고. B의원 댁을 털 때 도움을 좀 받았죠."

그가 심드렁하게 대꾸했다.

"당신이 붙잡히면 날 찾아요. 아프리카에서 돌아와서는 사회부로 복귀할 생각이거든요."

승혜가 말하자 은채가 승혜에게, 좀더 놀고 싶다더니 그새 생각이 바뀌었냐고 물었다.

"갱은 언제나, 아니 영원한 테마 아냐. 현대인은 결코 보헤미안이 될 수 없어. 그렇다면 남는 건 뭐야? 갱 아냐?"

승혜가 지껄이자 그가 처음으로 웃었다.

은채는, 갱이 그렇게 인기 직종인 줄은 몰랐어, 하고 약간 시니컬하게 말했다. 어쩌면 그의 가장 최초의 동료이자 애인, 그리고 가장 강력한 여자 갱인 자신의 위치가 흔들리고 있다고 느껴서인지도 모른다. 은채는 자신이 은행을 터는 모습을 방송국에서 생중계하도록 만들겠다는 생각을 잠깐 하였다.

정수는 술을 조금씩 오래도록 마셨다. 맥주도 마셨지만 주로 와인이나 칵테일 종류였다. 가끔 민우가, 갱은 밀주를 마셔야지, 하며 보드카류를 권했지만 그는 조니워커 블루를 얼음에 곁들여 약간 마셨을 뿐이다. 은채는 그가 냉정을 잃지 않으려고 일부러 술을 금하는 것이 아닐까 생각했다. 그는 늘 긴장된 모습이었다. 하지만 자우림에서는 한결 자유로워 보였다. 정수는 차츰 승혜와도 곧잘 이야기하곤 했다. 자우림에서는 모두들 쉽게 친구가 되었다. 자우림은 점점 갱의 아지트가 되어가고 있었다.

자우림, 붉은 비가 내리는 숲. 푸른 숲에 붉은 비가 내려 보색 대비가 완연한 숲일까, 아니면 늘 황혼으로 물들어 있어 비가 내리면 붉게 젖는 숲일까. 그렇다면 이 집은 붉은 빛깔의 술을 잘 빚는 도가니를 감추고 있을지도 모른다. 중국 여자, 록밴드, 카페. 세 개의 자우림, 그 황홀한 삼각형. 그들은 중국 여인의 카페에서 그리스 문화와 피타고라스를 보았다. 혹은 레오나르도 다 빈치와 다산 정약용과 트라이앵글이라는 악기를. 자우림은 혼란이었다. 그 위태로운 삼각형의 절묘한 균형, 그들은 그런 것들의 경계를 즐기고 싶었다.

승혜는 은채가 정수를 소개시키는 순간 어떤 비의감을 느꼈다고 나중에 말했다. 그녀가 의미를 묻자, 秘擬? 悲意? 잘 모르겠어, 하며 승혜가 혼란스럽다는 표정을 지었다. 그리고는 그는 알 수 없는 사람이야, 하며 고개를 떨구었다. 그와 자고 싶으면 말해요, 그녀가 말했다. 너랑 함께라면 생각해볼게, 하고 승혜가 대답했다. 그들은 자우림에서 자주 만났고, 「사랑하지 않고는 못 배기는 사람들」이란 우스꽝스런 제목의 프랑스 영화를 '소수를 위한 영화 상영 시간'을 통해 보기도 하였다. 나중에 정수는 자우림이 세들어 있는 건물을 통째로 사들였다.

"어떻게 그 카페를 사들이지 않고 배길 수 있겠어."

그가 내뱉은 구매의 변이었다.

배웠다고 하는 놈들이 지껄이는 말은 남쪽이나 북쪽이나 모두 궤변이었다. 어차피 세상은 돌아가던 방향으로 돌아가는 것이다. 방향을 바꾸려고 하다간 세상이 뒤집힌다. 하지만 뒤집힌 세상이 그 전의 세상보다 낫다는 법은 결코 없다. 그럴 바에야 돌아가던 대로 돌아가는 게 더 낫다. 차라리 이 대로가 더 낫다. 통일이 되느니 지금이 더 나을지도 모른다. 아니면 둘 중 한쪽이 이 세상에서 사라 지든가. 씨팔, 빨리 전쟁이라도 터졌으면. 아니다. 진짜 이놈의 세상은 확 뒤집어져야 한다. 깡그리 갈아엎어야 한다. 씨팔. 좆같은 세상이다. 어쩌다 이런 세상에 태어나서 좆빠지게 기고 있는 것일까.

5

빛의 동굴

정철호는 담배를 꺼내 물었다. 담배를 꺼내 무는 순간 적의 표적이 된다. 북과의 거리는 과연 몇 뼘쯤이나 될까. 정신 교육 시간에 DMZ의 넓이와 길이를 몇 번이나 외웠지만 잘 가늠이 되지 않았다. 바로 코앞의 적과 마주하고 있었다. 철호는 몇 걸음에 달려가 적들을 쏴 죽이고 싶었다. 미칠 듯한 고요를 뚫고 적의 숨소리까지 들린다. 그는 담배 연기를 길게 내뿜었다. 일부러 숨을 길게 내쉬며 연기가 멀리 뿜어져나가도록 입술에 힘을 주었다. 자신의 몸 속에 있던 기운들이 모두 빠져나가는 듯한 느낌이었다. 아주 가는 비가 내리고 있었다. 철호는 비가 추적추적 오던 도시의 어느 날 밤을 떠올렸다. 아니, 비를 보며 담배 연기를 내뿜고 있는 자신에게 그 기억은 자유 연상처럼 떠올랐다. 남자는 사십대 후반이었다. 철호는 이미 일주일 넘게 그 남자를 따라다녔다. 이제 내일이면 이 도시를 떠난다. 그렇다면 오늘 밤이 마지막이 될 것이다. 그 남자나 자신, 둘에게 모두. 남자는 골목에서 차를 세우고 기사를 돌려

보내고 천천히 걸어서 집까지 간다. 집까지 가는 데 소요되는 시간은 약 15분 정도. 그 남자의 걸음이 느려서이다. 철호라면 그 거리쯤은 5분도 채 걸리지 않을 것이다. 그러나 그 남자는 그 길을 천천히, 어쩌면 근엄하게, 또는 권위 있는 사람이 대중들 앞을 지나가듯 매우 느리게 걷는다. 철호는 벌써 일주일째 그 남자와 같은 속도로 뒤를 밟았다. 골목에서 그 남자의 대문까지 가는 시간이 그토록 길고 지루할 수 없었다. 철호는 그 시간을 이제 더 이상 버텨낼 힘이 없었다. 이미 몇 번이나 그 시간을 멈추게 하고 싶다는 충동을 느꼈었다. 그러나 그는 참았다. 매일매일 온몸을 떨면서 그 시간을 응시하였다. 철호는 마지막까지 가야만 했다. 이것은 그가 태어나서 처음으로 계획하고, 다짐하고, 인내심을 갖고 참아낸 일이었다. 이제 그것을 실천에 옮겨야 할 순간이 다가온 것이다. 철호는 품안에 숨겨온 알루미늄 야구 방망이를 꺼내들었다. 손아귀에 힘이 쥐어졌다. 그는 천천히 남자를 뒤따랐다. 어쩌면 남자는 일주일 전부터 누군가가 자신의 뒤를 밟고 있다는 걸 눈치챘는지도 모른다. 하지만 그걸 느끼는 것도 이제 마지막이 될 것이다. 철호는 남자와의 거리를 점점 좁혔다. 남자가 인기척을 느꼈는지 고개를 옆으로 약간 돌렸다. 그러나 뒤따르는 그를 정면으로 보지는 않았다. 그저 고개를 약간, 15도쯤 옆으로 돌렸을 뿐이다. 말하자면 뒤따르는 존재가 있다는 걸 눈치채는 수준에서의 인기척 같은 것이었다. 철호는 그 남자가 뒤따르는 자신의 존재를 똑바로 알 수 있었으면 하는 바람이 간절했다. 그러나 그는 그 남자에게 자신의 신원을 밝히고 싶은 생각은 추호도 없었다. 아무것도 아무도 몰라야 했다. 누군지, 왜 그래야만 했는지 누구도 알게 하고 싶지 않았다. 저만치 그 남자의 대문이 보인다. 일주일째 습관처럼 뒤따르다 보니 철호는 어떤 지점에서 길고 지루한 추적을 끝내야 할지 정확하게 인식하지 못했다. 대문을 보자 그는 눈에 힘을 주고 두세 걸음 빠르게 앞으로 나아갔다. 뒤에서 갑자기 달려드는 듯한 느낌을 받은 남자가 흠칫 멈췄다. 철호는 헛, 하고 소리를 내질렀다. 그 남자가 뒤돌아보았다. 그와 눈이 마주쳤다. 철호는 본능적으로 방망이를 휘둘렀다. 그가 휘두른 알루미늄 배트는 남자의 얼굴을, 감히 철호를 노려보는 듯한 두 눈을 가격했다. 캉, 금속이 뼈와 부딪쳐 맑고 찬 소리를 냈다. 남자의 몸이 공중으로 반 뼘쯤 날아오르더니 쿵, 소리를 내며 떨어졌다. 철호는 그 남자의 얼굴을 내려다보았다. 눈이 있어야 할 곳에는 퀭한 어둠이 들어와 박혀 있었다. 그 어둠 사이로 어둠과 교접해 먹물이 밴 붉은 피가 흘러나왔다. 남자는 신음 소리를 냈다. 철호는 방망이를 거꾸로 잡고 남자의 입을 향해 내리꽂았다. 남자가 소리를 내지르며 입을 벌렸다. 철호는 다시 한 번 방망이 끝을 그 남자의 입에 쑤셔박았다. 숨이 턱에 걸리는지 남자가 헉헉거렸다. 철호는 발로 남자의 가슴을 마구 짓밟았다. 남자의 몸에서 점점 힘이 빠져나가자 철호는 방망이를 뽑아들고 몇 번이나 가슴을 두들겼다. 오래된 침대의 시트에서처럼 남자의 몸에서 먼지가 풀썩 일었다. 아마도 그 남자의 영혼이 먼지처럼 육신을 빠져나가는 모양이었다. 철호는 수건을 꺼내 방망이를 닦았다. 피와 지문이 깨끗하게 지워질 때까지 방망이를 문질렀다. 그리고 방망이를 그 남자의 배 위에 던졌다. 그는 돌아섰다. 철호는 천천히 걸으며 남자가 일주일 동안 반복했던 걸음걸이를 재현했다. 철호는 금세 방금 전에 죽은 남자의 영혼이 자신에게로 들어와 두 개의 영혼이 마음속에서 앞서거니뒤서거니 하는 것같이 느껴졌다. 그러다 갑자기 그는 뛰기 시작했다. 대문이 보이자 몸 동작이 빨라졌던 것처럼 골목 끝이 가까워지고 큰길에서 자동차 헤드라이트가 비추기 시작하자 그는 달리기 시작한 것이다. 미친 듯이, 죽을 만큼 숨이 차오를 때까지 달렸다. 지하철역을 세 곳쯤 지나치고 나자 그는 쓰러지고 말았다. 땀이 온몸을 적셨다. 아랫도리가 축축했다. 그는 자신이 몽정한 것 같다고 느꼈다. 한 인간을 살해하는 순간 절정에 달한 것이다. 그는 만족감과 극도의 피로가 한꺼번에 몰려오는 걸 느끼며 기어가기 시작했다. 지하철역 계단을 거의 구르다시피 해서 내려왔다. 간신히 몸을 일으켜 화장실을 찾아 들어갔다. 변기에 앉아 멍청히 얼마쯤 앉아 있다가 그는 바지를 내렸다. 팬티는 정액과 오줌이 뒤섞여 두엄 더미가 되어 있었다. 그는 수건을 꺼냈다. 수건은 이미 피와 땀으로 얼룩져 있었다. 하지만 어쩔 수 없었다. 그는 수건으로 사타구니를 문질렀다. 그리고 기다렸다. 얼마쯤 가슴이 진정되는가 싶더니 다시 오줌 줄기가 뿜어져나왔다. 그는 몸을 구부렸다. 참을 수 없는 허기와 졸음이 밀려왔다. 그는 초인적인 힘을 내어 일어났다. 변기의 물을 내리고 나와 세면기에 얼굴을 박고 물을 틀었다. 찬물이 쏟아지자 갈증이 났다. 그러나 수도꼭지의 물을 마실 수는 없었다. 인간은 간사하게 이 치명적인 순간에도 일상적인 습관에서 벗어나지 못하는 것이다. 드라이어에 고개를 들이밀고 한참 동안 머리를 말렸다. 몇몇 사람들이 그를 흘끗거리며 지나갔다. 그는 화장실을 나왔다. 표를 끊고 플랫폼으로 들어갔다. 동전을 꺼내 커피를 한 잔 뽑고 신문도 하나 샀다. 구석진 자리로 가서 쭈그리고 앉아 커피를 마시며 신문을 들척였다. 열차가 도착했다. 그는 뜨거운 커피를 한입에 털어넣고 신문을 들고 재빨리 열차에 올랐다. 문이 닫히고 전동차가 움직이기 시작하자 그는 밖을 바라보았다. 자신이 쭈그리고 앉아 있던 자리에 다 마신 종이컵이 놓여 있었다. 그의 눈에는 전동차의 진동 때문에 종이컵이 흔들리는 것처럼 보였다. 그 다음날 그는 입대하였다.

비는 가늘게 내리고 있었지만 그칠 것 같지 않았다. 초소와 길게 늘어선 참호와 그리고 저만치 한반도의 허리에 띠를 두른 비무장지대가 물기에 젖어들고 있었다. 비는 거의 하루 종일 여린 여자의 눈물처럼 끊어질 듯하면서두 질긴 슬픔처럼 내린다. 비를 그치게 할 만큼 찬란한 태양은 어디에 숨어 있는 것일까. 정철호는 한숨을 길게 내뿜었다. 그는 벌써 세 시간째 근무를 서고 있었다. 철조망을 뚫고 만들어놓은 개구멍을 통해 마을로 내려간 차일병이 오려면 아직 한 시간 가량 더 기다려야만 한다. 차일병은 소주 서너 병과 쉬어터진 김치 한 바가지를 들고 올 것이다. 비가 추적거리는 날이면 여자 생각이 간절했지만 오히려 술이 더 고팠다. 연애 감정보다는 인생의 쓸쓸함이 한층 더 몸 속 깊이 파고들었다. 술은 그에게서 살인의 기억도 여자 생각도 몽땅 빼앗아갔다. 그는 비가 오는 날이면 술을 찾았다. 오늘도 새벽까지 잠 한숨 자지 못한 채 술을 기다리고 있는 것이다. 이제 곧 동이 터오를 것이다. 어쩌면 술이 왔을 때는 해가 떠올라 그가 느끼는 인생의 쓸쓸함 따위의 감정들을 바짝 말려버릴지도 모른다. 그는 비가 좀더 오래도록 내려주었으면 하는 바람이었다. 차라리 악몽이 계속되어 그 악몽을 다스리기 위해 술을 찾는 이러한 이중적인 시간들이 더 오래 지속되기를 빌었다. 그래야만 그는 버틸 수 있을 것 같았다. 너무나 맑은 날, 그건 사치였다. 그는 계속해서 자신의 삶이 이런 구질구질한 진흙탕 속에서 끝장나기를 빌었다. 그가 죽었을 때 비로소 한 떨기 연꽃이 피어 철저하게 슬픈 그런 상황이 연출되리라 믿으면서. 그래서 삶이 더 경건해지는 것을 한꺼번에 만끽할 수 있으리라, 미친 상상을 하면서.

빗속에서 부스럭거리는 소리가 났다. 마른풀이 움직일 때와는 다르게 좀더 길고 축축하고 거치적거리는 듯한, 약간은 무겁고 물에 젖은 옷가지를 툭 떨어뜨릴 때 나는 것 같은 조금은 둔탁한, 그런 소리였다. 철호는 소총을 들었다. 그리고 눈을 부라리고 앞을 주시했지만 아무것도 보이지 않았다. 철호는 숨을 멈췄다. 오직 신경을 귀에다만 몰았다. 방아쇠에 손가락을 조용히 걸었다. 또다시 소리가 들린다면 그대로 방아쇠를 당기리라 마음먹었다. 한참을 긴장해 있다가 조용히 숨을 내뱉었다. 소리가 다시 들리는가 했지만 자기 숨소리뿐이었다. 그의 숨소리가 점점 높아졌다. 손에서 땀이 흘렀다. 비는 그친 듯 잠잠했다. 바람이 가끔 나뭇가지 사이로 초보자가 활로 현을 긁는 듯한 소리를 냈다. 침이 입에 고이자 그는 꿀꺽 침을 삼켰다. 어디 다시 한 번 움직여봐라. 근무 연수가 10년쯤 더 늘어나더라도 그는 목표물의 심장부를 그대로 부숴버리겠다고 속으로 외쳤다. 지난 몇 년 간 그의 가슴 밑에 도사리고 있던 분노를 터뜨릴 순간만을 기다리며 살아왔다. 그 남자를 해치우고 나서도 성이 차지 않았다. 어쩌면 그 남자도, 세상도, 아무도 그의 복수를 확인해주지 않아서일지도 모른다. 그는 차라리 북에서 대대적인 급습이라도 해왔으면 하는 바람이 간절했다. 그렇게 되면 정정당당하고 떳떳하게 맘껏 살인을 저지를 수 있을 테니까. 그의 도륙이 오히려 영웅시되고 적들도 세상도 모두 그를 알아보고 그의 활약상에 박수를 보낼 테니까. 어서 와라, 어서. 그는 방아쇠에 힘을 주었다. 숨을 멈추고 눈을 감고 가상의 표적을 상상했다. 검고, 깊고, 강하고, 무서운 표적. 그는 이를 악물었다. 적이든 돼지새끼든 나타나주었으면 싶었다. 비 오는 날 죽은 처녀 귀신이라도. 비에 깃털이 젖은 두루미거나 두더지나 들쥐라도 보이기만 하면 모조리 갈겨버릴 것이다. 풀썩, 소리가 났다. 분명히 소리가 들렸다. 환청이 아니었다. 반쯤 방아쇠를 당겼다 놓았다. 숨을 삼켰다. 한 번 너. 사, 움직여봐. 네놈이 거기 있다고 폼을 잡아봐. 칠퍽, 군화가 물에 젖은 땅을 밟는 소리. 누군가 기어오는 소리가 들린다. 물이 고여 있는 곳을 밟을 때면 여지없이 소리가 난다. 그는 입가에 미소를 띠었다. 이제 표적은 사정 거리 안에 있다. 눈을 감고 쏘아도 잡을 수 있다. 차일병이 두고 간 M60도 옆에 있다. 그냥 갈기면 표적은 걸레가 될 것이다. 하지만 그는 기다렸다. 표적이 분명한 모습을 드러낼 때까지. 단 한 방에 표적의 대가리를 날려버리고 싶었다. 그러나 그것은 이중적인 자기 합리화였는지도 모른다. 그는 좀 떨고 있었다. 누군가 자신을 향해 다가오는 것이 끔찍하게 싫었다. 그저 비가 내리는 걸 보며 감상적인 생각에 젖어 있고 싶었다. 아무도 그가 악몽에 시달리며 인생의 쓸쓸함 따위를 논하고 있는 개인적인 시간을 방해할 수 없었다. 그 누구도 그가 혼자 쭈그리고 앉아서 더러운 진창에 빠진 자기 생을 향해 술을 퍼붓는 것을 탓할 수 없었다. 솔직히 그는 여기서 달아나고 싶었다. 아무도 그를 볼 수 없는 곳으로. 서울을 떠나 휴전선 앞에 와 있으면 아무도 못 찾을 줄 알았는데 분명히 누군가 자신을 향해 다가오고 있었다. 그는 총을 쏘고 싶은 생각은 추호도 없었다. 그는 사람을 죽이는 게 두렵다. 하지만 이것도 반쪽의 생각일 뿐이다. 그는 군인이다. 그는 곧 방아쇠를 당길 것이다. 차라리 이 소리가, 점점 다가오는 이 소리가 발길을 돌려 왔던 길을 되돌아가기를……

표적은 몸을 드러냈다. 표적은 그를 보았다.

"누구냐?"

철호가 낮게 말했다.

표적이 손을 들었다. 사람이었다. 북에서 온 병사. 첫눈에 귀순하려고 철책을 넘어왔다는 걸 알 수 있었다. 북의 병사는 아무것도 들고 있지 않았다. 척 보면 무장을 하지 않았다는 것을 알 수 있다. 북의 병사는 아주 순한 양처럼 느껴졌다. 철호는 천천히 초소 밖으로 나왔다. 그는 총구를 북의 병사에게로 향한 채 한쪽 손으로 가까이 오라고 손짓했다. 북의 병사는 아주 가볍게 거의 미끄러지듯 참호 속으로 들어왔다.

"야, 이 씹새끼야! 너 누구야? 개새끼야."

"조선인민공화국……"

"야, 이 씹새끼. 나 빨갱이 싫어. 니가 북에서 왔다는 거 알아. 소속, 계급, 군번 다 필요 없어. 씹새끼, 너 왜 왔어, 개새끼야. 아, 씨팔."

철호가 계속 소리지르자 북의 병사는 멍하니 그를 바라만 보고 있었다.

"야, 이 씹새끼 봐라. 그래, 니가 째려보면 뭐 어쩔 거야. 이 새끼, 씨팔, 죽여버려? 개새끼야. 이 꼴통새끼. 왜 왔어. 개새끼야. 너 죽을래?"

162

철호는 입에서 나오는 대로 마구 퍼부어댔다. 그냥 화가 났다. 미칠 것 같았다. 갑자기 자기의 생에 누군가 침입한 것이다. 신경질이 머리 끝까지 나고 짜증이 솟구쳐 손이 부들부들 떨렸다.

"야, 씹새끼야. 너 왜 왔어, 응?"

급기야 철호는 철모를 벗어 북의 병사를 내갈겼다. 목덜미께를 얻어맞은 북의 병사가 진흙 바닥에 꼬꾸라졌다.

"아, 씹새끼. 너, 너 여기 왜 왔어. 왜 하필 일루 굴러들어왔냐구, 씹새끼야. 아, 돌겠네, 이 씨팔놈."

철호는 북의 병사를 마구 걷어찼다. 북의 병사는 별로 반항히지 않고 마치 짚단처럼 널브러져 철호의 발길질을 고스란히 당하고만 있었다. 철호는 지칠 때까지 북의 병사를 걷어찼다. 갑자기 나타난 적군이 볼썽사나웠다. 마치 못 볼 것을 본 것 같은, 화장실에서 옛날 애인과 부딪쳤을 때처럼 민망했다. 철호는 북의 병사가 나타난 게 남부끄러웠다. 비가 오는 날 술타령이나 하며 짙은 감상에 젖어 담배를 빨며 신세 한탄이나 할 참이었는데, 그것마저 방해하는 놈이 나타난 것이다. 철호는 고개를 가로저었다. 자신에게는 조용히 담배나 피우며 망상에 젖을 여유조차 주어지지 않았다. 인생을 산다는 것 자체가 사치요, 허영처럼 느껴졌다. 철호는 귀순하겠다고 기어들어온 순한 양새끼 같은 놈을 확 쏴 죽이고 초소 근방에 있는 지뢰밭으로 달려나가 자신의 몸을 폭발시키고 싶었다.

철호는 숨을 헐떡거리며 침을 내뱉고는 소리쳤다.

"아, 이 씹새끼야, 왜 왔어? 왜 왔냐니까?"

북의 병사가 고개를 들었다.

"여자."

"뭐?"

철호는 인상을 쓰며 북의 병사를 노려보았다.

"뭐? 너, 지금 뭐라 했어?"

"그 여자."

"뭐라고? 야, 씹새끼야. 여자? 여자라고 했어?"

"그 여자 어딨습니까?"

"씨팔 새끼. 여자가 어딨어. 전부 좆 달린 새끼들뿐인데, 여기가 무슨 색시 골목인 줄 알아, 계집 타령하게. 꼭 새끼 제비같이 생긴 게."

철호는 괜히 또 한 번 더 북의 병사를 걷어찼다.

"그 여자를 보러 왔습니다."

철호는 화가 치밀었다. 웬 미친놈이 갑자기 나타나 여자 타령이니 환장할 노릇이었다. 휴전선을 죽을 줄 모르고 넘어온 북한 병사의 첫 마디가 여자라니, 기가 막혔다.

"야, 이 씹새끼야. 그래, 여자 때문에 죽으려고 넘어왔냐? 너 확 쏴버리고 나 훈장 탈란다. 이 개새끼야. 좆만한 놈이 어디 와서 여잘 찾냐? 야, 이 새끼야. 너 여자 맛이나 봤냐? 솜털도 못 벗은 애송이 새끼가."

철호는 지쳐서 초소 벽에 기댔다. 말할 힘도 없었다. 그는 담배를 한 대 꺼내 입에 물었다. 그리고 담배에 불을 붙이고는 북의 병사에게 내밀었다. 북의 병사가 떨리는 손으로 받아 입에 물었다. 북의 병사는 금방 쿨럭거리며 기침을 해댔다. 침을 뱉어내는데 검붉은 피가 함께 나왔다. 철호는 고개를 돌렸다.

"야, 너 이름이 뭐야?"

"강민주."

"씨팔. 어째 이름도 계집애 같냐. 너 여동생 찾아 내려왔나?"

"그 여자 어딨습니까?"

"야, 이 새끼야. 내가 계집 장사하는 포주냐? 여기 와서 여잘 찾게."

"그 여자가 여기서 왔습니다. 내가 그날부터 지켜봤습니다."

"언제?"

"지난 여름이 끝날 때쯤."

"무슨 소리 하는 거야?"

철호는 뒤통수를 얻어맞은 듯한 느낌이었다. 가슴이 뛰기 시작했다.

"야, 너 이 새끼, 제대로 말해봐. 뭘 봤어? 뭘 알고 있다는 거야?"

"담배를 나누듯 여잘 나누자고 했더랬습니다."

"뭐야, 너 줄 여자가 어딨어, 새끼야."

"김정수."

"뭐야? 너 정수 알아?"

"그날 나한테 자기 여잘 줬습니다."

"개새끼, 무슨 좆같은 소릴 하는 거야? 너 죽고 싶어? 야 씨팔, 미치겠네."

"그 여잘 잊을 수 없었습니다. 다시 보고 싶습니다. 미칠 것 같습니다. 다시 한 번만 안아봤으면 소원이 없겠습니다."

"이 새끼 너 입 안 닥쳐. 개새끼, 죽여."

철호는 총을 들고 멋대로 휘둘렀다. 북의 병사가 얼굴을 땅에 처박고 피했다.

"좆까는 소리 하지 말고 입 처닫고 조용히 있어."

머리가 터질 것 같았다. 그날 정수가 여자와 함께 초소를 나가 비무장지대로 기어들어갔다. 그리고 약 두 시간쯤 뒤 다시 나왔다. 그 동안 거기서 무슨 일이 벌어졌단 말인가. 그는 눈을 감았다. 그날 일을 되짚어봐야 했다.

정수가 초소로 여자를 데리고 왔다. 세 사람 모두 한참 동안 말이 없다. 철호가 담배에 불을 붙여 건네자 여자는 쭈그리고 앉아서 담배를 피운다. 정수는 은채라는 여자와 마주보는 벽에 기대어 서 있다. 그들은 서로에게 어떤 말도 할 수 없다. 어쩌면 그런 일이 벌어질 수 있다고는 아무도 믿지 않았는지도 모른다. 술은 완전히 다 깬 상태다. 이제 모두가 말짱하다. 이런 말짱한 정신으로 일을 치를 수 있을지 의심이 간다. 여자가 담배를 다 피우고 일어선다. 정수를 향해, 좀 나가줄래, 하고 말한다. 정수가 초소 밖으로 나간다.

여자는 옷을 벗는다. 하얀 살덩이가 보인다. 철호는 내리깔았던 눈을 든다. 그러나 눈을 똑바로 뜰 수는 없다. 여자는 총 놓는 자리에 서서 엉덩이를 뒤로 뺀다. 너무나 음란한 자세다. 철호는 급하게 바지를 벗어내리고 달려든다. 여자의 다리에 힘이 간다. 초소 앞의 흙과 풀이 여자의 손에 짓뭉개진다. 그리고 철호는 여자를 짓뭉갠다. 여자는 숨을 멈춘다. 철호는 더 세게 허리를 움직인다. 여자는 주저앉듯 무너져 땅바닥에 손을 짚고 엉덩이를 쳐든다. 철호가 더욱 미친 듯이 여자의 몸을 들락거린다. 여자의 숨소리가 커진다. 철호는 더 이상 쾌락을 참을 수 없다. 여자에게서도 아아, 하고 감질나는 신음 소리가 새어나온다. 철호는 크레모아처럼 폭발한다. 잠시 후에 정수가 들어온다. 그리고 두 사람을 죽일 듯이 바

166

라본다. 철호도 여자와 정수를 돌아본다. 지금 여기 있는 인간들은 더 이상 살아 있는 인간들이 아닌 것같이 느껴진다. 구역질이 나는 걸 간신히 참는다. 세 사람 모두 엄청난 죄의식에 휩싸여 얼굴이 일그러져 있다. 그런데 갑자기 여자가 좀더 재미난 것이 없느냐고 묻는다. 철호는 처음으로 여자가 징그럽게 느껴진다. 여자는 기왕에 DMZ까지 왔으니 북한 군인에게도 주고 싶다고 말한다. 정수가 돌아버렸는지 여자를 이끌고 지뢰밭 쪽으로 기어간다. 철호는, 제발, 다 내 잘못이야, 하며 빈다. 그는 비굴하게 빈다. 울면서 사정한다. 여자가 웃는다. 정수는 더 희떠운 웃음을 흘린다. 철호만 운다. 그들의 얼굴은 창백한 불꽃으로 타오르고 있다. 정수는 여자를 데리고 비무장지대 안으로 들어간다.

그날 또 한 명의 남자가 있었다. 북한 병사. 그가 여기 와 있다. 철호는 북의 병사를 바라보았다. 어이가 없었다. 이 녀석이 그 여름날의 난교에 함께 있었다니. 이 애송이가. 사내 같지도 않은 비쩍 마르고 아직도 엄마 따라다니며 쭈쭈바나 빨 녀석이.

"야, 이 씹새끼야. 그럼 니가 내 동서란 말이냐? 씨팔 좆같은 새끼."

"그 여자 좀 보게 해주십시오."

"어쭈, 그래, 나한테 명령하는 거냐? 씨팔, 니가 봤다는 그 처녀 귀신이 나오는지 주문이라도 외워봐라. 근데 씨팔, 이 새끼를 어쩌지."

그는 초소 한편에 달려 있는 고물 무전기를 바라보았다. 저게 과연 무전이 될지도 의문스러웠다. 아니, 저건 무전기가 아니라 유선 단말기다. 흔히 딸딸이라고 불리는 먹통 전화기다. 귀순한 북한 병

사가 있다고 보고를 해야 하나. 아니면 사살하고 간첩이라고 둘러
대고 훈장을 타야 하나.

"야, 이 씹새끼야. 너 총 어쨌어?"

"여자를 만나러 오는데 총이 뭐 필요 있습니까?"

"야, 이 새끼야. 그래도 넌 군인인데 무기를 지니고 다녀야 할 게
아냐."

"내가 총을 들고 왔으면 날 쐈을 거 아닙니까?"

"야, 이 새끼야. 그래도 니가 총을 들고 와야지 내가 쏴버려도 누
가 뭐랄 사람 없을 거 아냐."

"여자를 찾아온 동포에게 총을 쏩니까?"

"이 새끼 정말 꼴통이네. 야, 이 새끼야. 우리가 동포면 왜 서로
총질을 해대고 난리냐. 니네들이 와서 코 베어간 게 한두 번이야?
이 새끼가 입 있다고 함부로 지껄여. 콱!"

"여자를 보여주십시오."

"와, 이 새끼, 정말 미치겠네."

"너무나 아름다운 여자였습니다. 오늘까지 그 여자를 만나려고
살아왔습니다."

"그래, 니가 넘어왔다고 해서 그 여잘 볼 것 같냐?"

"목숨을 걸면 못 할 게 없잖습니까?"

"미친 새끼. 니가 뭘 할 수 있겠냐? 내가 팍 죽여버리면 상황 끝
인데."

"제발 그 여자 좀 보게 해주십시오."

"그래, 어떤 여잔데?"

"그 여자의 매끄러운 피부는 잊을 수가 없습니다. 그녀의 몸은 뭐

라 말할 수 없을 만큼 사람을 끌어당겼습니다. 살과 살이 서로 달라붙어 새로운 반죽을 만드는 것 같았습니다."

"이 새끼 말 한번 번지르르하게 하네. 하기야 빨갱이치고 말 못하는 인간 없지."

"그 여자는 어디 있습니까?"

"씨팔. 넌 정말 그 여자를 볼 수 있다고 생각하냐? 그래, 차라리 DMZ가 더 낫지 여기선 안 돼. 넌 여길 빠져나갈 수 있을 것 같냐?"

"무슨 수를 써서라도 가야 합니다, 그 여자한테."

"안 돼. 그만둬."

"여기까지 왔는데."

"씨팔, 여기가 뭐 대수야. 나도 니네 초소까지 살아서 갈 수 있어. 하지만 그럼 뭐가 달라지냐. 여긴 니가 올 데가 아냐. 씨팔. 재수 없어. 그냥 보내줄 테니까 니네들 있는 데로 돌아가라."

"그럴 순 없습니다. 여자를 봐야 합니다."

"너 정말 죽을래? 썹새끼 확. 차일병 이 자식은 왜 아직도 안 오는 거야."

철호는 녀석을 그냥 두었다. 이름이 강민주, 나이는 갓 스물이나 됐을까 싶었다. 날이 밝기 전에 돌려보내는 게 상책이었다. 철호의 부대는 한·미연합사 직할대이므로 미군이 개입할 가능성이 컸다. 작전 참모들은 거의 미군이었고, 부대장은 한·미 양국 한 명씩이었다. 지난번에 한국군 장교가 죽었을 때 미군들이 수사를 담당했었다. 철호는 미군들이 설치는 꼴이 정말 보기 싫었다. 미군들은 이태원에서 술이나 퍼마시는 게 나았다. 휴전선 근방까지 와서 힘자랑을 할 필요는 없었다. 미군들이 설치면 일이 꼬인다. 그들이 나서면 주위가 불안해진다. 철호는 말도 통하지 않는 미군 장교들한테 불려가 이러쿵저러쿵 신문을 받아야 한다는 사실이 끔찍스러웠다. 더욱이 저 애송이가 그날 초소에 여자를 데리고 온 사실을 분다면 그야말로 군법감이다. 휴전선과 여자라니 도대체 어울리는 얘기인가. 씨팔, 재수 더럽게 없었다. 사랑에는 국경도 없다더니 정말 그런 일이 눈앞에서 펼쳐지고 있었다. 북한 병사가 남한 여자한테 반해서 휴전선을 넘어왔다는 걸 누가 믿으려 들겠는가. 이 새끼는 정말 꼴통 중의 꼴통이었다. 밖에서 소리가 들렸다. 녀석이 먼저 놀라서 흠칫거렸다. 그러나 철호는 움직이지 않았다. 차일병이 돌아오는 소리였다. 적과 아군은 금방 식별이 가능하다. 아군은 초소를 향해 거침없이 걸어온다. 아무런 불안감도 없이 조심하지도 않는다. 그저 자기 집을 찾아 늦은 귀가를 서두르는 듯한 발걸음일 뿐이다.

"악, 이거 뭐야."

차일병이 깜짝 놀라 뒤로 물러서며 소리질렀다.

"정하사님, 이거 뭡니까?"

"씨팔, 난들 알아. 지가 넘어온 건데."

"어쩔 겁니까? 그냥 쏴버리죠."

"살겠다고 내려온 놈을 어떻게 쏴."

"무슨 상관입니까? 쏘고 난 다음에 확인한 건데."

"멀쩡히 살아 있는 놈을 어떻게 쏘나?"

"모르고 쐈다면 되잖아요. 일계급 특진에 포상 휴가에 훈장까지 받을 텐데."

170

"그럼 니가 쏴."

"아닙니다."

"왜 쏘기 싫어?"

"이 새끼 얼라 같은데……"

"왜 늙은 놈이면 쏠 거냐?"

"근데 어째서 넘어왔지. 배가 엄청 고팠나?"

"직접 물어봐라."

차일병은 총구를 녀석에게 향하고는 인상을 쓰며 소리쳤다.

"야, 빨갱이. 너 왜 넘어왔어?"

녀석은 차일병을 흘끗 보더니 눈을 내리깔았다. 별로 말하고 싶은 눈치가 아닌 것 같았다.

"야, 이 새끼야. 내 말 안 들려? 너 왜 왔냐니까?"

녀석은 조용히 고개를 들었다가 철호를 흘끗 본 뒤 다시 고개를 떨구었다.

"이 새끼가 내 말을 씹어. 소속, 계급, 군번, 이름, 쫙 읊어봐."

그래도 녀석은 아무 말이 없었다.

"야, 너 소속도 없어?"

차일병이 소리쳤다.

"그만둬. 돌려보낸다."

"아니 굴러들어온 훈장감을 뭐 하러 돌려보냅니까? 이 새끼도 지가 좋아서 내려온 건데."

"누가 그래? 여기가 저쪽보다 좋다고."

"아니 정하사님, 그게 무슨 말씀이십니까. 저기는 애들이 굶어 죽는다잖아요."

"가난하다고 다 생지옥이냐? 돈이 사람을 우습게 여기는 이곳보다 저기가 더 인간적일 수도 있어."

"내 참. 씨팔. 야, 신경쓰이게 하지 말고 다시 올라가라. 어서."

차일병은 녀석을 대단한 골칫거리라는 표정으로 바라보며 소리쳤다.

"갈 때 가더라도 한잔하고 가라. 야, 가져온 거 풀어놔봐."

철호는 자기도 모르게 이렇게 말해버렸다.

"씨팔. 빨갱이랑 소주 빨게 생겼네."

"야, 빨갱이 빨갱이 하지 마. 듣는 빨갱이 기분 나쁘잖아. 자, 강민주. 한잔해라."

"얘 이름이 강민주예요? 빨갱이새끼 이름이 뭐 그리 예쁘장하냐."

차일병이 녀석에게 다가갔다.

"헤이, 한잔하자고."

차일병은 초소 구석에 쭈그리고 있는 녀석을 일으켜 가운데로 끌고 와 철호 곁에 앉혔다. 철호는 녀석을 향해 싱긋 웃어주었다. 민주도 그를 향해 희미하게 웃었다. 녀석의 얼굴은 철호에게 맞아 피투성이에다 잔뜩 일그러져 있었다. 철호는 조금 미안해졌다. 그래도 한 여자와 살을 섞은 사이고, 어찌 보면 연적인 셈이었다. 그날의 일은 아무에게도 말할 수 없다. 정수가 휴가 나가서 여자를 꼬셔왔다. 그래서 초소에서 일을 치렀다. 여자는 그것도 모자라 비무장지대 안으로 들어갔다. 그리고 거기서 북쪽 병사와 정사를 벌였다. 남쪽 병사들이 그걸 사주, 방조했다. 이건 있을 수 없는 일이다.

차일병은 비닐 소주잔에 술을 따라 녀석에게 주었다. 철호는 이

172

빨로 뚜껑을 따고 그대로 들이켰다. 차일병도 들고 있던 술을 병째로 입에 댔다. 녀석은 잠시 멍하니 있더니 소주를 마셨다. 녀석은 곧 기침을 해댔다. 일그러진 얼굴에서 빛이 새어나왔다. 녀석의 눈은 맑고 빛났다. 검은 눈동자도 유난히 까맣고 영롱했다. 세 사람은 별말 없이 술만 마셨다. 차일병이 김치도 꺼내놓고 오징어도 찢어놓았지만 거기 손을 대는 사람은 없었다. 철호가 비닐에 싸인 김치와 오징어를 녀석에게로 내밀었다. 녀석은 잠시 가만있다가 한 손에 김치를 들고 우거적우거적 씹었다. 차일병이 녀석의 잔에 술을 따랐다. 그들은 미시고 또 마셨다. 순식간에 술이 세 병이나 비워졌다. 철호는 하나도 취하지 않았다. 오늘따라 차일병도 술발을 세웠다.

"야, 민주. 니 생각엔 통일이 될 것 같냐?"

철호가 갑작스럽게 입을 열었다.

"반드시 됩니다."

"씨팔, 니가 그걸 어떻게 알아?"

철호가 소리를 버럭 질렀다.

"아이 참. 그냥 술이나 마십시다. 정하사님, 왜 분위기 깨고 그러십니까. 통일은 무슨 귀신 씨나락 까먹는 소립니까. 통일이 될 거라면 우리가 미쳤다고 이 고생입니까. 아, 아직 멀었어요. 전쟁이나 팍 나버리지."

차일병이 혼자말처럼 중얼거렸다.

"야, 니네 동네선 뭐래?"

"남쪽이 쳐들어올라올 거라는 소문이 파다합니다. 남쪽이 더 잘 살고 있다는 걸 웬만한 사람들은 다 알고 있습니다. 북조선은 두려워하고 있습니다. 그래서……"

"그래서? 그래서 뭐?"

"아, 정하사님도. 그래서 쳐내려오려고 한다, 이거 아닙니까. 한 판 붙어야 한다니까요."

"아닙니다. 전쟁을 치르기엔 열정이 부족합니다."

"야, 너 꽤 유식하게 말한다."

차일병이 오징어를 씹으며 녀석을 빤히 쳐다보았다.

"무슨 열정?"

"전쟁은 전쟁을 최우선으로 생각하는 사람들의 마음속에 불타는 열정이 있어야 치를 수 있습니다. 그런데 북조선엔 그런 열정을 가진 전쟁 미치광이들이 없습니다. 김정일도 그런 생각 안 합니다."

"너 대학교 다니냐?"

철호가 녀석을 빤히 쳐다보며 물었다.

"김일성대학 3년 다니다 군에 왔습니다."

"공부만 계속해도 될 텐데. 군댄 왜 왔어?"

"자원 입대했습니다."

"미쳤다고 군발이 되냐?"

"제대로 못 가르치는 대학보다는 군대가 더 낫습니다."

"와 새끼, 진짜 유식한 척은 혼자 다 하네. 좆같이 씨팔."

차일병은 녀석을 한 대 칠 것처럼 바라보다가 다시 술병을 들었다.

철호는 입을 다물었다. 배웠다고 하는 놈들이 지껄이는 말은 남쪽이나 북쪽이나 모두 궤변이었다. 어차피 세상은 돌아가던 방향으로 돌아가는 것이다. 방향을 바꾸려고 하다간 세상이 뒤집힌다.

하지만 뒤집힌 세상이 그전의 세상보다 낫다는 법은 결코 없다. 그럴 바에야 돌아가던 대로 돌아가는 게 더 낫다. 차라리 이대로가 더 낫다. 통일이 되느니 지금이 더 나을지도 모른다. 아니면 둘 중 한쪽이 이 세상에서 사라지든가. 씨팔, 빨리 전쟁이라도 터졌으면. 아니다. 진짜 이놈의 세상은 확 뒤집어져야 한다. 깡그리 갈아엎어야 한다. 씨팔. 좆같은 세상이다. 어쩌다 이런 세상에 태어나서 좆 빠지게 기고 있는 것일까.

새벽이 다가오고 있었다. 이 어둠이 다 가기 전에 이 녀석을 돌려보내야 한다. 철호는 노리쇠를 뒤로 낭겼다 놓았다.

"야, 강민주. 이제 북으로 돌아가라. 우린 니가 달갑지 않아. 니 헛소리도 더 이상 듣기 싫어. 또 넘어오려면 딴 데로 넘어와라. 우린 널 못 본 거다. 어서 가."

"난 가지 않습니다."

"가."

"나는……"

"야, 확 당겨버린다. 좋은 말로 할 때 꺼져. 난 니 꼬라지 보기 싫단 말야, 새꺄."

"야, 정하사님 말씀 못 들었어? 가래잖아, 새꺄."

"나중에 다시 와라. 그때 보자."

철호는 총을 초소 한쪽으로 내던지며 내뱉었다.

"정하사님, 그게 무슨 말씀이십니까? 얘 보고 다시 오란 말입니까?"

차일병이 민주와 철호를 번갈아 보며 소리쳤다.

"아님 우리가 가면 되잖아."

철호가 심드렁하게 내뱉었다. 차일병은 기가 막히다는 표정으로 돌아앉아 머리를 벽에 찧는 시늉을 했다. 녀석이 조용히 일어섰다. 그리고 초소를 빠져나갔다. 차일병은 총을 들고 녀석이 사라질 때까지 바라보고 있었다.

"정하사님, 저 새끼 아십니까? 무슨 동생 대하듯 하십니다."

"낸들 아니. 동포잖냐."

"동포는 무슨. 적군 아닙니까. 다시 오면 확 쏴버릴 겁니다."

"맘대로 해. 쏴버리든지 구워먹든지."

철호는 일어서서 초소 밖을 내다보았다. 고요했다. 비는 그쳐가고 있었다. 그러나 하늘은 아직도 소리 없이 물줄기를 흘려보내고 있었다. 비 오는 하늘에서도 해가 떠오르고 있었다. 그러나 해는 보이지 않았다. 다만 해의 기운, 빛과 열기가 느껴질 뿐이었다. 그 녀석은 무사히 잘 갔을까. 귀대해서는 무어라고 말할 것인가. 남쪽에 끌려갔다가 필사적으로 탈출했다고 둘러댈 것인가. 아니면 길을 잃었다고 말할 것인가. 남쪽 여자를 찾아나섰다가 실컷 두들겨맞고 쫓겨왔다고 할 것인가. 어떻게 그토록 무지막지하게 무모할 수 있단 말인가. 철호는 그토록 여자한테 미칠 수 있는 그런 열정을 가진 녀석이 부러웠다. 아니 무서웠다. 북에는 지금 전쟁을 치를 만한 열정을 가진 인간이 없다. 녀석은 그렇게 말했었다. 열정을 가진 인간. 그런 인간이 과연 어떤 인간일까. 그도 예전엔 두 눈이 시뻘개져서 그 남자를 쫓아다닌 적이 있었다. 그리고 미칠 것 같은 성욕 때문에 초소에서 여자를 겁탈한 적도 있었다. 그러나 단 한 번 정을 나눈 남쪽 여자를 찾아 목숨을 걸고 내려온 그 녀석의 열정은 도대체 뭐란 말인가. 사랑인가?

여자를 찾아 헤매는 젊은이들. 끓어오르는 성욕을 주체하지 못하고 밤거리에서 여자를 희롱하거나, 여자 장사하는 곳으로 달려가거나, 도색 잡지나 포르노 비디오를 보며 자위를 하거나, 여자친구를 소개받기 위해 잘 나가는 친구들에게 뇌물을 먹이는 사내들. 이런 사내들에게 여자라는 테마는 열정의 한복판에 있다. 여자, 그리고 그것을 욕망하는 남자의 몸. 그러나 단순한 욕망만이 열정을 구성하는 것은 아니다. 열정은 욕망을 해소한 뒤에도 여전히 남아 있다. 열정이란 지속적인 것이다. 욕망은 해소되면 진정되었다가 다시 솟구쳐오른다. 그러나 열정은 욕망 이전에도 욕망 이후에도 계속된다. 열정은 그래서 영원한 미래인지도 모른다. 여자를 욕망하는 것은 그저 욕망일 뿐이다. 그러나 한 여자를 욕망하는 것, 그것은 열정이다. 한 여자에 대한 열정은 지속된다. 사람들은 그것을 사랑이라고 부른다.

철호는 술에 취한 채 초소를 내려왔다. 이미 새벽 6시다. 부대는 막 잠에서 깨어나 부산스럽다. 그는 군복을 대충 벗어던지고 다음 근무자가 비워놓은 모포 속으로 기어들었다. 결코 눈뜨는 일 없이 잠에 곯아떨어져 한 열흘쯤 잠만 잤으면 싶었다. 그 사이에 전쟁이 터지든지 통일이 되든지. 북쪽 병사가 남쪽 여자를 겁탈하든지 말든지. 열정이든지 사랑이든지……

솟구쳐오르는 성욕 때문에 그는 잠에서 깨어났다. 바지가 축축하게 젖어 있었다. 사정을 한 것 같았다. 꿈에서는 수많은 여자들 사이에 끼여 난교를 벌였다. 그곳에는 정수도 북한 병사도 없었다. 초소에 왔던 은채라는 여자만이 있었다. 그러나 은채는 멀찌감치 떨어져 있을 뿐 난교에 참여하지 않았다. 그저 그가 욕망하는 대로 여자들을 끊임없이 공급해주었다. 하얀 서양 여자도, 탄력 넘치는 흑인 여자도, 기모노를 들어올리고 엉덩이를 까고 돌아앉은 일본 여자도, 검은 눈동자를 번득이며 동물적인 몸으로 휘어감는 동남아 여자도, 풍만한 가슴과 미끈한 허리를 흔들어대는 남미 여자도 있었다. 그는 폭발했다. 그런데도 한껏 부풀어오른 그의 성기는 가라앉을 줄 몰랐다.

그는 부대를 무단 이탈했다. 중대장이 보고를 받으려면 이삼 일은 걸린다. 그 동안 계속 초소 근무로 빼두면 인원 점검엔 걸리지 않을 것이다. 철호는 헌병대에 있는 한병장을 불러 같이 외출을 하자고 꼬드겼다. 여자랑 술은 얼마든지 있다고.

은채와 술을 마셨던 수선화에는 여자 애들이 넷 있었다. 술을 시키고 한 방에 모여 앉았다. 오늘은 홀딱 벗고 놀자, 하고 철호가 소리치자 여자 애들이 괴성을 질러댔다. 잠시 뒤에 주인 여자가 들어와 계산부터 얼마쯤 먼저 해주었으면 좋겠다고 말했다. 외상 거래가 너무 밀려 있어서 오늘만큼은 안 된다는 것이었다. 철호는 서울로 전화를 걸었다. 은채의 사서함에 메모를 남기자 곧바로 연락이 왔다.

"은채씨? 나 여자가 고파서 색싯집에 왔는데 주인 아줌씨가 돈을 내라는데. 응. 돈을 부치겠다고? 그래, 알았어. 아줌마, 통장 계좌 불러봐요. 아, 글쎄 통장은 하나쯤 있잖아. 아니 속고만 살았나, 돈이 들어온다잖아. 얼마? 삼백만 원. 오케이. 응. 1588-＊＊＊＊로 확인하라고. 알았어. 오케이. 고마워, 은채. 잘 놀게. 언제 은채도 한번 더 대줄 거지? 뭐라고, 말씨 좀 고치라고? 그래, 알았어. 우리 다음에 진하게 사랑 한번 하자고. 좋아, 좋아."

주인 여자는 반색을 하였다. 하루 저녁에 삼백만 원이라니! 주인 여자는 설쳐대며 여자 애들에게 신고식을 확실하게 하라며 소리쳤다. 주인 여자가 소리치자 금세 네 명의 여자 아이들이 벌거숭이가 되었다. 헌병대 한병장은 입이 헤벌어졌다. 여자 애들이 달려들어 철호와 한병장의 옷을 벗기기 시작했다. 여자 아이가 한병장의 물건을 빨기 시작하자 갑자기 한병장이 일어서며 소리쳤다.

"정하사, 나 이 여자 데리고 옆방으로 갈란다."

"사내녀석이 민망해하기는. 가봐."

한병장은 벌거벗은 채 여자 아이 하날 데리고 나가버렸다.

여자 애들 셋이 남았다.

"오빠, 나도 떼씹은 못 하겠어요. 옛날에 돌림빵당한 거 생각나거든요."

여자 애 하나가 옷가지를 챙겨 나갔다. 남은 여자 둘이 철호를 향해 달려들었다.

돌아오는 길에 비가 또 내렸다. 미칠 것 같았다. 두 여자와 다리가 후들거려 일어서지 못할 때까지 씹을 해도 갈증이 풀리지 않았다. 뭔가 씹어 삼키고 싶었다. 기분 나쁜 주임상사나 뺀질대는 중대장이나 싸가지 없는 미군 장교놈이나 팍 찔러버렸으면 속이 시원할 것 같았다. 철호는 담배를 찾았다. 겨우 한 개비 남은 담뱃갑이 손에 잡혔다. 그는 손아귀에 힘을 주어 담배를 부스러뜨렸다. 철호는 비무장지대 안으로 들어가야겠다고 마음먹었다. 더 이상 미룰 수 없었다. 그 녀석이 내려왔다면 자신도 올라가봐야만 할 것 같았다. 거기서 무슨 일이 있었는지, 왜 그토록 그 녀석이 은채를 잊지 못하는지 알아봐야 할 것 같았다. 철호는 자신이 초소에 여자를 데려와 교접하는 일이 세상에서 일어날 수 있는 가장 기발한 일이라고 믿었는데 남쪽 여자가 비무장지대에서 북쪽 남자와 붙어먹다니, 정말 기막힐 노릇이었다. 정수는 왜 말하지 않았을까. 씨팔, 정말 기분 더러웠다. 자기 아내를 다른 놈이 감쪽같이 해먹은 듯한 느낌이었다. 씨팔, 가봐야겠어. 도대체 어떻게 된 지경인지 눈으로 확인해봐야겠어. 그 녀석이 어떤 꼬라지를 하고 살고 있는지 봐야겠어. 철호의 눈에 핏발이 섰다. 아버지를 죽게 했던 사채업자를 때려잡으러 갈 때와 같은 살의가 솟구쳤다. 그 애송이를 살려보내지 말았어야 했는데. 그냥 콱 쏴버리는 건데. 철호는 차일병을 찾았다. 철책을 넘어갈 만큼 배짱 있는 놈은 그놈밖에 없었다.

"저녁 10시부터 새벽 6시까지 말뚝이니까 그 사이에 넘어갔다 오는 거야."

지난번에 북쪽 병사가 넘어왔던 17번 초소와 조금 떨어진 4번 초소에서 철호는 입을 열었다. 차일병은 고개를 끄덕이며 재밌게 됐다는 듯 미소를 지었다.

"그때 왔던 새끼 기억나지. 그 새끼 다시 잡아오는 거야."

"그 핏덩어리 새끼 겁도 없이 기어내려오더니 집에 가서 엄마 젖 빨고 있는지 모르겠네요."

"혹시 모르지, 총살됐는지도."

"하기야 그랬을 겁니다. 한번 넘어갔다 왔는데 가만 놔뒀겠습니까."

"글쎄. 또 알아. 저 안 어디 숨어 있을지."

철호가 비무장지대를 향해 손가락질을 하며 말했다.

"뭐라고요? 저기서 뭐 먹고 삽니까?"

"아냐, 아직 살아 있을 거야."

"어떻게 압니까?"

"느낌이야. 그 자식 부대로 돌아가지 않고 저만치 어딘가에 숨어 있을 거야."

"아무래도 그 녀석과 정하사님은 뭔가 통하나봅니다."

"야, 이 새끼. 입 조심해. 자, 가자."

철호는 이를 악물면서 풀숲 사이를 기었다. 어쨌든 그 자식의 상판때기를 다시 보고야 말겠다는 욕구가 치밀어올랐다. 비록 정수의 여자를 공유하기는 했지만 그깟 북쪽 애송이와 여자를 나누고 싶지는 않았다. 정수는 통일주의자일지 몰라도 철호는 약간 달랐다. 아니 통일이 되더라도 최소한 한판 벌여서 북쪽 애들의 반쯤은 싹 쓸어버리고 난 뒤에 통일이 되어야 한다는 게 철호의 생각이었다. 왜? 왜는 없었다. 철호는 그래야 분노가 삭을 것 같았다. 군인이라는 것에 대한 분노. 군인 외에 더 이상 할 것도 없고, 하고 싶은 것도 없는 인생을 살고 있다는 것에 대하여. 아니, 최소한 살인에 대한 공소 시효가 지날 때까지는 어쩔 수 없이 군인이어야만 한다는 현실적인 제약에 대한 분노. 그리고 정수가 늘 말하듯 분단 상황에선 어떤 인간도 자유로울 수 없다는 유식하고 멋들어진 말에 대한 분노. 철호의 인생을 움직이는 동력은 바로 분노였다. 가능하다면 비무장지대 전체에다 불을 확 싸지르고 싶었다. 그럼 분단이고 뭐고 다 말짱 꽝이야. 온통 불바다가 돼서 남이고 북이고 다 그 불길에 휩싸여 홀라당 다 타버리고 재만 남을 것이다. 철호는 침을 뱉으며 앞으로 나아갔다. 차일병의 숨소리도 크게 들려왔다. 그렇게 두 시간을 미친 듯이 기었다.

"그놈이 어딨는 줄 알고 잡아요?"

"이 길로 가면 돼. 우린 늘 이 길로 수색했어."

"조금만 더 가면 지뢰밭이에요."

"나도 알아. 분명 여기 어딜 거야."

철호와 차일병은 몸을 일으키고 나무에 어깨를 기댔다. 숨이 목까지 차서 호흡하기가 힘들었다. 질퍽거리는 숲 사이를 포복하는 건 언제나 지겹고 지치는 일이다. 두 무릎과 팔꿈치가 온몸을 지탱해주었다. 언제나 정작 힘들고 고달픈 일을 하는 건 머리가 아니라 팔다리였다. 철호는 마른침을 뱉었다. 군인이 다른 인간들보다 정직할 수 있는 건 바로 팔다리를 사용하며 평생을 산다는 것이다. 어쩌면 팔다리만으로.

"야, 차일병. 좀 있다 초소로 돌아가. 순찰 나올지도 모르잖아. 내가 여기쯤 있다는 걸 기억하고 있어. 내가 못 돌아가면 수색조를 풀어 내 시체를 찾으라고 해."

차일병은 아무런 대꾸도 하지 않고 철호를 한번 노려보더니 왔던 길을 다시 기어갔다. 철호는 담배를 꺼내 물었다. 이제 기다리는 일만 남았다. 남쪽에서 수색하러 나올 수 있는 가장 깊은 곳까지 왔다. 조금만 더 가면 우리 쪽에서 지뢰를 묻은 곳이 나온다. 북쪽 놈들은 어디까지 출입이 가능하고 또 어디쯤에 지뢰를 잔뜩 묻어놓았을까. 그들은 우리를 알지 못하고 우리도 그들을 알지 못한다. 그런데도 그 애송이와 자신이 동서라니 믿을 수 없었다. 철호는 길게 담배 연기를 내뿜었다. 어딘가에서 그 애송이가 쥐새끼처럼 숨어서 자신을 지켜보고 있다는 느낌이 들었다. 나타나면 목을 비틀어버리리라. 철호는 눈을 감았다. 눈을 감으면 어둠이 더 또렷이 느껴지고 소리도 더 잘 들려왔다. 사방이 고요했다. 이럴 때면 침묵도 들을 수 있을 것만 같았다. 소리의 뼈가 만져질 것도 같았다. 바람의 꼬리도 붙들 수 있을 것만 같았다. 눈을 뜨자 코앞에 총구가 들어와 있었다.

"야, 이 씹새끼야. 총 안 치워."

철호는 눈을 치뜨고 소리를 질렀다.

"너무 크게 소리치지 마십시오. 순찰대가 듣습니다."

북쪽 병사는 조용하고 낮은 목소리로 대꾸했다. 그는 지난번에 봤던 모습과는 사뭇 달랐다. 그 사이에 좀더 자란 것 같았다.

"왜, 무섭냐?"

철호가 웃음을 흘리며 말했다.

"동무 목숨이 위태롭습니다."

녀석이 담담한 목소리로 말했다.

"야, 이 새끼야. 너 어디 숨어 있었어?"

"여긴 왜 왔습니까?"

"야, 니가 오는데 난들 못 오냐?"

"난 여기서 살 수 있지만 동무는 안 됩니다."

"이 씹새끼. 여기가 니 땅이냐? 니 집 안방이야? 웬 큰소리야."

"그만 돌아가십시오."

"야, 내가 왜 여기까지 왔는 줄 알아?"

"그 여자 때문입니까?"

"야, 내가 여자 때문에 여기까지 왔을 것 같애. 난 여자한테 목숨 거는 너 같은 애송이가 아냐. 너처럼 총각 딱지를 뗐다고 여자한테 충절을 맹세하는 핏덩어리가 아니란 말야, 짜식아."

"그럼 뭡니까?"

"네놈 쌍통을 부숴버리려고 왔다, 왜."

"그럼 그렇게 하십시오."

"미친 새끼. 야, 그 동안 어떻게 살았어. 귀대는 안 했을 테고."

"담배 있습니까?"

철호는 담배를 건네고 불을 붙여주었다. 어둠이 잠깐 동안 빨갛게 달아올랐다가 잦아들었다. 철호도 다시 담배에 불을 붙였다. 두 사람은 담배를 다 피울 때까지 아무 말도 하지 않았다.

"어떻게 된 거냐? 그 여자 말이야."

"그날 지뢰를 밟았습니다. 부대원들이 모두 철수하고 나는 혼자 남아서 지뢰 해체반을 기다렸습니다. 어찌하다 보니 혼자서 지뢰를 뽑았습니다. 대학에서 군사 훈련 때 좀 배웠으니까요. 그리고 나와 보니까 남쪽 사람들이 사랑을 하고 있었습니다. 나는 가만히 지켜보다 앞으로 나갔습니다. 남자는 총도 없는 군인이었고, 여자는 아주 예뻤습니다. 남자가 나한테 여자와 사랑을 해보라고 말했습니다. 난생처음이라 뭐라고 대꾸할 수 없었습니다. 그런데 여기서 죽더라도 한번 해보고 싶다는 생각이 들었습니다. 바로 저 숲에서 두 번이나 했습니다. 여자 몸 속에 들어가자마자 지뢰처럼 내 몸이 폭발하는 것 같았습니다. 그리고 잠시 뒤에 한 번 더 폭발했습니다. 여자도 속에서 뭐가 터졌는지 몸을 뒤흔들었습니다. 나는 죽는 줄 알았습니다. 이게 여자와 사랑하는 거구나, 하고 깨달았습니다. 그런데 그 사람들이 떠나고 난 뒤에 더 미칠 것 같았습니다. 모든 게 다 공허하다는 생각이 들었습니다. 부대로 돌아가서도 머릿속은 온통 그들 생각뿐이었습니다. 여자의 살 냄새가 자꾸만 코

184

를 자극했습니다. 잠들려고 했지만 도저히 잠들 수 없었습니다. 목 언저리에 그 여자의 냄새가 배어서 미칠 듯이 가슴이 뛰었습니다."

"미친 새끼. 소설을 써라, 소설을 써. 씨팔. 그래서 그 여자 찾으려고 넘어왔던 거냐?"

그 남자가 수색 나온 걸 그뒤로 한 번 더 봤습니다. 동무도 본 기억이 있습니다.

"야, 너 굉장한 놈이구나. 쥐새끼 같은 놈. 그런데 뭘 먹고 살았어."

"탈영할 때 가지고 나온 비상 식량이 있었는데 이젠 다 떨어졌습니다. 지금은……"

"여태 어디서 살았어?"

"말할 수 없습니다."

"나하고 내려가자."

"지금은 그렇게 하고 싶지 않습니다."

"뭐야? 그 여자 찾겠다면서?"

"여기서 기다리겠습니다."

"뭐야? 야, 이 미친 새끼야. 그 여자가 여길 어떻게 또 와."

"아닙니다. 난 분명히 그 여자가 다시 올 거라는 느낌이 듭니다."

"니가 점쟁이라도 되냐, 새꺄?"

"쉿. 무슨 소리가 들립니다."

철호는 긴장해서 총을 들었다. 그러나 그의 귀에는 아무 소리도 들리지 않았다. 한참을 귀기울이고 있자 군홧발 소리가 들리기 시작했다. 거의 500미터쯤 떨어진 곳에서 들리는 소리였다. 민주가 먼저 포복하기 시작했다. 철호도 따라서 기었다. 귀신 같은 녀석이었다. 그렇게 먼데서 들리는 것까지 잡아내다니. 또다시 기었다. 튼튼한 팔다리가 몸을 앞으로 밀었다. 철호는 떠밀리듯이 앞으로 나아갔다. 군홧발 소리가 더 가까이에서 들리는 것 같았다. 민주와의 거리가 점점 더 벌어지는 것만 같았다. 갑자기 민주가 그의 눈앞에서 사라졌다. 철호는 미친 듯이 발버둥치며 앞으로 나아갔다. 그 순간 어깨를 잡아끄는 손이 있었다. 갑자기 그의 몸이 붕 떴다 떨어졌다. 철호는 참호 같은 곳에 들어와 있었다. 민주가 그를 내려다보고 있었다.

"여기 어디야?"

"내가 파놓은 굴입니다. 이 길을 따라가면 진짜 굴이 나옵니다. 내가 잠시 빌려 쓰는 집입니다. 이제 돌아가십시오."

"아냐, 너하고 같이 가야겠어. 니가 무슨 짓을 하고 있는지 봐야겠어."

"왜 자꾸 이러는 겁니까?"

"나도 모르겠어. 널 만난 뒤로 미칠 것만 같았어. 몸에 이물질이 들어온 느낌이야. 참을 수가 없어. 가려운 것 같기도 하고. 식은땀이 나는 것 같애. 몸이 얼어붙는 느낌이었다가 불타는 것 같애. 나도 잘 모르겠어."

"갑시다."

또다시 민주가 앞장서서 기어갔다. 철호도 개처럼 기었다. 이렇게 개처럼 살다가 개처럼 죽어갈 것이다. 어쩌면 이 녀석은 개처럼 살지 않으려고 발버둥치고 있는지도 모른다. 하지만 언제까지 버틸 수 있을까. 민주가 멈추더니 풀숲을 걷어치웠다. 거기 또 다른 통로가 있었다. 민주가 빨려들 듯 사라졌다. 철호도 그 사이로 몸

186

을 들이밀었다. 갑자기 몸이 끝없는 암흑 속으로 빨려드는 느낌이었다. 철호는 순간적으로 정신을 잃었다.

눈을 뜨자 아주 깊은 굴속이었다. 민주가 동굴 벽에 기대어 담배를 피우고 있었다.

"언젠가 수색을 하다가 발이 빠져 여기로 들어왔습니다. 2인 1조였는데 다른 녀석이 밧줄을 내려서 구해줬습니다. 난 그 녀석을 쐈습니다. 그리고 여기로 떨어뜨렸습니다. 저길 봐요."

철호가 민주가 가리킨 곳으로 눈을 돌리자 썩어가고 있는 시체 한 구가 눈에 들어왔다.

"이곳은 아무도 모릅니다."

철호는 식은땀을 흘렸다. 귀신에 홀린 듯한 기분이었다. 민주라는 녀석이 기괴한 괴물처럼 보였다.

"여길 알았으니 나도 죽일 거냐?"

"모르겠습니다."

"여기서 얼마나 버틸 수 있을 것 같냐?"

"그 여자가 올 때까지."

"미친 새끼."

철호는 몸을 일으켰다. 그리고 머리 위를 쳐다보았다. 도무지 위가 보이지 않았다. 떨어진 구멍이 보이지도 않았다. 거대한 공룡의 뱃속에 들어온 듯한 느낌이었다. 공룡이 아가리를 벌려 인간들을 집어삼키고는 다시 쩝쩝 입맛을 다시고 있는 것이다. 그런데 끝을 알 수 없는 높이에서 떨어졌는데도 상처 하나 입지 않았다. 몸이 쑤시는 데도 없었다. 마치 진공 상태 같았다.

"이곳은 아주 신비한 동굴이죠. 그 여잘 여기로 데리고 와서 살고 싶습니다. 단 하루만이라도."

"어떻게 북한에 너 같은 감상주의자가 다 살고 있냐?"

"가끔은 아주 특이한 사람이 있기도 합니다. 김일성대학에 다닐 때 유학 갔다 온 선배들이 서양의 모습을 찍은 비디오테이프를 보여준 적이 있었습니다. 그런 별 세상이 없었습니다. 우리 조선은 생지옥입니다. 어차피 여길 뜨려고 생각하고 있었습니다. 유학 갈 길이 열리면 구라파로 도망칠 생각이었습니다. 하지만 거길 간다고 내가 조선인인데 별수 있겠습니까? 난 조선 여자와 여기서 살고 싶습니다. 여긴 아주 따뜻하고 살기 편합니다."

"여긴 어둡고 칙칙해. 사람 살 곳이 못 돼."

"그럼 어디는 사람이 살 만합니까?"

"어린 새끼가…… 씨팔."

"따라오십시오. 빛을 보여드리겠습니다."

철호는 민주를 뒤따라서 걸었다. 이 녀석이 나타난 뒤로 정말이지 귀신에 홀린 것만 같았다. 이 길을 곧장 따라가면 자신이 들어갈 무덤이 나타날 것이다. 산 채로 매장되어 수천 년 동안 미라로 살아갈지도 모른다. 그러나 철호의 발걸음은 반쯤은 공중에 뜬 것처럼 가뿐하게 앞으로 나아가고 있었다. 동굴의 벽에서는 신선하고 맑은 물이 흘러나오고 있었다. 공기는 아주 맑았다. 저절로 코가 벌름거리며 맑은 공기를 빨아들였다. 물소리가 음악처럼 들렸다. 아주 고음의 피아노 건반을 때리는 듯한 느낌이었다. 동굴은 온통 맑은 물과 공기의 실내악 연주실 같은 느낌이었다. 음대에 다니는 여대생을 쫓아서 연습실을 순례하던 시절이 생각났다. 이곳에서 여자와 교접한다면 신음 소리마저 아름다운 이중주곡처럼 연주될 것이다. 철호는 환상에 이끌려 나아갔다. 앞은 제대로 보이지 않았다. 그런데도 전혀 어둡게 느껴지지 않았다. 사물이 눈에 보이지는 않았지만 그대로 느껴졌다. 물기에 축축하게 젖은 동굴 벽, 물이 떨어지는 천장, 석회암석들이 열어보이는 굽고 좁은 길, 음지에서 조용히 살아 움틀대는 식물들. 모든 것을 느낄 수 있었다. 마치 비무장지대에서 눈을 감고 침묵의 소리를 들을 수 있었던 때처럼. 아니 그보다 더 선명하게 동굴의 심장 박동을 느낄 수 있었다. 이곳의 돌과 물과 공기는 살아 있는 것 같았다. 그것들이 숨쉬는 호흡과 소리까지 느낄 수 있었다. 물기를 잔뜩 머금은 공기가 그의 피부를 열고 들어와 몸에 수분을 뿜어대고 있었다. 점점 기분이 나아졌다. 흥이 오르는 것 같았다. 저절로 휘파람이 나왔다. 민주가 뒤를 돌아보며 싱긋 웃었다. 몸이 점점 가뿐해졌다. 이런 느낌을 받기는 처음이었다. 울창한 삼림에 들어갔을 때의 느낌처럼 몸이 푸르러지는 것 같았다. 그 순간이었다. 갑자기 눈앞이 훤하게 밝아졌다. 철호는 눈을 질끈 감았다 떴다. 온통 빛이었다. 동굴 안이 갑자기 밝아진 것이다. 이제 밖으로 나온 것 같았다. 금방 동굴을 빠져나온 것이 약간 아쉽기까지 했다. 그런데 느낌은 그대로였다. 그 공기, 그 물, 피부에 젖어드는 축축한 느낌, 음지 식물의 꿈틀대는 기운, 모두 그대로였다. 동굴은 빛으로 가득 찼지만 외부로 열려 있지 않았다. 그러나 온통 빛이었다. 저만치 앞은 다시 어둠의 점령지였다. 물론 볼 수 있는 것은 아니었다. 저만치에 어둠이 있구나 하고 그저 느낄 뿐이었다. 왔던 길을 뒤돌아보자 기기도 어둠이 문을 걸어잠그고 있었다. 딱 이만큼만 빛이 원통 모양으로 동굴 속에 들어 있었다. 동굴의 한 토막은 빛의 지대였다. 더 이상 무어라고 말할 수 없었다. 숨이 턱 막혔다. 답답해서가 아니라 오히려 뻥 뚫린 느낌 때문이었다. 어둠과 어둠 사이에 빛의 비무장지대가 가로놓여 있었다. 이제야 사물들이 눈에 들어왔다. 동굴의 벽에는 전람회가 열리고 있었다. 아름다운 색깔의 그림들이, 특히 황금과 사파이어와 다이아몬드와 루비의 빛깔들로 수놓아져 있었다. 다산을 기원하듯 벌거벗은 여인의 풍만한 나체가 가장 먼저 눈에 들어왔다. 그리고 벌거벗고 사냥을 하는 남자들, 남녀가 어울려 난교를 벌이는 장면, 거대한 코뿔소 같은 짐승들, 꽃과 나비와 새들, 나무와 풀과 숲, 그리고 이제 채색 옷을 입은 사람들의 무리, 전쟁에 나가는 듯 도열해 있는 군대, 아름다운 여자들의 군무, 각종 무기와 장신구들, 전통 혼례복을 입고 결혼을 하는 신랑과 각시…… 이런 그림들이 온갖 색깔을 입고 마치 살아서 튀어나올 것처럼 춤추고 있었다. 그림들은 단순한 평면이 아니라 튀어나오고 움푹 파여서 양각과 음각이 뚜렷이 나타나는 입체였다.

철호는 숨을 멈추고 그림들 앞으로 다가갔다. 손을 내밀어 그림들을 만지려고 해보았다. 그런데 툭 튀어나와 있던 그림들이 순간적으로 쑥 들어갔다. 다시 만지려 들면 그림들은 움찔하며 몸을 비틀었다. 이럴 수가. 철호는 손을 거두어들였다.

곁에 서 있던 민주가 빙긋이 웃었다.

"동굴은 살아 있습니다."

"이놈들이 날 싫어하는 모양이군."

"낯설어서 그런 것 같습니다."

"하, 웃기는군. 도대체 어떻게 된 거야?"

"이 동굴은 수십 년 동안, 어쩌면 수백 년, 수천 년 동안 사람의 손길을 받지 않은 것 같습니다. 물론 그림들을 보면 역사의 흐름에 따라 그 시대를 살았던 사람들의 흔적이 느껴지기도 하지만 그냥 그대로의 역사라기보다는, 뭐랄까, 시대를 건너뛰는, 거꾸로 올라가는, 아니면 시간을 마구 뒤섞어놓은 듯한 느낌이 듭니다. 여긴 시간이 머물렀다가 천천히 다시 흘러나가는 곳입니다."

"뭐라고 떠들어대는 거야. 하여튼 가방끈 긴 놈들은 못 말린다니까. 어, 저건 뭐지?"

그림들의 맨 끝에 아주 조잡한 그림이 새겨져 있었다. 여자의 벌거벗은 나체에 남자의 거대한 성기가 들어가 박혀 있는 그림이었다.

"아, 저건…… 내가 그 여자를 생각하며 그려넣은 것입니다."

"하하하하하. 정말 미치겠군. 야, 너 정말 또라이구나. 그림은 또이게 뭐냐. 너 그림 그리는 것도 안 배웠냐? 이걸 그림이라고 그렸냐? 너 어릴 때 화장실에 맨날 이런 그림 그렸지? 보지에 자지 박는 거. 야, 네 좆대가리가 이렇게 크냐? 이런 거 그리는 놈들은 꼭지가 왕자지라고 그려놓더라, 사실은 번데기 같은 놈들이. 하여튼 골 때리는 새끼야. 아직 어리긴 어리구나."

민주는 쑥스러운 듯 고개를 돌리고 있었다. 갑자기 철호에게도 재미있는 생각이 떠올랐다. 철호는 옆에 있는 돌을 들어 동굴 벽으로 다가섰다. 벽이 움찔하며 몸을 움직였다. 철호는 다른 손으로 벽을 어루만지며 달랬다.

"자 자, 가만히 있어보라고."

철호는 동굴 벽을 어르며 돌로 그림을 새기기 시작했다. 석회 벽이 긁히며 선을 만들어냈다. 선이 선과 이어지며 형체를 일구어냈다. 선은 또렷이 새겨지며 선 속에 들어온 면들을 양각으로 불룩하게 밀어냈다. 선은 살 속 깊이 새겨지는 문신처럼 동굴 벽을 파고들었다. 철호는 손에 힘을 주고 그림을 그려나갔다. 이마에 송골송골 땀방울이 맺혔다. 옆에 있던 민주가 다가와 눈을 부라리며 그가 작업하는 것을 지켜보았다. 드디어 그림이 형체를 드러냈다. 철호가 그린 그림은 민주가 그려놓은, 막 성교를 하고 있는 남녀의 몸뚱어리를 두 팔로 들고 서 있는 헤라클레스나 시시포스와 같은 사내의 형상이었다. 그러나 자세히 보면 마치 곰이 환생한 것 같은 모습이었다. 태초에 한반도에 처음 살았던 사내의 형상.

"아, 그림이 완벽해졌습니다."

민주가 소리쳤다.

철호는 겸연쩍게 씩 웃었다.

"씨팔. 내가 먼저 그렸으면 내가 박는 놈 하는 건데. 니가 벌서는 놈 하고."

"하하하하하."

"하하하하하하."

철호와 민주는 동굴이 들썩거릴 정도로 웃어댔다. 그들의 웃음소리는 눈부시도록 푸르게 동굴 속을 메아리쳤다. 철호는 곧 은채를 여기로 데리고 와야겠다고 마음먹었다. 이곳에서는 고통스런 교접도 없고 오르가슴을 느끼려고 발버둥칠 필요도 없을 것 같다. 그저 금방이라도 한데 어울릴 수 있을 것만 같았다. 자연도 시간도 공기도 물도 이곳에 들어오면 부드럽게 휘어진다. 사람의 마음도 몸도 감각도 느낌도 둥글고 가볍게 반죽된다. 물이 몸을 구부려 어느 틈에라도 숨어들 수 있듯이 이곳은 모든 사물의 결정체들을 이

완시킨다. 모든 것이 다 풀어진다. 흐물거리면서 서로가 서로를 빨아들인다. 남과 북도 서로를 빨아당긴다. 서로가 서로에게 흡수된다. 여자와 남자도. 전쟁과 이데올로기도. 무기와 쟁기도. 총과 칼과 노리개와 장신구도. 경계가 없다. 빛과 어둠이 공존한다. 한편은 어둠이, 건너편에는 빛이 띄엄띄엄 공간과 시간을 나눈다. 그러나 이곳은 모든 것이 하나로 통한다. 이곳에서는 모든 것이 통일된다. 아, 이런 환상에서 제발 깨어나지 말았으면.

동굴 속에서는 시간을 느낄 수 없었다. 철호는 초소로 돌아가야 한다는 생각이 들었다.

"몇 시야? 돌아가야 해."

"동굴 속에서는 시간이 흐르지 않습니다. 자, 따라오세요."

철호는 빛의 강을 건넜다. 다시 어둠이었지만, 분명히 어둠이라는 걸 알지만 길이 훤하게 열렸다. 모든 것을 볼 수 있었다. 캄캄한 어둠 속에서 모든 길들과 사물들이 빛을 발했다. 민주가 동굴의 한 모퉁이를 돌자 작은 통로가 나왔다. 민주는 길을 비키며 철호더러 먼저 나가라고 하였다. 철호가 몸을 내밀자 다시금 어떤 에너지가 그를 세차게 밀어내는 느낌이었다. 순식간에 철호는 동굴을 나왔다. 아니, 동굴이 그를 토해냈다. 들어갈 때의 시간에서 조금도 흐른 것 같지 않았다. 그는 다시 기기 시작했다.

초소로 돌아왔을 때는 새벽 5시였다. 그는 눈을 감았고, 한 시간 뒤에 차일병이 그를 깨웠다.

정수는 오로지 금고만을 생각했다. 안개는 더욱 두터워졌다. 이제는 톱질을 하거나 도끼로 찍어 내야만 딱딱하게 굳은 안개 나무들을 벌목할 수 있을 것 같았다. 어떻게 금고에 도달할 것인가. 아무리 빨리 움직여도 5분 안에 금고를 열고 돈을 꺼내 탈출할 수는 없다. 더욱이 한국은행이다. 서울 시내 한복판에 있고 도주로도 막혀 있다. 헬리콥터를 동원한다면 탈출하는 게 가능할 수도 있다. 하지만 먼저 금고를 열어야 한다. 금고를 겹겹이 에워싸고 있는 쇠창살을 열 수 있는 10개의 열쇠는 누가 가지고 있을까.

6
한국은행을털기위한시민연대

카페 자우림에 모인 사람들은 거의 다 반쯤 미쳐 있는 것처럼 보였다. 그곳에 와서 노래를 부르고 있는 언더 록그룹들은 마리화나를 피우면서 노래를 불렀고, 노래가 끝난 뒤에 화장실에서 주사를 맞기도 하였다. 자우림은 그야말로 안개의 숲이었다. 담배 연기와 드라이 아이스, 조명의 열기 때문에 솟아오르는 연기, 그리고 인간의 코와 입에서 뿜어져나오는 숨과 기운, 호흡, 이런 것들. 심지어는 욕설이나 거짓말 따위도 모두 낱낱이 흩뿌려져 공기 속에 빨려들었다. 그런 화학 반응들 때문에 연기는 점점 짙어졌고 끈적한 안개 덩어리를 이루었다. 어쩌면 안개는 젤이나 치즈 따위처럼 뭉쳐져서 칼로 잘라내지 않으면 통행이 불가능할 정도가 되어버렸는지도 모른다.

자우림에서 가끔 만나서 '새 천년 우리나라의 나아갈 방향' 따위를 토론하는 무리가 있었다. 말하자면 그야말로 미친 자들이 있었다는 말이다. 그들은 스스로 갱단이라고 부르는 인간 말종들이었다. 두목은 김정수, 그의 애인이자 행동대장 이은채, 배달책 최민우, 선우영, 홍보 담당이자 대변인 김승혜, 재정 담당 배서진. 자우림에 모여서 그들이 엄청난 주제에 관해서 이야기를 하는 걸 들은 사람이라면 그들이 얼마나 미친 연놈들인가 쉽게 알 수 있었을 테지만 사실 그들이 나누는 대화를 들었다는 사람은 아무도 없다. 전자 악기들의 고막을 찢을 듯한 굉음과 소란스러운 말싸움, 술을 더 달라는 고함 소리, 이런 것들 때문에 그들의 목소리는 타인에게 전달되지 않았다. 심지어 그들 내부에서도 의견이 통일되거나 서로의 말을 제대로 이해하고 있다고 말할 수 있는 상황은 아니었다. 그러나 정작 사람들의 말이 다른 사람에게 전달되지 못하도록 막는 것은 바로 안개였다.

붉은 비가 내리는 숲, 자우림 지역에는 지난 몇 년 간 심각한 가뭄이 계속되고 있었다. 그러므로 약간의 물기가 있다면 거기에 안개가 들러붙어 액체도 고체도 그렇다고 기체도 아닌 괴상한 물질을 만들어내고 있었다. 그것은 이곳의 소리를 다 빨아들이고 공기를 집어삼키고 있었다. 자우림에 모인 대부분의 인간들이 호흡기 질환으로 고생하고 있었다. 그래서 귀나 코와 입과 목에 심각한 이상 증세를 보이고 있었는데, 문제는 이러한 증상이 자우림 내부에서뿐만 아니라 이 나라 전체에 만연되어 있는 호흡 곤란 병이라는 데 있다. 그것은 가뭄 때문이기도 하고 치수 대책을 잘못 세운 정부의 탓이기도 했다. 그래서 김정수 일당들의 토론 수위는 점점 높아만 갔다. 그들은 급기야 우리나라에 만연한 호흡 곤란 병을 치유하기 위해서는 대대적인 방역 대책이 필요하다는 결론에 이르렀다.

문제는 방역 대책을 세우는 데 필요한 예산이었다. 정부를 더 이상 신뢰하지 않는 그들로서는 방역 계획 및 예산 집행을 모두 스스로 해결해야만 하였다. 하지만 합법적으로 세금을 거둬들일 수 있는 권리가 없는 그들이 단시간 내에 그 많은 예산을 확보한다는 것은 거의 불가능해 보였다. 김정수가 가끔 은행을 털어서 모은 돈은 기껏해야 수천만 원에서 수억에 불과하였다. 전국적인 방역을 실시하려면 최소한 50억에서 100억 가까운 예산이 필요할 것이라는 분석이 나왔다. 이러한 분석을 내려 그들에게 자료를 제공한 집단은 한국병원체연구소 부설 방역 대책 부서 예산과였다. 그곳에는 이은채의 대학 선배이자 탁월한 임상병리학자인 피태진 박사가 일하고 있었다. 피박사가 연구하는 것은 콜레라나 장티푸스에서부터 에이즈와 같은 인간 상호간의 전염을 통해 몸에 발생하는 질병에 관한 것들이다. 전염되는 모든 것은 그의 연구 대상인데, 전국적인 가뭄으로 인한 호흡 곤란 증세가 전염병이냐 그렇지 않으냐에 대해서 김정수 일파와 수차례 논란이 있었다. 처음에 피박사는 호흡 곤란 증세가 인간의 개별적인 몸이 느끼는 증상일 뿐이라고 주장했다. 그러나 차츰 전국에서 동시 다발로 일어나고 있는 호흡 곤란은 전염병은 아닐지라도 전염병과 같은 수준의 방역이 필요하다는 데 동의하게 되었다. 뿐만 아니라 호흡 곤란으로 인한 심리적인 병리 현상은 정도의 차이를 보이면서 한 사람에게서 다른 사람에게로 전이되어간다는 사실을 밝혀내기에 이르렀다. 어느 한 사람이 지나친 호흡 곤란 증세를 보일 경우 그 사람은 극도의 피곤과 죽음에 대한 불안과 절망감에 휩싸여 거의 정신착란과 같은 현상을 보이게 되고 이것은 정도가 약한 다른 사람에게로 전염되는 효과를 나타낸다는 것이다. 그러므로 호흡 곤란을 느끼는 환자 두 사람이 함께 생활할 경우 서로에 대한 적의가 극에 달해 심지어는 살해 충동까지 느끼게 되고, 결국에는 자살하거나 상대를 상해하게 된다는 것이다. 그러나 아직까지 살인이 벌어진 적은 없었다. 다만 스스로를 비관해 자살한 경우가 몇 번 보고되었을 뿐이다. 아무튼 방역 대책과 예산안은 마련되었다. 문제는 예산 확보 및 집행이었다. 피박사 주도하에 방역 대책반은 만반의 준비를 하고 있었다. 스위스와 프랑스, 미국의 합자 회사인 H · O주식회사에서 신선한 공기 7천만 톤을 수입하여 자우림 지역의 호흡 곤란 환자들에게 주입한다는 계획이었다. 하지만 여기엔 많은 시간이 소요되므로 바닷물을 생수로 바꾸는 작업과 함께 동해의 물을 한반도 오만 피트 상공까지 끌어올려 일일 4회씩 쏟아붓는 것이다. 하늘에 물이 유입되면 구름의 응집력이 높아져 소나기를 기대할 수 있고, 또한 기상 변화를 일으켜 다량의 비를 뿌릴 수도 있을 것으로 보여진다. 국제 기상청에서 연구되고 있는 기상 무기 전담반 역시 이에 대한 가능성이 60% 이상 될 것으로 내다보고 있다. 하지만 아직 조력 발전에 대한 기술적 노하우가 축적되지 않은 상태여서 당분간은 호흡 곤란 환자들에 대한 직접적인 진료만 실시할 수밖에 없는 실정이다. 하지만 일부 지역의 환자들만이라도 신선한 공기를 흡입하고 건강한 삶을 찾을 수 있다면 이에 대한 심리적 반사 효과는 상당할 것이어서 이러한 치유 가능성에 대한 기대는 전국적으로 파급될 것이다. 이제 예산 확보를 위한 계획이 구체적으로 세워져야만 한다.

김정수 일당이 선택할 수 있는 예산 확보 방안은 그리 많지 않았다. 그들이 스스로를 갱이라고 부르고 있는 바에야 그들이 자금을 동원하기 위해 쓸 수 있는 방법은 은행을 털거나, 기업의 주식을 부당 거래를 통해 갈취하거나, 유명인들을 납치하거나 테러하는 일 등일 것이다. 재벌의 손자들을 유괴하거나 비행기를 납치하는 방안도 거론되었다. 하지만 그들이 가장 손쉽게 할 수 있는 일은 은행을 터는 것이었다. 이미 수차례 은행을 털었던 경력을 가지고 있는 그들 조직은 간단한 방법으로도 은행을 털 수 있다고 자신하고 있었다. 그들에게는 외곽 지원 부대가 있었다. 일명 해커들이었다. 이미 은채와 승혜는 세계적으로 활동하고 있는 해커들의 명단을 확보하고 있었고, 그들과 여러 차례 화상 미팅을 가진 적이 있었다. 그들은 한국에서 외환 위기 사태가 도래하자 일제히 한국을 주시했다. 해커들은 미국을 위시한 다국적 기업이나 국제 금융 기구에 의한 자본 집중 현상을 매우 못마땅하게 생각하고 있었고, 심심치 않게 미국의 연방 은행이나 세계 은행의 전산망에 침투하여 시스템 사이사이에 폭탄을 심어놓곤 하였다. 그러나 그들은 은행에서 돈을 빼내거나 하는 일은 삼갔다. 그들은 해커로서의 위상을 높이는 일에는 열을 올렸지만 정작 그것으로 돈을 벌거나 하지는 않았다. 그들은 기술자이지 갱은 아니었다. 가끔은 갱단과 결탁해 돈세탁을 해주거나 무기 밀거래와 같은 일을 돕기도 하였다. 예를 들면 미 제국주의에 대항하는 소수 민족의 반군들이 벌이는 해방 투쟁을 지원하는 것 등이다. 은채와 승혜가 여러 차례 접촉을 했지만 정작 협상이 결렬된 것은 해커들의 직접적인 개입을 못마땅하게 생각한 김정수의 똥고집 때문이었다. 갱단이 해커들의 도움을 받아 은행을 턴다면 그야말로 개망신이라는 주장이었다. 하지만 점차 경비 시스템이 강화되고 있는 입장에서 전산망의 교란이야말로 은행을 터는 데 거의 필수적이라 할 수 있다. 바야흐로 갱단도 과학 기술로 무장해야 하는 시대가 도래한 것이다. 은채와 승혜의 강력한 주장에 밀려 정수는 해커들의 도움을 받아 은행의 경보 시스템을 미리 차단하는 방법을 강구하자는 데 동의하였다. 문제는 어느 은행을 터느냐 하는 것이었다. 그러나 결론은 의외로 쉽게 났다.

한국은행.

왜?

거기 가장 많은 돈이 있으니까.

"외화만 털어."

김정수가 두목답게 결의에 찬 목소리로 말했다. 예산 확보안은 조금씩 구체화되기 시작했다. 그리고 어떻게 은행을 털어서 돈을 꺼내오느냐 하는 문제가 본격적으로 대두되었다. 제1단계, 경보 시스템 해제. 제2단계, 침투. 제3단계, 금고 열기. 제4단계, 탈취 및 운송. 제5단계, 탈출. 여기까지가 갱단의 고유 임무이고 다음으로 제6단계, 현금 보관. 제7단계, 돈세탁. 그러나 그 전단계도 얼마든지 문제가 되었다. 우선 정보 수집이었다. 한국은행 경보 시스템이 어떻게 설치되어 있는지 알아야만 했다. 그러기 위해서는 한국은행에 경보 시스템을 설치한 JK프로젝트사를 먼저 털어야 할 것이다. 경보 시스템에 관한 파일을 찾아 어떻게 시스템이 운용되고 있는지 알아내야 한다. 그뒤 경보 시스템의 오작동을 유발할 방법을 찾아야 한다. 그리고 경보 장치가 오작동이 되더라도 정지되지 않고 계속 움직여야 하고, 또 아무도 시스템이 오작동되고 있다는 사실을 알지 못하도록 막아야 한다.

은채는 여의도에 있는 JK프로젝트사를 방문하기로 하였다. 박무선이라는 노인 앞으로 되어 있는 빌딩의 경보 시스템을 의뢰하기 위해서였다. JK프로젝트사의 기술 담당 최현태 부장은 은채에게 경보 시스템의 설치 및 작동에 관한 제반 사항에 대해 아주 친절하게 설명해주었다.

"한국은행처럼 단단하게 걸어 잠글 수 있나요?"

은채가 묻자 최부장은, 조건만 맞는다면 한국은행과 같은 걸로 달아드리죠, 하며 얼굴을 활짝 폈다. 하지만 한국은행이 어떤 시스템으로 운용되고 있는지에 대해서는 자세한 대답을 들을 수 있을 것 같지 않았다. 은채는 기술 담당 부장 자리의 컴퓨터에서 순식간에 정보를 빼올 수 있는 방법을 알고 있었다. 오늘 밤 이 회사에 잠입해서 네트워크만 연결시킨다면 미국에 있는 교포 3세인 제리 한이 당장이라도 이 방의 데이터베이스를 통째로 옮길 수 있을 테니까. 그 밖의 사항은 대략 다음과 같다.

한국은행에는 총 76대의 CCTV가 있으며 총 25명의 경비원과 정문과 후문에서 위병 근무를 서는 8명의 군인과 1개 소대가 5분 대기조로 편성되어 있었다. 각 행원들의 책상 아래에는 경보기가 하나씩 달려 있고, 경보기가 울리면 1분 내로 경찰과 군이 출동한다. 물론 이론상 그렇다는 것이다. 5분 대기조가 5분 안에 출동할 수 있다면 이 땅에선 범죄 따위란 아예 일어날 수도 없을 것이다. 경찰 병력이 진압 작전을 제대로 펼치려면 최소한 15분 이상은 걸릴 것이다. 어쨌든 5분 안에 모든 걸 끝내야 한다. 제리 한과 그의 친구들은 경보기의 작동을 약 5분 가량 멈추게 할 수 있다. 그러니까 은행의 중앙 컴퓨터에 침투해 시간을 현재보다 5분 전으로 재설정

해놓을 경우 현재 시간이 될 때까지 경보 시스템이 작동을 멈추고 지난 5분 간의 상태를 그대로 반복하게 된다. 이때 모든 일을 끝마쳐야 하는 것이다. 5분이 지나면 컴퓨터는 5분이라는 시간이 반복되었음을 알아차리게 되고 그 순간 경보가 울리게 된다. 주어진 시간은 5분뿐이었다. 그렇다면 이제 문제는 침투다. 어디로 어떻게 들어가서 어떻게 나올 것인가. 아무리 생각해도 뾰족한 수가 생각나지 않았다. 정문으로 들어가 총을 휘둘러 돈을 빼앗아 나온다는 것은 그야말로 미친 짓이다. 그렇다고 은행이 문을 닫은 뒤 은행 문이나 벽의 한쪽을 폭파하고 들어간다는 것도 말이 안 된다. 그랬다간 아무리 경보 장치가 울리지 않는다고 하더라도 서울 시내가 발칵 뒤집힐 것이다.

정수는 민우에게 퀵서비스를 의뢰했다. 한국은행에 다니는 말단 행원인 김정선에게 꽃을 배달하는 것이다. 김정선은 정수의 먼 친척뻘이었다. 정수가 한국은행에 침투하기 위해 수소문을 한 끝에 겨우 찾아낸 유일한 내부자였다. 민우는 정선에게 꽃을 전달하면서 한국은행 내부를 흘깃 살펴볼 수 있었다. 괜히 소란을 떨며 화장실까지 들어가보았다. 한국은행도 다른 은행과 별반 다를 바 없었다. 다만 규모가 약간 더 커 보였을 뿐이다. 민우는 금고가 있을 만한 쪽을 살펴보았다. 최창살로 막아놓은 곳을 열고 들어가면 깊숙이 금고가 숨어 있을 것 같았다. 하지만 그곳까지 가기 위해 장애물들을 제거하기란 결코 쉽지 않을 것 같았다. 아니 결코 가능할 것 같지 않았다. 은행에는 돈이 많이 있지만 창구의 돈을 털지 않는 한 돈은 모두 금고 속에 있다. 금고는 너무나 깊숙한 곳에, 거의 인간의 손이 닿지 않을 만한 깊이에 있고, 돈은 그 속에서 그냥 상징처럼 있는 것이다. 그 돈은 보관을 위한, 그저 돈이 여기에 있다는 사실만을 알려주는, 그래서 한 국가의 부가 얼마쯤 되느냐 하는 것을 알려주는 기호일 뿐이다. 그런데 그들은 그 돈을 털려고 한다. 김정수 갱단은 바로 이 상징을 탈취하려고 한다. 부의 가치를 훔치려고 하는 것이다. 아무리 봐도 문제는 침투였다. 어떻게 들어갈 것이며 금고의 문을 어떻게 열 것이냐. 아이러니컬하게도 금고는 두 겹 세 겹으로 된 쇠창살을 뚫고 들어가야만 하는데, 그것은 전산 암호로 되어 있지 않고 마치 중세의 감옥처럼 일일이 열쇠로 자물통을 열고 들어가야 한다는 것이었다. 김정선에게 접근해서 며칠 동안 아양을 떨며 한국은행 자랑을 하라고 꼬드겼지만 말단이 금고에 대해 아는 것은 거의 없었다.

정수는 오로지 금고만을 생각했다. 안개는 더욱 두터워졌다. 이제는 톱질을 하거나 도끼로 찍어내야만 딱딱하게 굳은 안개 나무들을 벌목할 수 있을 것 같았다. 어떻게 금고에 도달할 것인가. 아무리 빨리 움직여도 5분 안에 금고를 열고 돈을 꺼내 탈출할 수는 없다. 더욱이 한국은행이다. 서울 시내 한복판에 있고 도주로도 막혀 있다. 헬리콥터를 동원한다면 탈출하는 게 가능할 수도 있다. 하지만 먼저 금고를 열어야 한다. 금고를 겹겹이 에워싸고 있는 쇠창살을 열 수 있는 10개의 열쇠는 누가 가지고 있을까. 한국은행 총재? 아니면 경비대장? 단 한 번에 금고에 도달할 수 있는 방법은 없을까? 한국은행의 설계도를 입수할 수 있다면 좀더 확실한 계획을 세울 수 있을 것이다. 하지만 설계도를 입수한다는 것은 현재로선 불가능하다. 초현대식 건물이라면 차라리 해킹을 통해 파일을 얻을 수 있겠지만 일제 시대에 지어진 건물의 도면은 한국은행의 금고 속에 잠자고 있을 게 분명했다.

"형, 수방사 전차대에 근무했다며? 탱크로 밀고 들어가자."

민우가 담배를 맥주 잔에 던지며 말했다.

"철호씨한테 연락해봐. 폭발물을 얻어서 금고를 부숴버리자."

은채가 행동대장답게 말했다.

"폭발물은 얼마든지 살 수 있어."

정수가 시큰둥하게 대꾸했다. 갱단 초창기에는 주로 군부대에서 탄약을 빼내왔지만 조직의 자금이 넉넉한 요즘엔 러시아제를 쓰고 있다. 구소련 공수 부대에서 쓰던 AKS74가 주요 총기이고, 이탈리아제 SOCIMI M821도 함께 쓰고 있다. 폭약도 기본 재료를 구입해 얼마든지 제조할 수 있었다. 돈이 불가능을 가능케 한다는 것이 미국식 자본주의의 가장 큰 장점이자 맹점이지만 현실적으로 볼 때 꽤 많은 집단과 일반인들이 애용하는 삶의 방식인 것도 사실이다. 돈만 있으면 탱크를 빌릴 수도 있고, 가지고 있는 무기와 화력을 총동원해서 한국은행을 박살낼 수도 있다. 하지만 그것은 단 한 번의 거사로 모든 것을 망치는 결과를 초래할 것이다. 일개의 갱단이 정부를 상대로 전면전을 치를 만큼 강할 수는 없기 때문이다. 침투와 도주에 대한 완벽한 시나리오가 나오지 않는 상황에서 시간이 계속 흘러갔다.

도끼로 안개를 찍어내는 일이 심심풀이로 각광을 받으면서 자우림의 고객들은 권태로운 하품을 노골적으로 해댔다. 심지어 내부에서도 약간의 분열 조짐이 내비치기 시작했다. D일보 기자인 승혜가 가장 먼저 포문을 열었다.

"왜 굳이 한국은행을 털겠다는 거지?"

"그냥."

정수가 안개의 밑둥치를 툭툭 치며 심드렁하게 대꾸했다.

"이건 동네 주유소나 무인 은행을 터는 게 아니라고. 한국은행이야. 그냥 털자는 게 말이나 돼? 그리고 호흡 곤란 증세를 치유하기 위해 바닷물을 끌어들이고 스위스의 산소를 사오자고? 이건 미친 짓이야."

"우리가 미쳤다는 건 알고 들어왔을 텐데."

은채가 쏘아붙였다.

"그래, 나도 너네들이 하는 짓이 폼나고 때깔 좋고 뽀다구가 난다고 생각해서 들어온 거야. 하지만 좀 심하지 않니? 우리가 NGO야? 도대체 무슨 명분으로 한국은행을 턴다는 거야? 은행이나 털고 쓰레기 같은 인간들 몇 청소했다고 다는 아니잖아. 정말 호흡 곤란 증세를 치료하겠다면 좀더 구체적인 의료 진단이 필요해. 그리고 필요하다면 재계나 정부와도 협상해야 하고. 좀더 거시적인 안목에서 생각하고 보다 긍정적인 방안을 마련해야 한다고."

"야, 우리가 시민 단체나 압력 단체냐? 우리가 언론이야? 너 뭐 하러 여기 왔어. 우린 갱이야. 누가 우리랑 협상하고 대화한대? 우리에게 그런 기회나 주어지냐. 설령 그런 기회가 생겨도 난 협상 같은 거 안 해. 권력이 언제 우리한테 한번이라도 좋은 걸 준 적 있냐? 또 뭐? 구멍가게 터는 데는 이유가 없어도 되지만 한국은행을 터는 데는 이유가 있어야 한다고? 구멍가게하고 한국은행이 뭐가 달라. 다르다면 불쌍한 구멍가게 아저씨는 털지 말아야 하고 한국은행은 부숴버려도 시원찮다는 것뿐이야. 자우림 지역엔 안개뿐이야. 가뭄도 심하고, 하지만 전국적으로 보면 국지적인 현상이야.

안개도 없이 맑은 지역도 있고 물이 남아 펑펑 쓰는 동네도 있어. 물론 전반적으로는 가뭄이 계속되고 있지. 그래서 사람들이 살기 힘들어. 그런데 너무 완벽하게 잘 먹고 잘 사는 동네가 있어. 한국 은행과 그 일대야. 그래서 털어야겠어. 지난 몇 년 간 물 가뭄에 돈 가뭄이야. 그리고 세상을 돈으로 지배하겠다는 미국식 자본주의가 좋은 거라면 난 그걸 택하겠어. 나도 돈으로 물도 사고 호흡 곤란 증세도 치료하겠어."

정수는 미친 듯이 소리를 질렀다.

"지난 구제 금융 때 정부는 국민들의 혈세로 부실 기업을 살려서는 싼값에 외국에 팔았지. 그래서 경제 형편이 많이 나아졌어. 하지만 실직자는 넘쳐나고, 기업들이 줄줄이 외국에 팔려나갔어. 한·일 합병과 다를 게 뭐야. 난 이런 거 싫어."

"넌 인종 차별주의자에다 국수주의자에 글로벌 시대의 낙오자야."

정수의 말을 자르며 승혜가 소리쳤다.

"그래, 난 시대 착오자야. 그게 좋아. 난 다국적 기업이 싫고, 지구촌도 싫어. 난 우리끼리 조용하게 살고 싶어."

"그럼 넌 갱이 아니라 지역 공동체주의자네."

"뭐든 좋아. 아니, 아무것도 싫어. 난 세상에 흥미가 없어. 그래서 갱이 된 거야. 한국 최고의 갱이라면 당연히 한국은행을 털어야 하는 거야. 이유 따위 개뿔도 없어. 한번 확실하게 털어보자. 그게 이유야. 진짜 뽀다구나게."

정수가 자리에서 일어나 고래고래 소리질렀다.

"브라보."

은채가 소리지르며 맥주 잔을 높이 들었다. 다른 사람들도 덩달아 소리를 지르며 맥주 잔을 머리 높이 쳐들었다. 승혜는 맥주 잔을 약간 들어올렸다가 내려놓았다.

"가려면 지금 떠나. 난 원래 언론이라면 질색이니까."

정수가 입에 문 맥주를 닦아내며 말했다.

"네가 싫다면 신문사 그만둘게."

승혜가 힘없이 말했다.

"아냐, 오히려 좋은 생각이 났어. 신문에 광고를 내는 거야. 2000년 8월 15일, 한국은행이 털린다!"

"뭐야?"

모두들 눈이 휘둥그래져서 정수를 쳐다보았다.

"너무 놀라지 마. 광고 카피니까. 저소득층을 위한 펀드를 만드는 거야. 가입 자격을 엄격하게 두는 거지. 월수입 100만 원 이하의 저소득 가계에서 장기로 펀드를 매입할 수 있는 자격을 주고 매월 일정액을 붓도록 하는 거지. 최고 배당금은 원금의 1000%. 바디 카피는 한국은행 금고에 들어 있는 엄청난 돈의 주인이 되고 싶습니까? 지금 한국은행 털기 펀드에 투자하십시오. 주식회사 한국은행을털기위한시민연대. 그리고 모든 거래는 사이버로 하는 거야. 은채와 승혜는 회사의 대표를 할 만한 사람을 물색하고 필요한 모든 법적 문제를 완벽하게 처리해. 야, 서진, 자금을 체크해봐."

정수는 미친 듯이 떠들어댔다. 모두들 입을 벌리고 말이 없었다. 그러나 정수의 말을 거역해서 그것을 실천하지 않을 사람은 하나도 없었다. 그들은 갱이었고, 보스의 명령을 거역한다는 것은 곧 죽음을 뜻했으니까. 물론 지금까지는 한 사람의 배신자도 나오지 않았고, 내부 사형 집행이 없었긴 하지만.

다른 사람들이 각자 맡은 일에 열을 올리고 있는 동안 정수는 조용히 틀어박혔다. 정수는 장고 끝에 한국은행을 털기 위한 사전 준비 작업의 개요를 마련했다. 우선 고건축물연구회에 한국은행 재건축 설계 프로젝트를 맡긴다. 완벽한 설계라기보다는 그야말로 밑그림을 그리는 것으로, 뼈대만 새롭게 설계하여 현 한국은행의 설계 도면을 보는 듯한 효과를 내자는 의도였다. 현 건축물의 구조적 특징과 문제점을 낱낱이 파악하도록 과제를 준다. 이미 고건축물연구회는 그 동안 경복궁을 비롯한 문화재와 한국은행, 시청, 동아일보사 광화문 사옥 등을 대략 조사한 바 있었다. 한국은행과 함께 동아일보사 광화문 사옥도 함께 오더를 내려 의심의 눈초리를 피해야 한다. 프로젝트를 주관하는 회사의 대표로는 노숙자로 서울역에 살고 있는 남경민씨가 적당할 것이다. 그는 한때 건축업과 사채업을 하다 징역까지 살다 나온 경력이 있다. 대기업 뺨치는 재력가였다는 소문인데 요즘은 노숙자 행세를 하고 있다. 그에게도 뭔가 속셈이 있는 게 분명하다. 어쨌든 이런 일엔 이벤트를 좋아하는 치들의 쇼맨십도 필요하니까 그만한 적임자도 없을 것이다. 은채는 이미 노숙자들의 주민등록증을 싸게 빌려 위조한 뒤 수백 개의 차명 계좌를 개설해놓았고, 단기간 주식회사를 설립할 수 있는 만반의 준비를 해둔 상태다. 이제 갓 법대를 졸업한 여자치고는 놀라운 수완이었다. 그 다음엔 침투 작전이었다. 도면이 확보되면 금고와 가장 가까운 곳을 친다. 아니 금고를 곧바로 친다. 어떻게? 글쎄……

사흘 뒤 정수는 빙그레 웃었다. 그리고 낮게 자기 자신에게만 들리도록 소리쳤다.

"하수구를 뚫고 들어가는 거야."

분명히 한국은행 밑으로도 하수도가 연결되어 있을 것이다. 금고와 가장 가까운 하수도를 뚫고 올라간다. 그리고 돈을 담는다. 돈을 하수도로 운반한 뒤 원격 조정 장치가 달린 운반용 카트에 싣고 달린다. 운반용 카트는 웬만한 물에서도 쉼 없이 달릴 수 있도록 제작되어야 한다. 탈출 때는 퀵서비스 오토바이가 사용될 것이다. 우리나라의 하수도는 서양의 것처럼 사람들이 원활하게 이동할 수 있을 만큼 크지 않다. 겨우 한두 사람 정도가 기어다닐 정도다. 그렇다면 침투조는 삽시간에 일을 끝내고 카트를 작동시킨 뒤 곧바로 하수도를 빠져나와야 한다. 한국은행에서 가장 가까운 맨홀 뚜껑을 열고 나와 즉시 오토바이로 도주한다. 카트로 운반된 돈가방 역시 수십 대의 퀵서비스 오토바이에 의해 각지로 옮겨진다. 정수는 서울 시내 20여 군데 사무실을 임대하도록 지시했고, 한국은행 근처에도 대여섯 군데 사무실을 임대해 당일 수많은 퀵서비스가 한국은행 주변 지역을 계속 맴돌게 한다는 계획도 세웠다. 이를 위해 유령 퀵서비스 회사를 단기간 운영하는 방안도 검토중이다. 자금은 고위층 저택을 털어 충당하기로 하였다. 그들은 달러나 현금을 잔뜩 가지고 있으면서 도둑이 들어도 결코 신고하지 않는다. 이미 많은 정부 관리들이 김정수 일당에게 당했지만 속수무책이었다. 정수는 그들이 힘을 가진 자들이면서 동시에 얼마나 나약한 좀팽이들인지 잘 알고 있었다. 언제까지나 이런 조무래기들이나 상대하고 있을 수는 없었다. 한국은행을 터는 것으로 이제 조금씩 시들해져가는 갱 노릇을 끝내고 싶었다. 물론 갱이라는 신분을 잊고 깨끗하게 손씻고 살겠다는 것은 아니다. 기왕 갱을 선택했다면 좀더 큰일을 하고 싶기 때문이다. 예를 들면 미국의 마피아와 전쟁을 벌인다거나 하는. 어쩌면 한국은행 털기는 마지막이 아니라 이제 불붙기 시작한 전쟁에 대한 그의 열정에 불을 댕기는 신호탄이 될지도 모른다.

침투 작전에는 좀더 세밀한 계획이 필요했다. 먼저 정수와 은채가 일용직으로 고용된 민우 패거리들과 함께 하수도를 통해 침투한다. 가장 가까운 하수구는 금고와 약 10미터쯤 떨어진 곳에 있었다. 그전에 정수는 약 한 달 동안 조금씩 하수구에 구멍을 내고 지상까지 굴을 뚫어놓는다. 한국은행 건물의 바닥에 닿으면 작업을 계속해 건물 바닥의 두께를 반쯤으로 얇게 만든다. 그렇게 되면 디데이에는 적은 양의 폭발물로도 바닥에 큰 구멍을 낼 수 있을 것이다. 문제는 밤에 침투하느냐 낮에 들어가느냐였다. 그러나 그런 질문은 필요가 없다. 낮에 들어갈 수밖에 없다. 왜냐하면 8월 15일 밤이면 너무 늦고 14일 밤은 너무 이르다. 국민과 약속한 날짜는 8월 15일이니까 말이다. 행동 개시는 오전 10시에서 오후 2시 사이에 한다. 단 5분 만에 은행에서 볼일을 보고 30분 만에 완전 철수한다. 돈도 사람도 연기처럼 사라져버리는 것이다.

갑자기 철호가 휴가를 나와 자우림에 왔다. 철호는 자우림을 찾느라고 자우림 근방을 발칵 뒤집어놓았다. 만나는 사람마다 자우림을 물었지만 동명의 록그룹은 알아도 카페 자우림이 있다는 소리는 못 들었다며 모두들 고개를 흔들었다고 한다. 철호는 록그룹 자우림이 자주 출연하는 카페라도 가르쳐달라며 애원하다시피 해서 그들을 만날 수 있었다. 자우림은 철호가 김정수와 관련된 인물임을 알고는 카페 자우림을 가르쳐주었다. 그러나 카페 자우림은 아무데도 없었다. 철호가 자우림을 찾는 걸 포기하고 부대로 복귀해야겠다고 생각하며 좁은 골목을 빠져나오려고 몸을 돌리자 거기 거대한 자우림이 앞을 가로막았다. 하지만 실제로 자우림은 매우 작은 창고에 불과했다. 그런데도 철호는 무슨 중세의 성이라도 발견한 것처럼 놀랐다. 자우림은 아무것도 없는 곳에 있었다. 철호는 사막 한가운데 세워진 낡은 건물을 보았다. 거기 낙서처럼 자우림이라고 씌어 있었다. 문을 열고 들어가자 계단이 보였다. 철호가 발을 디디자 몸이 미끄러지듯 카페 내부로 빨려들었다. 잠깐 동안의 어둠이 끝나고 희미한 빛이 보였다.

"여기에도 빛의 동굴이 하나 있군."

철호가 소리쳤다.

은채가 도끼로 안개를 부수고 나타났다.

"아, 은채."

철호는 미칠 것만 같았다. 다리 사이에 불을 지피는 것만 같았다. 은채는 밝게 웃었다.

"여긴 DMZ보다 더 통제가 심하군."

철호가 투덜거렸다. 은채는 철호에게 술을 권했다.

"정수는 어디 갔어?"

철호가 물었다.

"한국은행을 털겠다고 머리를 짜내고 있어."

은채가 생글거리며 대답했다.

"잘됐군. 이 틈에 연애 한번 하는 게 어때?"

철호가 수줍은 표정을 띠며 물었다.

"좋아."

은채는 자우림의 냄새 나는 화장실로 철호를 데려갔다. 은채는 속에 아무것도 입지 않은 원피스 차림이었다. 두 사람은 변기와 화장실 벽과 문, 심지어 쓰레기통에까지 몸을 짓뭉개며 개처럼 교접했다. 섹스가 끝나고 변기에 쭈그리고 앉아 철호는 혼자말처럼 지껄였다.

"너를 보면 동물적인 본능밖에 남지 않는 것 같애. 인간으로서 해서는 안 되는 일을 저지르는 것만 같거든."

"사람을 알루미늄 배트로 내리칠 때보다 나하고 섹스하는 게 더 짜릿해?"

은채가 성격대로 시니컬하게 대꾸했다.

"씨팔. 과거는 들먹거리지 마. 내가 사람을 때려죽인 것하고 너하고 박는 것하고는 달라. 근데 너랑 섹스만 하면 자꾸 죄짓는 것 같아서 미치겠어."

철호가 머리를 쥐어뜯었다.

"정수 때문이라면 그럴 필요 없어."

은채는 철호의 목과 머리를 감쌌다.

"그 자식도 내가 보는 앞에서 다른 년과 붙어먹었어. 뭐, 나도 같이 어울려 그러지만. 우린 모두 해서는 안 되는 짓만 골라가면서 하는 족속들이잖아. 이 세상에서는 더 이상 필요 없는 연놈들이지. 언제 죽을지 모르는 막 가는 인생이야. 그래서 뭐가 어때? 안 그래, 군인 아저씨?"

"맞아."

둘은 서로 머리를 기댔다. 더 이상 타락할 게 없다는 느낌이 그들을 해방시켜주는 것 같았다.

카페로 나오자 정수와 일당들이 몰려와 술판을 벌이고 있었다.

"화장실 냄새를 참으면서 할 수 있다니 엄청 굶주린 모양이구나."

정수가 철호의 휴가를 축하하면서 건배를 제의했다.

"한국은행의 완전 독립을 위하여!"

"민족 자본의 해방과 주권 쟁취를 위하여!"

"군발이 아저씨의 무병 장수와 무궁한 성욕을 위하여!"

저마다 미친 듯이 소리를 질렀다. 철호는 이 세상에는 없는 곳으로 휴가를 나왔다는 걸 뒤늦게 깨달았다. 록그룹 자우림의 여자 싱어가 괴성을 지르며 노래를 불렀다. 그러나 철호에겐 무음의 음악일 뿐이었다.

철호는 은채를 망연히 바라보았다. 철호의 눈에 눈물이 맺혔다. 은채는 철호가 자기를 아주 많이 좋아하고 있다는 느낌이 들었다. 은채는 손가락으로 총을 만들어 철호를 향해 탕, 하고 입술로 소리를 내며 한 방 쏘았다. 철호는 놀라서 의자에서 떨어지며 바닥을 뒹굴었다.

은채는 철호에게 지난번에 갔었던 비무장지대를 다시 보고 싶다면서 그곳 얘기를 들려달라고 졸랐다. 철호는 오히려 서울 생활에 대해 듣고 싶었지만 은채가 원하기 때문에 마지못해 입을 열었다.

"저물 무렵이면 새들이 철책선을 넘어 우리 쪽으로 오는 게 보여. 새들이 황혼을 뚫고 날아오는 걸 보면 정말 가슴이 엔다고나 할까. 그런데 그 새들이 정오쯤 되면 다시 철책선을 휘이휘이 넘어가는 거야. 미치는 거지. 새들은 그냥 비무장지대를 훌쩍훌쩍 넘어다니는 거야. 하지만 우린 아무렇지도 않게 말해. 저녁들 지조도 없이 낮에는 저쪽 밭에 가서 놀고 밤에는 이쪽 밭에서 잠을 잔다고."

은채는 숨이 멎는 것 같았다. 그녀도 새들을 흉내낸 적이 있었다. 밤엔 남쪽 사내와, 새벽엔 북쪽 남자와. 은채는 문득 그 북쪽 사내가 보고 싶어졌다. 아주 마르고 어린 소년 같은 사내. 사내라기보다는 사내아이. 정사를 하는 순간 동시 동작 상태로 그 사내아이를 낳는 것 같은 느낌이 들었던. 그래서 그걸 확인하려고 두 번씩이나 할 수밖에 없었던.

"그 녀석이 왔었어."

철호가 은채의 귀에다 대고 속삭였다.

"누구?"

"너랑 했던 북쪽 애 말야."

"뭐라고? 어떻게?"

"글쎄 말이야. 목숨을 걸고 넘어왔더라고. 나더러 널 내놓으래."

"믿을 수가 없어."

"그래. 완전히 맛이 갔더라고. 지금 비무장지대 안에 있는 동굴에 숨어서 살아. 거기서 널 기다리겠대."

"정말 미쳤어."

"누가 아니래. 아주 골때리는 놈이야. 아예 탈영해서 동굴에다 살림을 차렸더라고."

"동굴은 어땠어?"

"무시무시해."

"와우. 박쥐들이 우글거리고?"

"온통 깜깜해. 아주 축축하고. 사람 살 곳이 못 돼."

"꼭 다시 가봐야겠어."

216

"나랑 같이 당장 가볼래?"

"안 돼. 먼저 한국은행부터 털고."

"대체 왜 한국은행을 털겠다는 거야?"

철호가 정수를 향해 소리쳐 물었다.

"그건 비밀이야."

정수가 장난기 어린 목소리로 대꾸했다.

"자우림 지역을 비롯해서 전국 각지에 호흡 곤란 환자들이 늘어나고 있어요. 가뭄 때문에. 특히 저소득층은 돈이 없어서 신종 호흡 곤란증을 치료받을 수도 없고, 또 무엇보다도 신선한 공기가 부족해요."

승혜가 재빠르게, 정당의 대변인처럼 말했다.

"그래서 우린 스위스에서 산소를 사오려고 해."

은채가 약간 절망적인 목소리로 덧붙였다.

"뭐라고? 가을 하늘이 얼마나 푸르고 깨끗한데. 무슨 소리야, 맑은 공기가 없다니."

철호가 외쳤다.

"야, 임마. 여긴 DMZ가 아니잖아."

정수가 맞받아 고함을 질렀다.

"여긴 네가 사는 무공해 청정 지역이 아니야. 철새가 철책을 넘나들고, 꽃과 나비와 짐승들이 뭐 어쩐다고? 여긴 돈으로 무장하고, 권력으로 무장하고, 인맥이나 가방끈으로 바리케이드를 쳐야만 돼. 아님 정력이라도 세야 살아남을 수 있는 거대한 시궁창이야. 이게 바로 서울이라고, 알아?"

정수가 미친 듯이 울부짖었다.

"씨팔, 난 DMZ로 돌아가야겠어."

철호가 더플백을 어깨에 짊어졌다. 그리고 은채를 한번 흘낏 보고는 그대로 카페를 나갔다.

"야, 뭣들 해. 내일 광고 나가는 날이잖아. 새벽에 광고 필름 뽑아서 내 책상에 올려놔."

정수가 철호의 뒤통수를 향해 소리를 내질렀다. 은채는 정수가 울고 있다는 걸 알았다.

신문에 광고가 나가자 서울 시내가 발칵 뒤집혔다. 일부 일간지에서 광고 게재를 거부하는 사태도 있었지만 주요 일간지 세 곳과 각종 스포츠 전문지, 그리고 시사 주간지에 펼친 양면 전단 광고가 일주일 사이에 열다섯 번이나 나간 것이다. 문의 전화가 쇄도했고, 신문사엔 이런 사행심을 조장하는 광고가 실린 데에 대한 항의 전화가 빗발쳤다. 더욱이 공정거래위원회와 광고윤리위원회에서는 이 광고가 법적으로 문제가 되는지, 이런 펀드의 운용이 현실적으로 가능한지 가늠하기 위해 위원회를 구성해야 한다는 말까지 나왔다. 검찰이 이미 내사에 착수했다는 추측성 발언들도 무성했다. 그러나 무엇보다 흥미로운 것은 이 광고가 진짜 한국은행을 털겠다는 선전 포고가 아니냐는 네티즌들의 발빠른 머리 굴리기로 촉발된 네트워크상의 뜨거운 설전이었다. 이에 대해 주식회사 한국은행을털기위한시민연대에서는 즉각 성명을 내고 수많은 억측 때문에 회사의 기본 업무에 많은 지장을 초래하고 있어 자제해줄 것을 요청하면서 시민들은 새로운 펀드의 탄생을 축하해주시고 많은 기대와 호응이 있기를 바란다고 말했다. 그러나 지난 세기말부터 새 천년 벽두에 벌어진 각종 은행 강도 사건과 정·재계 요인 암살로 시끄러운 판에 한국은행을 털겠다는 광고가 나자 시민들은 관심의 촉각을 곤두세울 수밖에 없었다.

　그러나 뭐니뭐니 해도 사람들의 관심은 한국은행이 털리는 일이 과연 가능할까였다. 만약 그렇게 된다면 그것은 하나의 상징, 무한한 부의 가치가 한꺼번에 무너지는 것이 되고 말 테니까 말이다. 그래서 일부 직장인들 사이에선 2000년 8월 15일 한국은행이 털릴 것인지 그렇지 않을 것인지를 두고 내기가 벌어졌으며, 한 신생 보험사가 한국은행이 털릴 경우 보험 약정금 1억 원의 10배를 주는 상품을 개발키로 했다는 소문이 나돌기도 하였다. 주식회사 한국은행을털기위한시민연대(물론 이런 이름으로 주식회사 등록을 허락할 당국이 아니다. 대신 이 회사는 한국펀드운용시민연대주식회사라는 이름으로 등록되었다)는 여러 차례 성명을 내고 자사의 광고가 물의를 일으킨 것은 유감스러운 일이라며, 이에 대해 피해를 본 집단이나 개인이 있으면 즉각 보상할 것이며 모든 것은 법대로 처리될 것이라고 말했다. 그러나 한국은행이 털릴 거냐고 묻는 기자들의 오프 더 레코드 질문에 대해서는 그런 일이 정말 발생한다면 많은 저소득층의 부에 대한 갈등을 완전히 해소하는 대리 만족 효과를 거둘 것이라고 말해 은근히 그런 일이 일어날 수도 있음을 시사했다고 한다. 사람들의 무성한 추측이 계속되는 가운데 시간은 빠르게 흘러갔다.

　2000년 8월 15일은 이제 얼마 남지 않았다. 많은 사람들이 디데이를 손꼽아 기다리고 있다. 진정한 한국은행의 독립을 빌면서. 정말 한국은행은 털릴 것인가. 당신도 내기에 참여해보라. 아니면 갱단의 일원이 되는 건 어떤가. 아니면 무지막지한 김정수 일당과 맞서 싸울 것인가. 그러나 이 거대한 흐름을 누가 막을 수 있겠는가.
2000년 8월 15일에 다시 보자.

그는 형사를 보면서 입가에 침을 흘리며 비웃는 듯한 웃음을 계속해서 짓고 있었다. 형사가 아무리 떠들어대도 그는 병신 행세를 할 작정이었다. 형사가 좀더 강하게 나온다면 무서워 어찔 줄 몰라 하며 벌벌 떨면서 침을 실실 흘리고 심지어 오줌을 지리거나 똥을 쌀 수도 있었다. 그러나 그는 형사가 비록 형과 자신이 바뀌었다는 사실을 알았더라도 결코 자신을 구속시킬 수 없다는 것을 잘 알고 있었다. 형사는 어설픈 심증만 갖고 있을 뿐 결코 정확한 물증을 댈 수 없을 테니까.

7

감옥에서의 1인 2역

모든 게 순조롭게 진행되었다. 한국은행을 털겠다는 그의 꿈은 현실로 이루어질 것처럼 보였다. 그러나 갑작스런 돌발 상황이 벌어졌다. 그가 체포된 것이다. 그가 붙잡힌 것은 여름이 시작될 무렵이었다. 신문에 한국은행을 털겠다는 기사가 나간 뒤 얼마 되지 않아서였다. 그는 민우와 함께 오토바이 택배 회사를 열고는 오토바이 기사들을 모집했다. 그러나 그는 회사의 오너로 나선 것은 아니었고, 그저 많은 기사들 중 하나였다. 그는 오토바이 실력도 기를 겸 퀵서비스라는 흥미로운 직업에 대해서도 경험해볼 겸 자주 일을 나갔다. 회사는 정철호의 이름으로 되어 있었다. 경찰 조사가 있더라도 군인 신분을 도용한 것으로 처리될 것이다. 모든 것은 익명으로 만들어졌고 이름을 빌려준 존재들은 유령과 다를 바가 없었다. 그는 몇 번의 배달을 성실하게 수행했다. 그가 만든 택배 회사는 인터넷 쇼핑몰을 운영하는 회사들이 매우 급한 배달물이 있을 때 이용하는 도깨비 택배였다. 정식으로 계약을 한 곳은 한군데도 없었고, 개인이나 작은 회사에서 보내는 선물이나 급한 서류 따위가 대부분이었다. 그래서 회사는 언제든지 움직일 준비가 되어 있을 정도로 한가했다. 직원들은 다른 회사보다 많은 보수를 받았다. 하지만 회사의 사정상 임의대로 해고가 가능하다는 고용 조건이 뒤따랐다. 어차피 일용직에 가까운 계약직인 기사들은 고용 계약 따위엔 관심조차 없었다. 더욱이 다른 택배 회사들이 오토바이 소유를 의무화했지만 그의 회사는 오토바이를 지급하기까지 했다. 직원들은 매우 편한 마음으로 근무했다. 오히려 기회가 주어진다면 회사를 위해서 큰일을 해내리라는 각오들을 하고 있다는 표정이었다. 분명 그들은 큰일을 해야만 할 것이다. 한국은행을 터는 일은 결코 만만찮은 일이 될 테니까.

　그가 배달을 마치고 회사로 들어오려고 사거리에서 신호를 기다리고 있는데 난데없이 경찰차가 옆에 서더니 그에게 길가 쪽으로 오토바이를 대라고 했다. 그는 무심코 오토바이를 길가에 댔다. 순간 그는 아뿔싸, 하고 후회했다. 그는 자기 자신이 아니라 형이었기 때문이다. 벙어리에 뇌성 마비가 경찰의 말을 알아듣고 신속하게 움직인 것이었다. 더구나 오토바이를 몰고 있다는 것 자체가 어울리지 않았다. 그는 재빨리 머리를 굴렸다. 말을 알아들은 게 아니라 입술 모양을 보고 대충 넘겨짚은 것이라고 하자. 그리고 계속 벙어리 행세를 하면 된다. 그는 형의 주민등록번호와 형의 신체나 행동에서의 특징들을 떠올렸다. 그러나 이미 늦었다. 경찰은 그에게 함께 동행할 것을 요구했다. 경찰이 제시한 몽타주 사진과 그는 너무나 닮아 있었다. 그는 그 몽타주를 보면서 자신이 다시 쌍둥이가 되었다는 걸 깨달았다. 형은 죽지 않고 살아 있었던 것이다. 아니다, 스스로 죽였던 자기 자신이 되살아난 것이었다. 그는 자신이 형이라는 사실을 잊고 있었다는 걸 뒤늦게서야 깨닫게 된 것이다. 그렇다면 이 위기를 어떻게 헤쳐나갈 것인가. 그러나 그저 입을 꾹 다물고 있는 것 외에 다른 방법이 없었다. 경찰은 그에게 수갑을 채우고 차 안으로 밀어넣었다. 그는 묵묵히 차에 탔다. 곁에 있던 민우에게 뒤처리를 부탁한다는 눈짓을 보냈다. 민우가 고개를 끄덕였다. 곧 은채가 조치를 취할 것이다. 그는 한 번도 자신이 체포되리라는 생각을 하지 못했었다. 그럴 경우에 어떻게 처신할 것인지에 대해서도 아무런 대책이 없었다. 지금부터는 생각하면서 동시에 행동해야 한다.

차는 곧 종로경찰서 정문을 통과했다. 일제 시대부터 악명을 떨치던 곳에 들어서자 그는 마치 독립 투사라도 된 듯 우쭐한 기분마저 들었다. 그러나 이곳에 들어온 이상 쉽게 빠져나갈 수는 없을 것 같았다. 우선 경찰들이 어떻게 자신의 신분을 알아챘는지 궁금했다. 설마 내부에 밀고자가 있는 건 아닐 텐데 말이다. 그는 취조실이라고 씌어진 곳에 약 20분 가량 방치되어 있었다. 이중창 밖에서는 그를 관찰하고 있는 경찰 간부들이 있을 것이다. 그들은 이 사건에 대한 앞으로의 처리 방안들을 이야기하고 있을 것이다. 하지만 그들에겐 증거가 없다. 고작해야 CCTV에 찍힌 선명하지 않은 얼굴과 현금지급기에서 채취한 지문 혹은 G를 암살할 때 방송 카메라에 찍힌 모습 아니면 목격자들의 정확하지 않은 증언뿐일 것이다. 그러나 그 모든 증거 자료에 나타난 인물은 김정수일 뿐이다. 지금 그는 자기 자신이 아니라 형이다. 그러므로 경찰이 지목한 범인은 이미 죽은 시체일 뿐이다. 여자 경관이 커피를 가지고 들어와 그에게 마시라고 했다. 그는 커피에 약을 탄 게 틀림없다고 생각했지만 조금 마셨다. 마셔보지 않고서는 그들이 정말 약을 탔는지 안 탔는지 알 수 없었으니까. 만약 약을 탔다면 자신이 약을 견딜 수 있는지 시험해보고 싶었다. 커피를 반쯤 마셨지만 별다른 느낌은 없었다. 잠시 후에 말끔하게 생긴 정장 차림의 형사가 들어와 맞은편에 앉았다. 매우 날카로운 인상의 사내였다. 나이는 사십 대 초반쯤으로 보였다.

"이름은?"

형사가 물었다. 그는 입을 다문 채 아무 말도 하지 않았다.

"나이는?"

묵묵부답.

"주소, 직업은?"

역시 침묵.

"좋아. 입을 열지 않겠다, 이거군. 이봐, 친구. 자네가 여기 왜 왔다고 생각하나?"

그는 어눌한 표정으로 입을 달싹거리며 형사를 비스듬히 쳐다보았다. 형사가 득의만만한 표정으로 그를 향해 싸늘하게 웃었다.

"난 네가 누군지 알고 있다."

그는 아무 말도 하지 않았다. 하지만 속으로는 형사의 말에 꼬박꼬박 말대꾸를 하고 있었다. 그는 스스로 자신이 속으로 하는 말을 내뱉지 않는다는 사실이 신기하기만 했다.

"난 네가 누군지 알지. 난 처음부터 알았어. 사람들이 내가 하는 말을 믿지 않았지만 난 넌 줄 알았어. 그리고 이렇게 잡았어. 넌 잡힌 거야."

'아, 그래요.'

　그는 속으로 대꾸했다.

"그렇게 가만히 있지 말고 말 좀 해봐, 이 개자식아."

　형사는 소리를 지르더니 곧 냉정을 되찾았다. 형사는 담배를 꺼내 물더니 말을 계속했다.

"자, 이제 설명해볼 테니 잘 들어봐. 내 말이 맞으면 그저 고개만 끄덕거려봐, 알겠지? 이 벙어리새끼야. 1970년 서울 출생. 제왕 절개 끝에 쌍둥이의 둘째로 나왔는데, 형은 벙어리에 뇌성 마비. 넌 어릴 때부터 똑똑하다는 소릴 듣고 자라면서 늘 반에서 1, 2등을 다투었고, 그런데 라이벌이 있었지. 바로 네 형, 병신 형이 너보다 더 나을 때가 있어서 종종 널 열받게 했었어. 그렇지? 그래서 형을 죽인 거야? 이 개자식. 어디 말 좀 해봐."

'조사를 잘했군. 내가 형을 사랑했다는 것만 빼고.'

　그는 속으로 외쳤다.

"네 형은 법대에 들어갈 실력이 충분히 됐지만 입시를 포기했지. 넌 경쟁에서 질까봐 일부러 철학과를 택했고, 거기서 만난 여자와 사귀었는데 친구한테 뺏겼다. 그리고 군에 입대하고, 군에서는 고문관으로 찍혀서 내내 괴롭게 지냈고, 서울에서 행정병으로 있다가 전방으로 전출됐지. 그런데 제대를 하고 나서는 사회에 대한 불만을 범죄로 풀면서, 지가 뭐 마피아라도 된 것처럼 설쳐대다 여기 끌려와서 말 못 하는 벙어리 흉내를 내고 있다 이거야."

'한국 경찰에도 꽤 머리 쓰는 바보가 있군 그래.'

"내가 어떻게 널 알게 된 줄 알아? 어느 날 국회의원 G가 세종문화회관 앞에서 총에 맞아 죽었어. 그 사건을 계기로 지난 일 년 간

총기 사건에 대해 전부 조사했어. 모두 서른네 건이었지. 대부분이 범죄 조직간의 세력 다툼이었어. 그런데 아주 재미있는 걸 하나 발견했지. 총기 자살이 하나 있더군. 마침 사건이 우리 서에서 검찰 중수부로 옮겨가는 바람에 난 국회의원 건은 그만두고 자살 사건을 들춰보기로 했어. 뭐 직감 같은 거지. 죽은 건 김정수, 나이 28세, 바로 너였어. 그런데 더 재밌는 건 말야. 죽은 녀석에겐 직계 유가족이 형 하나뿐이었는데, 뇌성 마비라는 거야. 하지만 사건이 너무나 분명한 자살이라서…… 그러니까 정황 증거, 유서, 목격자, 뭐 그딴 거. 난 재밌다고 생각하면서도 그냥 넘어갔어. 다들 그랬을 테니까. 하지만 뭔가 뒤가 켕기더라고. 마치 뇌성 마비 환자가 뒤뚱거리며 달려오면서 총을 쏘아대는 그런 꿈을 꾸는 듯한 이상한 감정이 들기 시작하더군. 이런 걸 보고 짭새들의 감이라고들 하지. 그래, 그랬어. 난 곧바로 죽었다는 놈의 형, 그 벙어리에 뇌성 마비인 녀석을 찾았어. 그런데 온데간데없더라고. 그래서 이번엔 죽었다는 놈의 무덤을 찾았지. 화장을 해서 무덤이 없더군. 시체라도 꺼내 부검을 해볼 작정이었는데, 애석하게 됐지. 치아나 유전자 감식이라도 해보면 확실한 게 나타날 텐데 말이야. 하지만 포기할 내가 아니지. 그때부터 G를 쏜 놈을 보았다는 사람들을 차례로 만나보았어. 네가 G를 죽일 때만큼은 분장을 하지 않았을 거라는 게 내 생각이었지. 많은 사람들 앞에 나타날 때는 오히려 맨얼굴을 하고 있는 게 더 드러나지 않을 수도 있으니까 말이야. 근데 말이야. 사람들 증언을 종합해보니까 그게 바로 네놈 얼굴과 유사하더란 말이야. 키나 체격 조건도 비슷하고. 그러니까 총으로 자살했다는 놈과 똑같다는 결론이지. 난 이거구나, 했어. 그래서 눈을

까뒤집고 벙어리놈을 찾기 시작했어. 재개발 아파트를 전세로 얻었더군. 그걸 알아내는 데 일 년도 넘게 걸렸어. 찾아보니 오토바이를 타고 있더군. 지체 장애자가 오토바이라니 말이 돼? 자동차면 또 몰라도. 어때, 내가 틀렸나? 그럼 한번 말해보시지. 너 벙어리 아니잖아."

그는 지껄이고 있는 형사를 올려다보았다. 금방이라도 총을 쏴서 죽여버리고 싶은 심정이었다. 하지만 그는 형사를 향해 싸늘하게 웃어주었다. 그가 형을 살해한 순간부터 경찰들은 한낱 조롱거리일 뿐이었으니까.

"자, 생각해보라고. 제대한 군인이 변심한 애인 때문에 총을 가지고 나와 자살해? 그게 말이 돼? 탈영한 거라면 몰라도 제대까지 하고 나서 뒈져? 그리고 병신인 형을 놔두고 죽는다는 건 좀 그렇잖아. 아니지. 아냐. 자살이 사실이라면 죽은 건 오히려 형일 가능성이 컸어. 죽고 싶은 건 형이었지 네가 아냐. 이건 동생이 형을 죽이고 자살로 꾸민 게 틀림없어. 그래야 이빨이 맞거든. 뭐, 곧 밝혀지겠지. 나는 존속 상해 사건을 아주 많이 다뤘어. 그쪽엔 아주 베테랑이야. 그쪽 사건들은 보험금을 노려 범행을 저지른 경우가 대부분이지. 자살이냐 타살이냐를 가리는 건 식은죽 먹기야. 그런 놈들은 교수형시키거나 평생 감방에 넣어둬야 돼. 너도 마찬가지고. 난네가 국회의원을 살해했다는 것 때문에 잡아온 게 아니야. 네 형을 죽인 것 때문이지. 폭탄 테러도 네가 한 짓이냐? 뭐 아무튼 좋아. 난 네가 형이 아니라 동생이란 걸 꼭 밝혀내고 말 테니까."

그는 형사를 보면서 입가에 침을 흘리며 비웃는 듯한 웃음을 계속해서 짓고 있었다. 형사가 아무리 떠들어대도 그는 병신 행세를 할 작정이었다. 형사가 좀더 강하게 나온다면 무서워 어쩔 줄 몰라 하며 벌벌 떨면서 침을 질질 흘리고 심지어 오줌을 지리거나 똥을 쌀 수도 있었다. 그러나 그는 형사가 비록 형과 자신이 바뀌었다는 사실을 알았더라도 결코 자신을 구속시킬 수 없다는 것을 잘 알고 있었다. 형사는 어설픈 심증만 갖고 있을 뿐 결코 정확한 물증을 댈 수 없을 테니까.

"너를 잡으려고 일선 경찰들에게 몽타주를 보냈지. 네 군대 사진을 복사한 거야. 네 죄명이 뭔지 알아? 바로 예비군 훈련 회피야. 물론 넌 나갈 필요가 없는 뇌성 마비 환자지만 네 동생은 죽지 않았다면 나갔어야지. 아니 죽은 네 형은 죽지 않았어도 안 나가도 되지만 멀쩡한 넌 죽어도 나가야 돼. 그저 컴퓨터에 네 사진과 죄명만 입력해두면 넌 꼼짝없이 범죄자야. 네가 잡히는 건 시간 문제야. 죽었다고? 누가 일일이 죽은 사람인지 아닌지 확인하냐, 바쁜데. 우선 잡고 보는 거야. 그리고 족치는 거지. 그럼 다 불게 되어 있어. 곧 증거도 나올 테고. 여기 들어오면서 지문 찍었지? 넌 너야, 네 형이 아니고. 벙어리처럼 입 꾹 다물고 있으면 다야? 뇌성 마비 환자처럼 침 흘리면 다 속는 줄 아냐고!"

그는 수화로 형사에게 말했다.

'저는 김정호입니다. 동생은 죽었고, 지금은 혼자서 살고 있습니다.'

"야, 이 새끼야. 입 뒀다 뭐 해. 개새끼. 입 벌려. 계속 말 안 하고 있으면 혀를 잘라버리겠어. 영영 말 못 하게. 너 같은 개새끼는 혀가 아니라 좃도 잘라버려야 해. 알아들어? 곧 지문 조회한 게 도착할 거야. 그럼 넌 끝이지. 쌍둥이라도 지문은 다르잖아?"

형사는 그의 얼굴을 한참 동안 노려보더니 나가버렸다. 그는 형사가 취조실로 돌아와 어떤 표정을 지을지 궁금했다. 형사는 지금 너무나 흥분해 있었다. 그러나 곧 절망과 슬픔에 젖어 울부짖게 될 것이다.

조금 뒤에 형사는 화장실에라도 다녀온 것 같은 말쑥한 얼굴로 화를 가라앉히고는 의기양양한 걸음걸이로 다시 취조실로 들어왔다.

"벌써 변호사께서 연락을 하셨더군. 자네 역시 생각대로 대단해."

그는 형사를 마주보고 천천히 얼굴에 웃음을 떠올렸다. 곧 은채를 만나게 될 것이라고 생각하니 마음이 좀 놓였고, 여유도 생기는 것 같았다.

그가 체포되자 민우는 은채에게 전화를 걸어 이 사실을 알렸다. 은채는 곧바로 변호사 P를 만나러 갔다. P는 은채의 대학 선배로 법대 회보의 가장 큰 스폰서였고, 초대 편집장이었다. 형법 재판에서는 백전 불패를 자랑하는 신화적인 존재였다. 마침 P는 호텔 스포츠 센터에서 땀을 흘리고 있었다. 은채는 그 호텔의 스위트 룸을 빌린 뒤 벨보이에게 P에게 쪽지를 전해달라고 부탁했다. 잠시 뒤 P는 땀에 젖은 셔츠에 반바지 차림을 하고 룸으로 들어왔다.

"같이 샤워하실래요?"

은채가 물었다.

그리고 약 30분 뒤 은채는 P를 데리고 호텔을 나왔다.

P는 종로경찰서로 전화를 걸어 변호사가 도착할 때까지 아무런 심문도 하지 말고 대기하도록 요청했다. 검찰에도 선을 대 아무도 김정수에게, 아니 지체 장애자인 김정호에게 접근하지 못하도록

손을 썼다. 그가 지체 장애자인 것이 약간 도움이 되었다. 그에게 자백을 받아내기 위해 폭력을 쓰거나 고문 따위를 할 수는 없었다. 더욱이 P가 그의 변호를 맡았다는 것은 그를 당분간 치외법권의 범주에 놓는다는 뜻이 되었다.

형사는 이쑤시개를 잘근잘근 씹으면서 그를 노려보았다.

"아무리 날고 기는 변호사가 오더라도 넌 꼼짝할 수 없어. 넌 김정호가 아니라 김정수거든. 그러니까 이 변호사는 엉뚱한 의뢰인을 변호하고 있는 거야. 그래서야 쓰나. 의뢰인조차 구별 못 하는 게 무슨 변호사 자격이 있겠어, 안 그래? 이제 연기는 그만 하고 술술 부시지. 형을 죽인 것에서부터 국회의원을 암살하고 폭탄 테러를 감행한 것, 전부 네가 한 짓 아냐? 물론 너도 지금 짱돌을 굴리고 있겠지. 별다른 증거가 없으니까 국회의원 암살이나 폭탄 테러 같은 건 혐의가 없다, 뭐 그런 거지. 하지만 네가 김정호가 아니라 김정수라면 상황은 완전히 달라져. 한번 살해 혐의를 받게 되면 꼬리에 꼬리를 물고 다른 범죄 수사에서도 피의자 물망에 오를 수 있다는 거 몰라? 우린 네가 제과 학원에서 케이크 만드는 법을 배웠다는 것도 알아. 너와 비슷한 사람을 가르쳤다는 증인의 진술도 받아놓았으니까. 그 케이크는 말이야, 수제였어. 포장지가 반쯤 타다 남았거든. 그런 케이크 포장지는 제과 학원에서 많이 쓰는 것이더군. 그리고 네가 사격 클럽에서 총 쏘는 연습을 했다는 것도 다 알고 있어. 하지만 네가 장애인이라면 그들이 봤다는 사람하고 동일인이 아닐 수도 있지. 하지만 넌 분명히 너야, 네 형이 아니고. 그러니까 이젠 쇼는 그만 해. 변호사가 오기 전에 국립과학수사연구소에서 네 지문 조회 결과가 도착할 테니까."

은채는 P와 호텔을 나와 대기해 있던 리무진에 올랐다. P는 리무진을 보고서 약간 놀라는 표정을 지으면서 씩 웃었다.

"왜 이렇게 특별 대접이지?"

"제 애인이 들어가 있으니까요."

"사건은?"

"우선 존속 살해, 은행 강도, 국회의원 살해, 폭탄 테러 등 무지하게 많죠."

"자네 애인이 그렇게 광적인 살인마였던가?"

"어쩌다 보니 좀 특이한 애인을 뒀죠, 뭐."

"내가 어떻게 하길 바라지?"

"그냥 가서 그를 편하게 해줘요. 우선 불구속 처리가 될 수 있도록 시간을 벌어주세요. 그 다음 일은 차차 생각하기로 하고요. 참 그 친구는 지체 장애자예요."

"지체 장애자가 살인광이라, 이거 재밌는데."

"너무 깊이 개입하시진 마세요. 다치니까."

"내가 변호사란 걸 다행으로 생각해. 옛날 검찰에 있던 시절이 그립군. 이런 냄새 나는 사건은 완전히 내 체질이거든."

"선배님 실력은 반대쪽에서도 필요로 해요."

"좋아, 일단 종로로 가보지. 그쪽에서 제시한 증거라도 있나?"

"목격자의 증언 정도죠, 뭐. 하지만 아무리 범행 현장에서 그를 보았다고 하더라도 그건 확실한 게 못 돼요. 완벽하게 그 범인이 그 친구라고 말할 수 있는 사람은 아무도 없을 거예요. 그 정도론 그 친구를 감옥에 넣을 수 없죠. 더구나 선배님이 변호를 맡았는데."

"내가 언제 맡겠다고 했나?"

"이미 전화를 하셨잖아요. 그리고 제 리무진을 타셨고요."

"그리고 예쁜 여자와 샤워를 같이 했고. 아, 촬영도 했나?"

"물론이죠."

"나중에 테이프 집으로 부쳐주게. 마누라랑 같이 좀 보게. 요즘 권태기라서 말야."

"농담은 여전하시군요."

"그런데 정말 내가 몰라도 되는 거야?"

"너무 많이 알면 서로 곤란해요. 우린 선배님을 해치고 싶지 않으니까요."

"협박은 형법에서도 큰 죄야. 명심하라고."

"네. 다음엔 협박하지 않고 그냥 실행에 옮기죠."

"자네, 정말 범죄자 다됐군."

"우린 갱이에요, 선배님."

"우리나라에도 마피아가 하나쯤 있어도 괜찮지 뭐. 권력의 균형도 맞고."

은채와 P가 종로경찰서에 도착했을 때 그는 취조실에 앉아서 커피를 두 잔째 마시고 있었다. P는 담당 계장과 인사를 나누고 그를 보러 취조실로 들어갔다.

"이봐, 자네가 김정호인가?"

정수는 고개를 끄덕였다.

"내 말을 알아들을 수는 있겠지?"

정수는 다시 고개를 끄덕였다.

"담당 형사 말로는 자네가 김정호가 아니라 동생 김정수라더군.

234

그게 사실인가?"

그는 고개를 가로 저었다.

"나한테는 말해야 할 거야. 그래야 자넬 변호할 수 있어. 뭐, 좋아. 곧 지문 조회 결과가 도착할 테니까."

"그런데 말야. 자네가 형을 죽이고 형 행세를 하며 범죄를 저지르고 다닌다는 게 사실인가?"

그는 다시 고개를 저었다.

"글쎄, 아무튼 신원이 확실하지 않은 상태에서는 취조도 변호도 계속할 수 없지. 잠깐 기다려보자고. 담배 피우겠나?"

P가 담배를 권했지만 그는 고개만 가로 저었다. P는 담배에 불을 붙였다. 그때 그를 취조하던 형사가 서류를 들고 들어왔다. 그리고는 서류 봉투를 책상 위에 탁 소리가 나게 내던졌다.

"너 정말 이럴 거야. 지문까지 새겨넣었어. 너 정말 보통이 아니구나. 손 이리 내봐."

그는 머뭇거리다가 손을 내밀었다.

"네 지문이 네 형 지문과 일치하더군. 언제 바꿔치기했는지 모르지만 아무튼 지문이 똑같애. 그렇다고 네 혐의가 풀렸다는 의미는 아니야. 은행 강도에 국회의원 살해 및 폭탄 테러에 대한 혐의는 아직 남아 있으니까."

"이봐요, 반장. 그럼 정식으로 체포 영장을 받아와요. 이젠 여기서 임의 동행을 풀어주었으면 좋겠는데. 내 의뢰인인 김정호씨가 무슨 죄목으로 기소될 것인지 지금부터 잘 생각해서 조서를 꾸며 내 앞으로 보내줘요. 당신이 주장하는 존속 살해니 어쩌니 하는 건 이미 끝난 것 같으니까. 자, 김정호씨 일어나요. 갑시다."

P는 정수의 어깨를 끼고 일으켜세웠다. 정수는 약간 비틀거리며 자리에서 일어서서 한두 발짝 걸었다. 정수는 앞을 가로막고 서 있는 형사와 슬쩍 부딪쳤다. 갑자기 형사가 소리치기 시작했다.

"여기서 끝날 줄 알아? 네가 장애인이 아니라는 걸 밝혀내고 말겠어. 너의 언어 능력이나 뇌의 기능은 완벽하게 정상이야. 네가 아무리 병신 흉내를 내더라도 밝혀낼 수가 있어. 다시 부를 테니 잠자코 집에 틀어박혀 있어. 널 24시간 감시할 테니까 허튼 짓 할 생각 아예 말고."

"이봐요, 반장. 신분이 확실한 사람을 가지고 장애인인지 아닌지 검사를 하겠다고 나서는 건 좀 우습구먼. 그리고 우린 그걸 허락하지 않을 걸세. 이미 국가에서 장애인 판정을 내린 사람을 당신이 또다시 검사를 하겠다니, 당신 의사 자격증도 가지고 있나? 잘해 보라고. 내가 검찰에 있을 때도 자네처럼 지나친 충성심에 불타는 우국 지사들을 많이 보아왔지. 아무튼 자네 같은 형사들이 가끔 눈에 띄는 걸 보니 경찰도 그렇게 깡그리 썩은 것만은 아닌 모양이구먼. 나중에 또 보자고."

P가 하는 말을 들으며 그는 속으로 웃었다. 은채는 어디서 이런 독설가를 데려왔을까.

정수는 대기해 있던 리무진에 올랐다.

"우리가 무슨 조직 폭력배야. 웬 리무진을 끌고 왔어."

정수가 소리쳤다. P가 정수를 돌아보았다. 정수는 일부러 놀란 표정을 지었다. 은채는 생글생글 웃기만 했다.

"어떻게 지문도 똑같을 수 있나. 아무리 쌍둥이라지만. 정말 새겨 넣기라도 한 거야?"

P가 정수를 향해 바보 같은 질문을 해왔다.

형은 주민등록증을 만들기 위해 동사무소로 가는 것을 완강히 거부했다. 형은 이 세상에 자신은 없는 거나 마찬가지인 존재라며 버텼다. 그가 먼저 동사무소에 가서 서류를 작성하고 지문을 날인했다. 며칠 뒤 그는 형의 이름으로 서류를 작성하고 지문을 날인했다. 그가 최초로 형의 신분을 획득했던 때였다.

"십 년 전엔 전산 시스템이 완전히 갖추어져 있지 않고 그냥 동사무소에서 지문만 찍으면 됐었죠. 난 형 대신 주민등록증을 두 번 만들었어요."

정수는 시큰둥하게 대답했다.

"그럼 그들이 김정수의 지문을 찾아내 자네 것과 대조하면 어쩔 텐가?"

"김정수는 이미 죽었잖아요. 내가 김정수와 지문이 같거나 말거나 이미 죽은 사람을 다시 사형시킬 수는 없을 겁니다. 또 난 김정호지 김정수가 아니니까요."

"그럼 다른 사건들에 대한 혐의는 인정하나?"

"이봐요, 변호사 선생, 당신은 경찰이 나를 영장 없이 임의 동행한 것 때문에 고용된 것 아닙니까? 괜히 쓸데없는 관심은 보이지 않는 게 좋을 텐데요. 참고로 특별한 물증도 없이 장애인이 갱 노릇을 하고 다닌다고 입건할 경찰은 없습니다."

P는 대답하지 않았다. 이 지상에서는 수많은 테러가 자행되지만 철저하게 모습을 감추는 경우가 얼마나 많은가. 테러의 속성 자체가 숨겨진 범죄인 것이다. 가끔은 테러범 스스로가 밝혀서 범행 동기가 알려지고, 사용된 무기 따위를 조사할 수는 있어도, 경찰이

범인의 신상을 밝히거나 검거하는 일은 매우 드물다. 더욱이 테러에 관한 확실한 물증을 잡기란 보통 어려운 게 아니었다.

"당분간 숨어 지내게. 그 형사녀석 꼴통 같으니까. 그런 녀석에게 걸리면 위험하거든. 그리고 감옥에 가보면 알겠지만 정말 지옥이 따로 없구나, 하는 생각이 들 거야. 당신처럼 곱상하게 생긴 친구는 더더욱 말야."

P가 정수의 어깨에 팔을 걸치며 다정스럽게 말했다.

"한반도가 다 감옥인데 뭘 그렇게 유난을 떠십니까?"

정수가 P를 향해 냉소적으로 대꾸했다. P의 얼굴이 약간 일그러졌다.

"선배님, 우린 한국은행을 털 거예요."

은채가 화제를 딴 데로 돌려야겠다는 듯이 말했다.

"재미있군. 털거든 내게도 좀 나눠주게. 난 현금보다는 금괴를 몇 개 갖고 싶어."

P가 심드렁한 표정을 지으며 등받이에 몸을 기댔다. P가 자기 사무실 앞에서 내리자 정수는 화난 표정으로 은채를 다그쳤다.

"리무진을 타고 나타나다니 너답지 않아."

"P가 왜 우리 변호를 맡았는 줄 알기나 해? 첫 만남을 우리나라 최고 호텔, 최고 비싼 방에서 가졌기 때문이야. 그리고 리무진으로 수행하고. P는 권력의 맛을 누구보다도 누리며 살고 있어. P는 최고로 대접받고 싶어해. 우리가 그를 최고로 만들 수 있다는 걸 보여줘야 해."

"그렇게도 힘을 과시하고 싶어?"

"우린 갱이야. 네가 아무리 무정부주의자에 DMZ를 생태 지구로 보존하고 싶어하는 이상주의자라 할지라도 국회의원을 암살하고 폭탄 테러를 감행하고 한국은행을 털겠다고 생각한 이상 넌 권력과의 싸움을 시작한 거야. 하지만 힘이 없는 자가 권력자와 싸울 수 있어? 어쩌면 넌 이미 권력을 가지고 있는지도 몰라. 비록 대응적, 방어적 권력이라 하더라도. 솔직히 네가 P에게 당당할 수 있는 것도 권력의 힘일 수 있어."

"빌어먹을. 내가 가장 싫어하는 일을 내 스스로 저지르는 꼴이군."

"어쩔 수 없어. 네가 선택한 거니까. 네가 어느 정도라도 권력을 가지게 된 이상 이제 그것을 어떻게 전략적으로 사용하느냐가 중요해."

그는 입을 다물었다. 권력과의 싸움. 애초부터 자신이 의도한 것이 이것이었나 고민에 빠진 표정이었다. 가장 간절히 바랐던 것은 무엇이었을까. 그는 이를 악물고 입을 굳게 다물었다. 은채는 고개를 돌리고 창밖을 바라보았다.

차는 몇 번이나 도심을 빙빙 돌고 있었다. 경찰들이 뒤따르고 있었기 때문이다. 창밖으로 보이는 서울의 거리 풍경은 화려하고 동시에 매우 황량했다. 회색빛의 건물들과 먼지를 뒤집어쓴 채 푸른 빛을 감추고 있는 가로수들. 이 도시는 점점 죽어가고 있었다. 어디 한군데서도 생명의 기운을 느낄 수 없는 기계와도 같았다. 어디를 향해, 무엇을 위해 시간을 마모시켜나가는지 모르면서 빠르게 돌아가는 기계. 그러나 한순간 이 기계의 시스템이 정지해버린다면? 한국은행을 털고 나면 이 시스템의 한 부분이 결정적으로 망가져버릴까? 그 사건은 이 기계에 얼마나 치명적일까? 과연 다시 회복될 수 있을까? 아니면 도시 전체가 깡그리 사라져버릴까?

은채는 한국은행이 가까운 호텔에 차를 세우고 그를 부축해 로비로 들어갔다. 여기서 며칠 있다가 다시 자우림으로 들어가 동지들과 합류해야 한다. 그에게는 시간이 좀 필요한 것 같았다. 정수와 정호. 그가 자신과 형이라는 두 개의 자아 사이에서 피 터지게 싸우고 있기 때문이다.

그들은 호텔에서 일주일 가량 지냈다. 그리고 예전에 살던 재개발 지역의 작은 아파트로 돌아갔다. 가구가 하나도 없는 텅 빈 방에 틀어박혀 그는 밖으로 잘 나오지 않았다. 가끔 은채가 뭘 하나 들여다보면 온몸을 뒤틀면서 뭐라고 중얼거리고 있는 모습이 보였다. 은채가, 뭘 해? 하고 물으면 이내 입을 닫았다. 은채는 그의 모습이 흉한 짐승처럼 느껴졌다. 가끔씩 까닭 모를 증오 같은 게 솟구치곤 하였다.

그는 점점 더 벙어리 역할을 잘 해내고 있었다. 거의 말을 하지 않았고 몸을 써서 소통하고자 했다. 그녀는 그런 그가 애처로워 보이기도 했고 미련스럽게 느껴지기도 하였다. 그런데 이상한 것은 은채 역시 점점 불구가 되어가고 있는 그에게 익숙해져가고 있다는 것이었다. 이제 그는 그녀가 하는 말조차 잘 듣지 못하는 것만 같았다.

"왜 넌 자꾸 불구로 살려는 거니?"

'내가 불구라고?'

그가 수화로 말했다.

"점점 더 네 형을 흉내내려고 안달이잖아. 실력도 나날이 늘고. 연기력이 짱이야."

'난 내가 불구라고 느껴지지 않아.'

"진짜 불구가 된 모양이군. 그런 걸 자기 기만이라고 하나. 아님 자기 체면?"

'난 아무런 불편도 느끼지 않아. 내겐 장애가 없어.'

"정말 못 느끼는 거야? 도대체 왜 그래, 점점. 궁상맞게."

그녀는 토라져 앙탈을 부리는 여자처럼 굴었다.

그는 한참 동안 그녀의 얼굴을 빤히 바라보았다. 그리고는 어쩔 수 없어, 도저히, 이게 나야, 하고 말했다.

"입으로 소리내서 말해. 난 귀머거리 아냐."

그녀가 고함을 질렀다.

"불구의 나라에서 불구가 아니고 더 뭘 어쩌게."

그가 침통한 표정으로 내뱉었다.

그뒤로 그녀는 그에게 형을 흉내내지 말라거나 불구가 아니면서 그런 척하지 말라는 식의 말을 하지 않았다. 그에게는 불구가 하나의 전략으로 선택된 것이었지만 이제는 거의 몸에 배어버렸다. 병든 세상과 같이 병들면서 삶을 부지하기. 어리석지만 피치 못할 방법론이었다.

"넌 정말 형이 되려는 거야?"

"난 죽었어. 그러니까 형이 나야."

"또 체포될까봐 이러는 거야? 정말 장애자 테스트라도 통과해보겠다는 거야?"

"그럴 수도 있지. 하지만 진짜 제대로 한번 형이 되고 싶어. 체포되자 내가 형의 신분을 가졌으면서도 형처럼 생각하지도 행동하지도 않았다는 걸 깨달았어. 이제 형의 생각과 형의 행동을 이해하고 실천해야 하지 않을까?"

은채는 그를 애처로운 눈빛으로 바라보았다. 그는 진짜 형이 되려고 노력 중이었다. 신분만을 도용한 가짜가 아니라 영혼까지 완벽하게 모방하는 진짜 복제품이 되려고 하는 것이다. 과연 그게 가능할까. 은채는 속으로 고개를 가로 저었다.

"형을 꼭 죽여야만 했어?"

"쌍둥이란 두 개의 신체에 깃들인 하나의 영혼이야. 둘 중 하나가 죽어야 진짜 삶을 살 수 있어. 이미 나누어진 육체를 하나로 합칠 수는 없으니까."

"그래서 넌 우리나라도 그렇게 통일되어야 한다고 믿는 거니?"

"남과 북은 인공적으로 만든 쌍둥이야. 어차피 하나가 돼야 해."

그는 말을 끊고 생각에 잠기는 표정이었다. 그는 잠깐 동안 저 먼 기억의 저장소에 들어가 옛 추억을 꺼내오는 사람처럼 멍하니 있었다. 그리고 입을 열었다.

"우리 형제는 철길에서 노는 걸 좋아했어. 형은 소리는 잘 듣지 못했지만 기차가 오는 것은 오히려 나보다 더 잘 알아맞혔어. 나는 기차가 올 때 울리는 기적 소리를 듣고서야 철길에서 물러섰지만 형은 선로에 손가락 하나만 대보면 다 알 수 있었어. 기차가 어디쯤 오고 있는지. 철길이 놓인 다리 밑 개천에는 미꾸라지들이 많이 살았어. 그걸 잡아가면 옆집 할머니가 우리에게 추어탕을 끓여주셨지. 우리는 철길 양쪽에서 선로 위를 걸었어. 비틀거리며 중심을 잡으려고 안간힘을 쓰면서. 형은 그걸 힘들어했어. 몸이 똑바로 잘 서지지 않았으니까. 커갈수록 몸의 비례가 맞지 않는지 똑바로 서서 걷는 게 힘들어졌지. 형은 나보다 키가 좀 작았어. 하지만 얼핏 봐서는 형이 더 커 보여. 기우뚱한 몸이 형을 기형적으로 크게 보이도록 했으니까. 그렇게 철길을 하나씩 나누어 밟으며 곡예하듯 걷곤 했지. 철길이 언젠가 하나로 합쳐지리라는 생각을 하면서 말야. 그러나 외길 철길은 어디에도 없었어."

은채는 그에게로 다가가 그의 머리를 쓰다듬었다. 그는 몸을 동그랗게 말며 그녀의 품으로 기어들었다. 은채는 그를 부둥켜안은 채 우주의 진공 상태 한가운데 붕 뜬 느낌이었다. 이 방에는 공허와 그 공허를 견디기 위해 들어와 있는 한 사람만이 존재했다. 아무것도 없는 곳을 향해 문을 열고 들어와 그녀는 공허를 한쪽 켠으로 몰아붙이는 불청객 노릇을 하곤 했었다. 그를 그 공허 속에 오래도록 처박아둔다면 얼마 못 가 화석이 되고 말 것 같아서였다. 그는 먼지가 되고 말 것이다. 인간이 시작되었던 원자의 상태로 분화되는 것이다. 그러나 인간은 영혼과 몸의 끈적끈적한 반죽이다. 끊임없이 운동하는 고단위 복합 융합체. 그가 소멸하는 것을 더 이상 보고 있을 수만은 없었다. 그를 생명에로 이끌고 싶었다.

"DMZ엔 왜 그토록 집착하는 거니?"

"거긴 만날 수 없는 쌍둥이들의 접경 지대야. 쌍둥이들을 나누어 놓는 경계이기도 하고. 난 거기서만 진짜 형을 느낄 수 있어."

정수가 꿈꾸는 듯한 목소리로 중얼거렸다.

어느 날 그는 신문을 펼쳐든 채 은채에게 다가왔다. 그는 신문을 잘 보지 않았다. 일부러 세상 돌아가는 일에 고개를 돌리고 싶어했다. 그가 펼친 면은 전시회 소식을 알리고 있었다. 프랜시스 베이컨이 한국에서는 처음으로 전시회를 연다는 것이었다. 베이컨이 1992년에 세상을 떠났기 때문에 회고전 성격을 띤 전시회였다. 이미 유럽과 미국 순회 전시를 마쳤고 일본으로 가기 전에 한국에 먼저 들른 것이었다.

"베이컨을 보고 싶어?"

은채가 그에게 고상한 취미가 있는 줄은 몰랐다는 투로 물었다.

"에곤 실레를 보지 못한다면 베이컨을 봐야지."

"그래, 이제 보니 실레 그림하고 네 모습이 많이 닮았어. 그럼 베이컨의 그림은 형을 닮았을까?"

'보러 가자.'

그가 수화로 말했다.

은채는 베이컨을 보러 간다는 게 썩 내키지 않았다. 예전에 볼탕스키를 보러 갔을 때처럼 왠지 깊은 우울과 슬픔, 그리고 죽은 자들에 대한 환영 같은 것을 볼 것만 같았다. 예술을 넘어서는 죽음에의 경도. 베이컨의 뒤틀어진 형상의 인간들도 어떤 기이함, 죽음이나 질병, 혹은 극도의 소외에서 비롯된 고립된 감정들을 전달하면서 보는 자들을 조롱할 것만 같았다. 그녀는 예술 작품 앞에서 불편해지는 것을 몇 번 경험했었고, 그럴 때마다 가공할 만한 간지러움에 몸을 뒤틀어야만 했었다. 그것은 특정 음식에 대한 알레르기 현상과도 같은 것이어서 그것을 다시 경험하게 될까봐 불안하고 초조해지는 기분을 떨칠 수 없었다.

은채는 리무진을 불렀다. 화랑까지 아주 느린 속도로 달렸다. 마치 장례식에 참석하는 사람처럼.

'세 쌍둥이야.'

그가 삼면화로 제작된 초상화 시리즈 앞에 서서 수화로 말했다. 베이컨의 그림들은 형체를 알아볼 수 없는, 인물의 정확한 얼굴을 알아볼 수 없는 윤곽선이 지워진, 평면이 윤곽과의 경계를 뭉개면서 겹쳐진 듯한 형상을 하고 있었다. 그러나 그것이 오히려 무엇을 그렸는지, 그 인물이 어떠한 상태인지를 보다 더 선명하게 말해주는 것 같았다. 그것은 인간의 얼굴을 한 기계의 모습이자 기계와도 같은 광물질성의 인간인 동시에 무의식과 본능이 한데 뒤섞인 광란 같은, 그러나 절제된 정신분석실과도 같은 분위기를 띠었다. 인물들은 하나같이 감옥에 갇힌 듯한 형상으로 그 어떠한 신체적 움직임들로부터 이탈되어 있는 느낌이었다. 그러나 한편으로는 화랑 내부가 만든 틀 속에서 각각의 그림들은 모두 불가피한 운동을 표현하고 있었다. 현실 도피에서 시작하여 그 어떤 신성한 것으로부터의 탈주 같은 것 — 보고 있는 자아와 보이는 자아의 충돌, 밖의 안에 대한 응시, 안으로부터 흘러나온 바깥, 내장과 눈의 시선, 인간 바깥으로 삐져나온 동물성, 동물의 내장 속으로 뛰어든 운동 선수, 이따위 무질서한 것들의 공존이었다. 베이컨의 몸은 이미 그림 밖으로 흘러나오고 있었다.

두 사람은 시간이 흐를수록 자꾸만 형체를 바꾸며 변화하는 화랑 내부에서 어지럼증을 느끼며 그림들을 끝까지 보았다. 정수는 그림 속 형상들의 포즈를 흉내내곤 하였다. 그는 마치 거울 속에 있는 자신을 보듯이 그림 속의 인물들의 기괴한 형상을 따라하면서 몸을 뒤틀고 있었다. 그 모습은 우스꽝스럽기도 하고 안타깝기도 하고 동시에 매우 불안하고 공포스럽기까지 하였다. 5,000원을 받는 전시 카탈로그에는 밀란 쿤데라가 쓴 짤막한 논평이 붙어 있었다.

—베이컨은 그가 살아온 어떤 문명의 종말을 목격하더라도 이

잔인한 최후의 대면은 사회나 국가나 정치와 관련된 것이 아니라 바로 인간의 신체적인 물질성과 연관되어 있다.

"그러나 사회나 국가와 정치와도 관련이 있지, 인간의 몸이란."

그가 반벙어리의 옹알이처럼 중얼거렸다. 은채는 그의 말을 못 들은 척 고개를 돌렸다. 몸은 태어날 때부터 죽을 때까지 한 인간의 삶을 지배한다. 키가 크다, 혹은 몸집이 비대하다, 언청이다, 매부리코다, 사팔뜨기다, 주걱턱이다, 대머리다, 심지어는 쌍꺼풀이 있다, 보조개가 파인다까지 헤아릴 수 없이 많은 신체상의 이유들은 인간이라는 존재 자체를 분류하고, 나중에는 교정하게까지 만든다. 어쩌면 신체가 자아를 결정하고 자아를 변화시킨다. 몸은 무서운 무기다. 형이 된 그와 예전의 그는 완전히 다른 영혼이었다. 어쩌면 몸이 영혼인지도 모른다.

은채는 소름이 오소소 돋았다. 이제까지 경험한 그에 대한 몸의 감각들마저 낯설게 느껴졌다. 지금부터는 또 다른 그의 몸을 겪어내야 하는 것일까. 이제는 선과 악, 미와 추가 반죽이 되면서 전혀 새로운 돌연변이종이 나타날 일만 남은 것일까. 어쩌면 감옥이 인간을 교정하고 심지어 변형시킨다는 개념은 매우 타당한 말인지도 모른다. 최소한 감옥이 그 변화에 가속도를 가하고 있는 것만은 분명하니까. 그러나 감옥이 없다면 인간은 자신의 삶을 어떻게 바꿀 수 있을까. 부분적으로 혹은 통째로. 하지만 현실이 감옥 같지 않다면 세상살이도 꽤나 심심하겠지.

강반장은 미칠 것만 같았다. 아직도 김정수란 놈은 당당하게 금고 속에 앉아 있었다. 마치 뒷북치는 경찰들을 맘껏 우롱하며 승리자라도 된 양 거들먹거리고 있을 게 분명했다. 범행을 막지 못한 바에야 탈주를 막겠다고 설치는 것도 웃기는 일이었다. 경찰들로선 이미 진 게임을 놓고 발악을 하고 있는 형국이었다. 새벽 1시, 또 한 사람이 테러로 희생되었다는 소식이 전해졌다. [······] 그런데 왜 그놈은 미적거리고 있는 것일까. 한국은행 금고와 함께 자폭이라도 하겠다는 것일까. 그러고도 남을 놈이었다. 그런데 정녕 여기서 끝내려는 것일까.

8
범죄적 사랑

여름이 점점 짙어지고 있었다. 얼마 전까지도 황사가 불어와 공기는 몹시 탁했다. 그러나 요 며칠 갑자기 쏟아진 폭우 덕택에 숨 쉬기가 좀 나아졌다. 인간이 살아가는 데는 많은 환경 요인들이 작용한다. 물은 금세 공기 속에 습한 기운을 집어넣었다. 나뭇잎들이 깨끗하게 세수를 하고 푸른 낯짝을 드러냈다. 도시의 나무들이 푸른 잎사귀를 보여주는 날은 그리 많지 않았다. 당분간은 사람들이 정상적인 컨디션을 유지할 수 있을 것 같았다.

　그들은 거의 매일 자우림에 모여 준비 사항을 점검했다. 바뀐 것이 있다면 외화만 털기로 했던 기본 방침을 철회하고 한국은행 금고를 깡그리 비운다는 새로운 방침을 세웠다는 점이다. 금괴 · 외화 · 현금, 금고에 있는 것이라면 뭐든 실어 내온다는 계획이었다. 한국은행의 금고가 상징적인 가치를 띤 것이라면 그 금고를 깡그리 비운다는 것도 매우 상징적인 의미를 띨 것이다. 세부적인 사항은 달라진 것이 없다. 다만 금고를 비우자면 5분 정도의 시간으로는 어림도 없으며 최소한 30분 이상의 시간이 소요될 것이므로 8월 15일 0시를 기해 일을 시작하자는 데 의견을 모았다.

KIST에 의뢰한 자동으로 움직이는 카트 설계는 무리 없이 진행되었다. 카트의 무게는 3kg 내외지만 실을 수 있는 용량은 90kg을 훨씬 넘도록 만들어질 것이다. 또한 짐의 무게가 90kg가 되는 순간 자동 밴딩기가 작동해 카트와 짐을 끊어지지 않게 묶는다. 카트에는 총 8개의 바퀴가 부착되는데 바닥에 4개, 양옆으로 2개씩 설치된다. 바퀴는 360도 회전은 물론이고, 이음새가 자유자재로 움직여 딱딱한 표면이나 둥근 표면 할 것 없이 아무런 제약도 받지 않고 달릴 수 있도록 하였다. 카트는 컴퓨터 시스템과 연결되어 100% 원격 조정되며 수동으로 전환할 경우 사람이 조작할 수 있게 되어 있었다. 이제 설계가 마무리 단계에 접어들고 있어 곧 시험용 카트가 제작될 예정이었다. 카트는 총 600대가 만들어진다.

한국은행의 단면도는 이미 면밀히 분석되었다. 금고가 있는 위치는 은행의 정중앙 후미였다. 어차피 지하 하수도를 통해 잠입할 것이므로 은행에서 금고의 위치는 그다지 중요한 사항이 아니었지만 금고가 정확하게 어디에 있느냐는 무엇보다 먼저 챙겨야 할 사항이기도 했다. 서울시 도시계획과에서 입수한 한국은행 근방의 지하 도면은 그야말로 장관이었다. 상·하수도관과 통신 케이블, 가스 공급관 등이 어울려 한마디로 거미줄이었다. 새로 놓은 광케이블 공사가 계속되고 있어서 그들이 지하로 들락거리는 일도 그리 어려운 일은 아니었다. 사실 서울에서 땅을 파고 작업을 하는 광경은 수시로 보는 터라 그들이 지하로 잠입하는 게 사람들 눈에 띄더라도 대수롭게 보이지는 않을 것이다. 진입할 통로는 한국은

250

행에서 300미터쯤 떨어진 하수구 맨홀이었다. 그곳은 빌딩의 후면과 다른 빌딩의 후면 사이로 난 골목길에 위치해 있어서 사람들의 발길이 뜸했다. 그 골목은 작은 트럭 한 대쯤은 충분히 들어갈 수 있었고, 골목을 빠져나가면 금방 큰길과 연결되어 도주할 때 아주 용이해 보였다. 하수도를 통해 금고 있는 위치에 도달하면 건물 바닥까지 위로 굴을 내야만 했다. 그리고 건물 바닥이 보이면 최대한 긁어내 두께를 줄인다. 그리고 거기에 폭탄을 심는다. 폭탄은 이미 자우림 근처에 임대해놓은 창고에 도착해 있다. 러시아제 화학 폭탄인 SELTICS2020으로 딘빈에 석회질을 분해하는 가공힐 성능을 지닌 것이었다. 철근에는 깊이 금이 가도록 하여 세게 치면 툭 부러지게끔 만들어놓았다. 이미 실험해본 바로는 20cm 두께의 건물 벽을 작은 폭발과 함께 몇 초 만에 녹아내리게 하였다. 소음은 거의 없다시피 했다. 물론 폭발에 따른 진동도 거의 느낄 수 없을 정도였다. 당연히 그래야 했다. 폭약 100g에 무려 1억 원이었으니까. 정수는 폭약을 2kg이나 샀다. 한국은행의 바닥이 얼마나 단단하고 두꺼운지 실제로 터뜨려보지 않고서는 알 수 없었기 때문이다. 폭발로 터진 건물 벽에는 사람 하나가 들어갈 만큼 구멍이 났다. 금고에 잠입하는 사람을 열 정도로 생각하면 최소한 5개의 구멍을 동시에 뚫어야 할 것이다. 금고로 잠입한 10명은 각각 금괴와 외화, 현금을 차례대로 카트에 싣는다. 금고와 구멍 사이로 카트에 도달할 수 있도록 컨테이너를 설치한다. 돈을 싣는 가방은 모두 1천 8백 개로 개당 30kg 정도 담을 수 있으며 카트에는 가방이 3개씩 실린다. 10명이 5백 개의 가방에 돈을 싣는 데 필요한 시간은 최소한 30분이다. 그들은 이 훈련을 수백 번도 넘게 실시하였다.

아무리 빨리 움직여도 27분 가량이 걸렸다. 폭발이 시작되고 30분 안에 모든 일을 마치기란 불가능했다. 금고 내부의 위치는 들어가 보지 않고서는 도저히 알 수 없기 때문이었다. 하지만 그것은 일단 들어가고 나서 생각할 일이다. 그리고 금고 내부에 설치되어 있을 감시 카메라나 경보 장치에 대해서도 지금으로서는 속수무책이었다.

정수와 은채는 마그넷에서 먹을 걸 샀다. 은채는 한 발 앞서 걸으며 야채와 과일, 생선과 고기 등을 부지런히 집어 담았다. 정수는 군말 없이 카트를 밀면서 따라왔다. 정수는 속으로 이런 카트로 돈다발을 운반할 수 있다면 좀더 손쉬울 텐데, 하고 중얼거렸다. 이 정도 크기의 카트라면 최소한 3, 4억쯤은 쉽게 담을 수 있을 것 같았다. 겨우 한 카트에 실리는 돈이 대개의 인생에서는 만져볼 수조차 없는 돈이 된다. 정수는 이런 생각으로 은채가 무얼 사고 있는지 신경쓸 수 없었다.

"바지락 좋아해? 아님 고동 살까? 새우는 어때? 홍합은?"

은채가 정수를 툭 치며 물었다.

"다 좋아, 바다에 있는 거라면."

"바달 좋아하는 줄은 몰랐는데."

"글쎄, 거기에선 살 수 없으니까. 그냥 바라보기만 해도 좋아."

"나중에 스킨스쿠버 클럽에 가입하자."

"좋아. 스카이다이빙에도."

"그래, 살 수 없는 곳에서 단 몇 초라도 살아보자."

쇼핑은 즐거웠다. 무엇을 만들어 먹기 위해 매장을 돌면서 재료들을 사는 건 그에게도 무척 흥미로웠다. 많은 사람들이 카트를 밀며 먹을 걸 사기 위해 요리조리 눈을 돌리는 장면들도 꽤 멋져 보였다. 채소와 고기와 생선들이 한데 어울려 빛깔나는 음식들로 바뀌게 될 것이다. 사람들은 넉넉한 저녁상을 차리며 밝게 웃을 것이다. 그런 배부른 저녁 시간만큼 행복을 느끼게 하는 순간도 없을 것이다. 그러나 그에겐 그런 시간들이 몇 번이나 있었을까 싶었다.

마그넷을 빠져나오면서 그들은 안경점엘 들렀다. 은채가 10년 만에 안경을 맞춰야 한다는 것이었다. 은채는 렌즈를 끼고 있었지만 가끔 안경도 착용했는데 그것이 뿔테로 된 그야말로 구닥다리였던 것이다. 은채가 시력을 재고 안경테를 고르는 동안 정수도 안경을 껴보고 싶은 생각이 들었다. 사실 그의 시력이 점점 나빠지고 있었다. 게다가 심한 난시였다. 은채는 그때까지 그걸 잘 느끼지 못했었다. 가끔 그가 얼굴을 찡그리는 걸 볼 때면 습관적인 찡그림일 뿐이라고 생각했었다.

"이제야 사물이 좀 보송보송하게 보이는 것 같군."

정수가 어색하게 말했다.

"시력이 그렇게 안 좋은데 왜 여태 그냥 있었어? 안경이 뭣하면 콘택트 렌즈라도 끼지."

"난 내 몸에 이물질이 들어오는 게 싫어. 그래서 하는 말인데, 여자들은 어떻게 남자가 들어오는 걸 견디는지 몰라."

"그걸 왜 견디니? 얼마나 황홀한데. 너 결벽증 있어?"

"글쎄, 난 여자에 관해선 그게 제일 궁금해. 여자는 다른 걸 몸 속에 넣을 수도 있고, 또 아일 내보낼 수도 있으니까."

"정 그렇게 궁금하면 비역질을 해봐. 항문을 빌려줘보면 남의 물건이 들어왔다 나가는 기분을 느끼게 될 거야."

은채는 샐쭉해져 앞서 걸었다. 정수는 철호나 민우 아니면 낯선 남자에게 궁둥이를 돌려대고 있는 자신을 떠올리며 치를 떨었다. 정수는, 여자로 다시 태어나면 레즈비언이 돼야겠군, 하고 중얼거렸다.

은채가 만들어온 것은 겨우 칼국수였다. 그러나 그 맛은 이제까지 먹은 것과는 비교도 되지 않을 만큼 맛있었다. 그저 너무 맛있었다는 말 외엔 더 할말이 없었다. 모시조개와 소라로 국물을 우려낸 해물손칼국수. 이것이 요리의 제목이었다. 정수는 그 이름을 외울 정도로 되새김질했다. 모시조개와 소라로 국물을 우려낸 해물손칼국수.

"최후의 만찬이야."

자기도 모르게 정수는 소리를 내질렀다. 은채는 아무 말 없이 조용히 웃음지었다. 분위기가 약간 심각해지는 느낌이었다.

정수가 최후의 만찬이라고 부른 저녁 식사가 끝나고 그들은 8월 15일 거사를 위한 전야 행사에 관한 작전 회의를 시작했다. 모임에 참석한 사람은 정수, 민우, 승혜 그리고 정수와 함께 수색대에 있었던 제대한 군인들을 포함해 총 25명이었다. 군인들 중에는 정수보다 고참도 있었고, 졸병들도 있었다. 그들은 걸핏하면 자신들은 피를 나눈 전우라며 소리를 지르곤 하였다. 그들 중에는 팔 하나가 없거나 눈 한 쪽을 잃었거나 귀가 거의 들리지 않는 사람도 끼여 있었다. 그들이 얼마나 죽음 가까이까지 갔다가 돌아왔는지 잘 알려주는 대목이었다.

정수는 그들 중 10명에게 한국은행에 들어가 금고를 비우는 일을 맡겼다. 나머지에게는 트럭 운전, 폭발물 설치, 주위 경계 등의 임무가 떨어졌다. 그리고 5명은 저격수로 탈주로 주변 건물 옥상에 배치되었다. 이미 수십 번의 실전 훈련을 마친 터라 이번 회의는 간단한 점검일 뿐이었다. 특기할 만한 것은 한국은행을 비우는 일과 동시에 8월 13일 자정에서 15일 정오 사이에 총 56개의 폭발물이 전국에 배달되리라는 점이었다. 정수의 살생부에 이름이 올라 있는 자들이 이틀 사이에 모두 명단에서 사라지게 될 것이다. 누구는 사무실이나 집 앞에서, 누구는 등산로에서, 누군가는 안방에서, 누구는 술집이나 호텔에서, 또 주차장이나 자동차 안에서.

"그리고 이건 마지막으로 Z에게 전달해."

"뭐라고?"

민우가 눈을 동그랗게 뜨고 물었다.

"Z."

정수가 단호하게 내뱉었다.

"설마……"

승혜는 설마 농담이겠지 하는 표정으로 정수를 올려다보았다.

"정수형, 그 사람은 얼마 전까지 우리나라……"

"알고 있어. 그놈이 우리나라에서 제일 잘 나갔던 놈이라고 못 죽일 게 뭐야."

"하지만 Z는……"

승혜가 문 쪽으로 고개를 돌리며 낮게 중얼거렸다.

"너도 그렇게 생각해?"

정수가 은채를 보고 물었다.

"좀 낮추면 안 될까?"

은채도 Z는 좀 곤란하지 않느냐는 표정이었다.

정수는 잠시 입을 다물고 몇 분 동안 가만히 앉아 있었다. 그리곤 입을 열었다.

"그래, 그럼 리틀 Z로 하지. 그놈은 빅 Z의 오른팔이었으니까."

"좋아. 상징적인 의미로 읽히니까. 그 다음엔 빅 Z다, 뭐 그런 것이니까."

승혜가 맞장구를 쳤다.

"괜찮아."

은채가 받았다.

"나도."

민우가 동의했다.

정수는 씩 웃었다. 그리곤 이렇게 덧붙였다.

"그래. 다 좋다니 그렇게 하지. 빅 Z는 나중에 내가 직접 쏴버리지 뭐."

다들 넋이 나간 표정으로 정수를 바라보았다. 그러나 아무도 입을 열지 않았다. 회의는 그렇게 끝이 났다.

정수와 은채는 둘만 남았다. 어느새 자우림에선 록그룹의 공연이 열리지 않았다. 그들은 정수네 패거리가 풍기는 가공할 만한 절망감을 도저히 견딜 수 없었다. 자우림 패거리들이 포즈만 세기말적이고 절망적인 데 반해, 그러니까 장난스럽게 애교를 떨며 절망의 포즈를 일삼는 데 비해 정수가 풍기는 절망은 아예 장난 그 자체였다. 어쩌면 이미 현실을 넘어서버린, 더 이상 현실에서는 절망스럽다, 라는 형용사적 표현이 무색할 정도로 거의 본질에 접근한 이데아로 비쳐졌기 때문이다. 많은 사람들이 절망이란 시니피앙으로 절망의 시니피에를 희롱하고 있을 때 김정수 일당은 절망이란 로고스를 창조해버리고 만 것이었다. 그래서 이제 절망은 현실적인 차원을 떠나 완벽한 언어의 세계로 진입하게 되었다. 이것은 역설이었다. 완벽한 뒤집힘, 늘 정수가 바라 마지않던 세계였다.

은채는 술을 몇 병 꺼내와 정수 앞에 내놓았다. 그리고 감정의 거품을 빼고 드라이하게 내뱉었다.

"얼마나 더 많은 사람이 죽어야 할까?"

"마치 내가 양민 학살이라도 한 것처럼 말하지 마."

"하지만 사람들이 죽는 건 좀……"

"어쨌든 난 선택해야만 해."

"네 말대로 폭력은 불가피해. 하지만 그렇다고 정당한 건 아니잖아."

"그래. 하지만 권력자들을 이기려면 어떤 조직 운동보다 테러가 더 효과적이야. 전면전을 벌일 순 없으니까."

"넌 정말 미쳤어. 네가 무슨 안중근이나 윤봉길인 줄 아니?"

"군사 독재 시절 한 대통령 후보가 연설하는 걸 들은 적이 있어. 그는 우리나라를 망쳐먹은 자들 1,000명의 명단을 가지고 있고, 자신이 대통령이 되면 그들을 모두 사형시킬 거라고 했어. 난 지금도 그를 지지해."

"그 사람 지금 거의 굶어 죽을 지경이라던데."

"아마도. 그는 결코 야합하지 않았으니까."

"그건 정치인으로서 수완이 부족한 거야."

"생각하기에 따라서는. 그는 운동가야. 정치꾼이 되거나 반대로 테러리스트가 되었다면 상황이 달라졌을 거야."

"그가 진짜로 1,000명의 적들을 죽였다면 암살자에 불과해."

"그랬겠지, 나처럼."

"그런데 넌 왜 그걸 자초하니?"

"그럼 나더러 출마라도 하라는 거야?"

"정말 못 말린다니까."

두 사람은 크게 웃어제쳤다. 오랜만에 통쾌하게 웃는 것 같았다. 둘은 술병을 들고 주둥아리끼리 맞부딪치며 건배를 했다. 그리고는 숨도 쉬지 않고 들이마셨다. 목구멍에서부터 가슴까지 뻥 뚫리는 기분이었다.

"음악 좀 틀어봐."

정수가 소리쳤다.

은채는 자주 듣던 프로그레시브나 헤비 메틀 대신 라틴 댄스를 크게 틀었다.

"탱고야, 플라멩코야?"

"아무럼 어때. 자, 춤출까?"

은채는 정수를 끌어당겨 일으켜세웠다.

"자, 스텝을 밟아봐요, 장애인 아저씨."

정수는 술을 마시며 비틀거렸다. 마치 춤이라고는 생전 춰본 적이 없다는 듯이 몸을 비틀고 있었다.

"이봐, 막대기. 제대로 좀 흔들어봐."

은채는 정수의 몸을 휘감고 돌며 소리질렀다.

정수가 들고 있던 술병을 내던지고 고개를 미친 듯이 돌리며 팔을 휘둘렀다. 은채는 정수의 몸을 훑고 야릇한 미소를 지으며 교태를 떨었다.

"와하!"

정수는 있는 대로 소리를 지르며 발로 바닥을 세차게 굴렀다. 은채는 정수의 뒤에서 등을 비비며 무릎을 위아래로 굽혔다 세웠다 하며 격렬하게 춤을 추었다. 얼마만에 추는 춤일까. 갑자기 J가 떠올랐다 사라졌다. J는 춤을 너무나 예쁘게 잘 추었다. 은채는 J 생각을 떨쳐버리려고 춤에 몰두하며 정수의 몸에 집착했다. 싱글이 다 돌아갈 때까지 춤을 추다 바닥에 쓰러져 누웠다. 정수가 굴러와서는 은채에게 입을 맞췄다. 둘은 격정적으로 키스를 하며 상대의 몸을 더듬었다. 거친 숨을 몰아쉬며 정수가 물었다.

"우리가 사랑하는 걸 필름으로 찍을까?"

"괜찮아. 근데 왜?"

"남은 자들에게 우리의 흔적을 보여주고 싶어."

"어떤?"

"아니야. 차라리 깡그리 잊혀져서 존재하지 않았던 사람이 되고 싶어. 뭐 굳이 말한다면 사랑만 하다 죽은 남자로."

"범죄가 아니고?"

"응."

"진짜 사랑이라고?"

"그래. 내겐 사랑도 범죄야. 저질러서는 안 되는. 사랑하지 않았다면 난 행복하게 살았을 거야. 하지만 내가 사랑했기 때문에 내 인생은 처음부터 죽음이었어."

"너무 비장한데. 그럼 어디 진짜 죽어볼까."

은채가 정수의 몸 위로 올라타며 관능적인 미소를 흘렸다. 정수는 은채를 끌어안고 뒹굴었다. 시간은 너무나 빠른 속도로 두 사람의 몸을 관통하며 지나갔다. 사랑의 행위가 끝나자 은채는 다시 J

가 떠올랐다.

은채는 민우에게 J라는 여자를 좀 찾아달라고 부탁했다. 민우에게는 흥신소나 폭력 조직에서 일하는 친구들이 많았다. 그는 그 계통으로 도는 여자를 찾기란 식은죽 먹기라며 웃었다. 며칠 뒤 민우는 J의 최근 사진이라며 J가 여러 남자와 어울려 섹스하는 사진을 들고 왔다.

"얘는 여자랑도 한다는데? 워낙 잘 빠져서 남자들이 맨날 돌린다는데."

"알았어. 고마워."

"어떻게 아는 애야. 혹시 옛날에 파트너였어?"

"그랬다, 왜? 넌 남자랑 안 해봤어?"

"됐어. 내가 또 도울 거 있으면 말해."

"지금 J는 어떤 상태지?"

"아직 뽕 맞고 그런 정도는 아냐. 그런대로 잘 버티고 있더라고. 빚이 좀 있어서 룸살롱을 벗어나지 못하지만."

"돈 다 갚아주고 데려와."

"와, 낭만적인데. 왜 들어앉히게?"

"야, 너 말 좀 가려 할 수 없어. J는 내 친구야."

"애인이 아니고?"

"야, 입닥쳐. 그리고 정수한텐 아무 말 마."

"알았어. 근데 애랑 또 사귈 거야?"

"모르겠어. 요즘 자꾸 생각나."

"정수형이랑 무슨 일 있어?"

"아니, 좋아. 한국은행 건 때문에 좀 예민해졌나봐."

"다 성격 탓이야. 정수형도 요즘 생리하는 계집애같이 신경질적이야."

"빨리 끝났으면 좋겠어."

"왜 신나는데, 자꾸 이런 일 생겼으면 좋겠어, 난."

"어, J 말인데 그냥 어디 좋은 데서 일하게 해줘. 우리 회사엔 도우미 같은 거 필요하지 않나?"

"알았어. 인물이 좋으니까 펀드 쪽 상담 창구에 넣어줄게."

"고마워. 내 얘긴 당분간 하지 마."

"오케이."

은채는 가끔 J가 일하는 창구로 가서 멀찍이서 J가 일하는 걸 보곤 하였다. 늘 상냥하게 웃으며 손님들과 간단한 얘기를 주고받는 그 애의 모습은 예전에 알았던 J가 아닌 것처럼 느껴졌다. J를 보는 날이 잦아지자 은채는 더 이상 J를 멀찍이 바라만 보고 있는 자신을 견딜 수가 없었다. J와 이야기하며 그 애의 숨결을 느끼고 싶었다. 은채는 어느 날 창구 앞으로 가서 J를 빤히 쳐다보았다. J가 놀라 벌떡 일어섰다.

"은채?"

"J, 너니?"

J는 창구를 뛰어넘으려는 듯이 은채 쪽으로 몸을 기울였다.

"어떻게 지냈니?"

은채가 물었다.

"좋아, 아주. 여기서 쭉 일했어. 벌써 삼 년째야. 너랑 헤어지고 난 뒤 쭉."

J는 밝게 웃으며 대답했다. 은채는 J의 거짓말에 오히려 안심이

되었다. 은채는 처음 만났을 때처럼 제대로 웃지 못하고 입만 삐죽
거렸다. 웃으려고 해도 왠지 자꾸 슬퍼지면서 눈물이 쏟아지려고
하였다. J는 은채를 끌고 옥상으로 올라갔다. 둘은 옥상에 퍼질러
앉아 담배를 나눠 피웠다.

"왜 떠났니?"

J가 물었다.

"떠난 게 아니야. 지금 여기 있잖아."

"정말 돌아온 거야?"

"그래."

"다시 떠날 거니?"

"아니."

"정말?"

"응."

"나, 다시 너랑 사랑할 수 있을까?"

"모르겠어."

"난 남자들이랑 하는 게 너무 싫어."

"J, 이제 우린 친구야."

"그냥 친구?"

"그래. 난 남자와 함께 있어."

"내가 거기 낄 수 없을까?"

"널 사랑하기 때문에 그건 안 돼."

"정말 날 사랑하니?"

"어쩌면 너만 사랑하는지도 모르겠어."

"근데 왜……"

"난 남자와 사는 게 좋아. 내 몸도 그걸 원하고. 너와 사랑하는 건 너무 혼란스러워. 난 이성애자인가봐."

"내가 다른 파트너를 가져도 돼?"

"그럼. 예쁜 여자 앨 찾아봐."

J는 약간 슬픈 표정을 띠었다. 하지만 J는 늘 웃는 얼굴이었다. 인생의 굴곡이 그렇게 많은데도 늘 웃을 수 있다니 너무 신기했다. 아픔을 미소로 포장하려는 걸까. 아니면 그 미소가 자기가 아프다는 걸 알리는 신호일까.

드디어 8월 13일. 정수의 폭탄 케이크가 전국에 배달되었다. 자정쯤 A의 사망 소식을 필두로 무려 40여 명의 죽음이 대략 30분 간격으로 보도되었다. 예를 들자면 이랬다. 국회의원 A씨는 평소 자주 다니던 음식점을 나오다 뒤따라 나온 점원이 사은품이라고 전달하는 전통 한과 한 상자와 상품권을 받아 자동차로 가져왔다. 30분 뒤 A씨는 자신의 아파트 주차장에서 상자 속에 들어 있던 폭발물이 터져 사망했다. A씨의 사체는 폭발로 인해 얼굴을 알아볼 수 없을 정도였으며 팔다리가 떨어져나간 상태였다고 한다.

C의 경우는 좀 달랐다. 그는 공기업 사장직을 그만둔 지 얼마 되지 않은 터라 아직도 많은 서류가 그의 직무실이나 집으로 보내져 왔는데, 그 중 하나의 봉투를 뜯고 서류를 채 꺼내 읽어보기도 전에 강한 독극물 중독으로 사망하였다.

8월 14일 23시경에는 거의 같은 시간에 6명이 차례로 폭탄 테러에 의해 숨졌다. 그리고 그뒤로는 한 시간 동안 10분에 1명 꼴로 죽어나갔다. 텔레비전은 하루 종일 뉴스 특보를 내보내며 정·재계 인사들의 테러 소식을 방영하였다. 신문 역시 호외를 뿌리며 보도에 열을 올렸다. 이제 8월 15일에 한국은행이 털리게 될 것인가, 따위엔 아무도 관심을 갖지 않았다.

한편 정수를 붙잡았던 강반장은 계속해서 그의 동태를 살피고 있었다. 그러나 정수는 좀처럼 집 밖으로 나오지 않았다. 가끔 외출을 해서는 홍대 근처로 갔는데, 어느 골목으로 빠져들어가면 아예 모습을 감추어버리곤 하였다. 강반장은 자신의 업무를 계속 수행하면서 정수 뒤를 밟는다는 것이 여간 힘들지 않았다. 비번인 부하들을 교대로 잠복 근무에 투입시키곤 했지만 가뜩이나 휴식 시간이 부족한 부하들을 계속 내몰 수도 없었다. 정수는 늘 장애인의 모습으로 나타났다 사라지곤 하였다. 강반장도 정수가 진짜 정호가 아닐까, 하는 생각이 들 정도였다. 그러나 강반장은 한번 잡은 먹이를 절대 놓친 적이 없었다. 그런데 갑자기 8월 13일 자정부터 전국에서 거의 동시 다발적으로 테러가 발생하였다. 강반장은 아뿔싸, 싶었다. 부하들을 총동원해서 정수의 행방을 쫓았다. 며칠째 정수는 집에만 있었다.

"그놈이 나타나면 즉시 연락해."

강반장은 8월 14일 아침부터 검찰에 설치된 대 테러종합대책반에 차출되었다. 정부나 지방 자치 단체 등에서 주관하는 모든 광복절 행사가 전면 취소되었다. 휴전선에는 진돗개 명령이 하달되어 전군이 비상 체제에 돌입했다. 오전 10시 제5차 회의가 시작되자마자 상황 보고가 뒤따랐다. 현재까지 사망자 수는 총 36명이었다. 앞으로 얼마나 더 많은 희생자가 생길지 알 수 없었다. 대개 구시대 정치인들이었으므로 이들과 가까운 인사들에 대한 신변을 확보하고 경호에 들어갔다. 그러나 확보된 경호 인력이 태부족이어서 안전을 장담할 수 없는 상황이었다. 국가 정보 요원들의 활동 상황 및 검경 합수부의 수사 진척 사항 등이 보고되고 있었지만 강반장의 생각은 딴 데 가 있었다.

'다들 헛다리 짚고 있는 거야. 김정수 그 자식만 잡으면 모든 게 상황 끝인데.'

강반장은 휴대폰 액정 화면만 뚫어지게 쳐다보고 있었다. 부하들이 김정수의 움직임을 보고해올 것이다. 분명 움직일 것이다. 만약 지금 상황이 김정수와 관련이 있다면 집 안에만 틀어박혀 있기가 쉽지 않을 것이다. 뭔가 움직임이 있을 게 분명했다.

"현재의 상황은 매우 급박합니다. 우린 아직 용의자조차 알아내지 못하고 있습니다. 지난 2년 간 요인 암살이 수차례 있어왔지만 아무런 단서도 잡지 못한 채 수사는 공전되고 있습니다. 청와대에서는 이 점에 매우 유감을 표시하는 바이며……"

대통령 안보수석이 헛소리를 지껄이고 있었다. 그때였다. 드디어 강반장의 휴대폰에 메시지가 떴다. 환자 이동 중.

강반장은 거의 기다시피 해서 회의장을 빠져나왔다.

"그래, 지금 어디야?"

"이제 막 집을 나왔습니다. 올림픽대로를 타고, 아, 다시 빠져나왔습니다. 서울중앙병원으로 들어가는데요."

"좋아, 계속 감시해. 집엔 아무도 없어?"

"예."

"뭐 수상한 점 없었고?"

"없습니다."

"방문자는?"

"삼십 분 전에 퀵서비스가 왔다 갔습니다."

"뭘 배달했는데?."

"아마 여자한테 꽃이 배달된 것 같습니다."

"꽃?"

"네."

"퀵은 언제 와서 언제 나갔어?"

"11시쯤 와서 삼십 초도 안 돼 곧바로 나갔습니다. 그리고 한 시간 전에는 수도 검침, 등기 우편도 있었습니다."

"그래?"

"지금은 응급실로 들어가서 아직 안 나왔습니다."

"알았어. 계속 살펴."

정수는 강반장이 언제나 자신을 감시하고 있다는 걸 알고 있었다. 8월 14일 아침 정수는 집을 빠져나갈 작전을 짰다. 오전 11시 10분 전. 민우의 똘마니 중 하나가 꽃을 들고 나타났다. 그 녀석은 키나 몸집이 거의 정수와 같았다. 정수는 미리 퀵서비스 복장을 갖추고 있다가 그 녀석의 데스마스크를 쓰고 밖으로 나왔다. 오토바이에 올라 그곳을 뜰 때까지도 멀리서 감시하고 있는 형사들이 눈치채지 못하는 것 같았다. 정수는 곧장 자우림으로 달렸다. 30분 뒤 은채는 정수의 데스마스크를 쓴 똘마니녀석과 함께 집을 나왔다. 그리고 병원으로 가서 응급실에 녀석을 누였다. 이미 다량의 수면제를 먹은 녀석은 자기 배를 칼로 조금 긁고는 죽겠다며 엎어졌다. 그러나 어느 모로 보나 죽을 정도는 아니었다. 은채는 수속을 밟느라 뛰어다녔고, 녀석이 수술실로 옮겨지자 응급실 반대편의 제2병동을 통해 병원을 빠져나와 곧바로 택시를 타고 자우림으

266

로 향했다.

오후 1시 마지막 작전 회의가 자우림에서 열렸다. 참석한 사람은 모두 45명이었다. 정수의 부대원 25명 외에 민우의 똘마니들 15명이었다. 모두들 폭주족 클럽에서는 둘째 가라면 서러울 정도인 놈들이었다. 그들은 금고에서 가지고 나온 물건들을 창고로 옮기는 일을 하는 동시에 경찰이 출동할 경우 교란 작전을 펼치는 데 동원될 예정이었다. 모든 준비 사항들이 하나씩 차례로 점검되었다. 카트의 성능은 최고였으며, 원격 조정 장치와 조정실을 갖춘 트레일러, 총 100대의 오토바이, 폭발물, 침투조와 지격수들의 화기, 탄약, 모든 게 완벽했다. 더구나 한국은행을 턴다는 갱으로서의 자부심으로 전대원들의 사기가 충천해 있었다. 모두들 전투에 임하는 군인과도 같은 결의에 찬 표정들이었다. 은채는 그런 남자들을 보니 자꾸 웃음이 나왔다.

강반장은 병원에 들어간 김정수가 꽤 시간이 지났음에도 나오지 않는다는 게 수상했다.

"어떻게 됐어?"

"응급실에 있다가 수술실로 들어갔다가 이제 막 회복실로 들어갔습니다."

"무슨 수술이래."

"알아보지 않았는데요. 감시만 하고 있었으니까."

"들어가서 의사를 만나봐. 무슨 일인데 수술까지 하는지."

"알겠습니다."

강반장은 당장이라도 이 지루한 회의장을 빠져나가 김정수를 잡으러 뛰어가고 싶었다. 금세 부하들이 메시지를 보냈다. 환자 교체. 김정수 아님.

"무슨 소리야?"

"김정호란 사람은 접수조차 안 되어 있더라고요. 여자와 같이 와서 수술을 받은 놈은 최길현이란 젊은 놈이었습니다."

"뭐야? 어떻게 된 거야."

"분명히 김정수 그놈이 맞았는데 어찌 된 일인지……"

강반장은 허탈했다. 김정수가 움직인 게 분명했다. 그러나 도대체 어떻게 빠져나갔을까. 강반장은 머리를 감싸쥐었다.

'그래, 퀵서비스.'

서로 바꿔치기를 한 것이다. 데스마스크를 쓰고 달아난 것이 분명했다. 요즘은 가까이에서 보아도 쉽게 분별할 수 없는 정교한 제품들이 많이 나오고 있었다. 빌어먹을. 강반장은 가슴이 터질 것만 같았다. 이제 혼자서 김정수를 쫓는 것은 거의 불가능해 보였다.

강반장은 회의장으로 돌아가 수사부장인 현상태 검사에게 면담을 요청했다. 강반장은 이때까지 자신이 단독으로 수사해온 것들을 간략하게 보고한 뒤 김정수의 체포 영장을 청구해달라고 요청했다. 현상태 검사는 강반장 말의 신빙성을 의심했지만 현재로선 그만한 논리를 갖춘 추정도 없는 터라 일단 긍정적으로 검토하겠다고 답변했다. 강반장은 허탈했다.

'시간이 없는데 위에서는 뭉그적거리고만 있다니. 더 이상 손쓸 방법이 없을까? 미꾸라지 한 놈이 온 나라를 휘젓고 다니는 걸 그냥 보고만 있어야 한단 말인가. 그놈은 이제 또 무슨 일을 벌이려 하고 있을까?'

김정수 갱단의 한국은행 공격은 정확하게 8월 15일 0시에 시작되었다. 한국은행에서 300미터쯤 떨어진 최초 출발 지점에서 맨홀 뚜껑이 들어올려졌다. 정수가 맨 먼저 하수구로 내려갔다. 곧 이어 10명의 대원들이 내려갔고, 그 뒤를 이어 첫번째 카트가 내려갔다. 그리고 카트가 차례대로 움직였다. 은채는 트레일러에서 모든 상황을 컴퓨터로 체크하여 무선으로 전대원들에게 상황을 알리면서 지시를 내리고 있었다. 은채의 대형 컴퓨터 화면에는 정수를 비롯한 대원들의 움직임과 카트의 이동이 빨간 점으로 나타났다. 정수는 이미 하수구를 빠져나와 금고로 통하는 굴을 기어가고 있었다. 정수의 뒤를 따르던 대원들은 각기 맡은 위치로 분산되었다. 정수가 건물 바닥에 설치된 폭발물 바로 밑까지 도달했다. 다른 5명의 대원들도 도착했다. 은채는 폭발물 시동 버튼을 누르라고 지시했다. 정수가 버튼을 누르자 폭발이 5분 남았음을 알리는 불빛이 들어왔다. 정수는 다시 굴을 빠져나와 하수구 쪽으로 갔다. 다른 대원들도 후퇴했다. 정확하게 5분 뒤 한국은행 금고 쪽 건물 바닥에 5개의 구멍이 났다. 정수와 전사들이 구멍을 통해 안으로 들어갔다. 처음엔 아무것도 눈에 들어오지 않았다. 잠시 숨을 고르며 호흡을 가다듬자 금고 안이 보이기 시작했다. 금고 안에 또 다른 금고가 여러 개 있었다. 하지만 정수가 찾는 것들은 대부분 눈에 띄었다. 셀 수 없을 만큼 많은 금괴가 비닐 포장에 둘러싸여 있었다. 비닐을 걷어내자 눈이 멀 것 같은 황금빛을 내뿜는 금괴가 산처럼 당당한 모습으로 쌓여 있었다.

"자, 시작해."

그가 소리치자 대원들은 가방을 꺼내 금괴를 담기 시작했다. 가방에는 금괴가 모두 100개씩 들어갔다. 금괴를 카트에 실을 경우엔 가방 2개만 실어야 할 것 같았다. 가방 하나의 무게가 무려 5, 60kg은 될 것 같았다. 가장 먼저 금괴를 담은 가방 두 개가 카트에 실렸다. 자동 밴딩기가 작동해 어떤 충격에도 견딜 수 있을 만큼 단단히 묶었다.

"자, 됐어."

정수가 소리치자 은채는 곧바로 원격 조정 시스템을 가동해 카트를 움직이게 했다. 카트는 왔던 길을 빠른 속도로 되돌아 달렸다. 금괴는 총 500개의 가방에 담겨 운반되었다. 그 다음엔 외화였다. 파운드와 달러와 프랑과 마르크, 그리고 엔화, 위안화를 각각 샘플로 한 가방씩 담았다. 그리고 나머지는 모두 달러로 가방에 담아 카트에 실어 내보냈다. 경보기는 5분 간격으로 프로그래밍을 해서 모두 10번 오작동할 수 있도록 만들어놓았다. 5분이 끝나면 약 0.4, 5초 동안 제대로 작동하다 다시 오작동하였다. 그러니까 45분 안에 모든 일을 끝내야만 했다. 그런데 벌써 37분이 흘렀다. 더 이상은 무리였다. 그러나 당장 필요한 자금을 충당하기 위해 현금을 좀 가져가야 할 것 같았다. 8분 동안 담을 수 있을 만큼의 돈을 가방에 넣었다. 43분쯤 흐르자 정수는 대원들에게 모두 철수할 것을 명령했다. 대원들이 하나둘 구멍을 빠져나갔다. 금고의 반이 넘게 비었다. 금고를 깡그리 비우겠다는 정수의 야심찬 계획은 완벽하게 이루어지지 못했다. 그러나 아무런 유혈 충돌 없이 은행을 털 수 있었다는 것만으로도 대단한 쾌거였다. 정수는 만약의 사태에 대비해 중대 병력은 한순간에 날려버릴 화기를 카트 서너 개에 실어왔던 것이다. 은채는 컴퓨터 화면을 뚫어져라 쳐다보면서 제발 빨리 끝내고 나오기만을 초조하게 빌었다. 카트의 대부분이 최초의 지점으로 돌아오고 있었다. 이제 1천 개의 카트가 최초의 지점으로 돌아와 밖으로 꺼내졌다. 카트가 나오면 운반조가 카트에서 가방을 분리하였고, 카트는 트레일러에, 돈은 트럭과 오토바이에 나누어 싣고 창고로 날랐다. 모든 것은 아주 조용히 이루어졌다. 소음도 없었고 경찰과의 충돌도 없었다.

"정수, 어서 나와."

은채가 말했다.

"거기서도 보이니? 여긴 황금의 방이야."

정수가 흥분된 목소리로 대꾸했다.

"이제 충분해. 어서 나오라고. 곧 벨이 울릴 거야."

"곧 다 끝나. 지금 나간다고."

마지막 카트가 구멍을 빠져나가고 대원들이 하나씩 금고에서 나갔다.

"이제 카운트다운을 시작할 시간이야. 곧 시스템이 정상으로 돌아올 거야. 이게 한계야. 정수야, 어서 나와. 제발."

정수는 금고에서 나가는 시간을 최대한 끌고 있었다. 그래봐야 불과 1, 2분 차이겠지만 만약 자신이 금고에서 나가지 못하고 체포되거나, 경찰이나 군과 맞서 싸우게 된다면 어떻게 될까 하는 생각을 하면서 그는 다시 한 번 금고를 휘익 둘러보았다. 아직도 금고엔 많은 것이 있었다. 두번째 방문이 가능하다면 이곳을 깨끗이 비울 수 있을 텐데, 좀 아쉬웠다. 정수는 금괴 중 하나를 들고 그 가운데 자기 이름을 새겨넣었다. 산꼭대기 바위마다 이름들이 새겨져 있는 이유를 이제야 알 것 같았다. 웃음이 나왔다. 사람들은 자기가 살아온 흔적을 어딘가에 남기고 싶어한다. 정말이지 어리석기 짝이 없는 일이다. 그는 이름을 새긴 금괴를 품안에 넣었다. 자기의 인생은 자기만이 소유할 수 있다.

8월 15일, 0시 55분. 한국은행의 경보기가 작동을 시작했고, 불과 5초 만에 경보기는 요란하게 울렸다. 경보 시스템을 운영하고 있는 JK시스템 상황실과 경비업체, 그리고 서울시경 상황실, 그리고 국정원과 기무사, 수방사, 국방부 종합 상황실에까지 도난 경보가 미친 듯이 울려댔다. 드디어 올 것이 왔군. 상황실에서 초조하게 담배만 피우고 있던 강반장도 상황을 접수했다. 군부대와 경찰이 경쟁을 하듯 한국은행으로 출동했다. 강반장도 기동대 차량을 얻어타고 현장으로 갔다. 첩보가 속속 들어왔다. 놈들은 금고의 바닥에 구멍을 뚫고 잠입한 것으로 추정되고 특수 폭발물을 사용했으며 경보 시스템을 일시적으로 망가뜨릴 만큼 대단한 기술을 지녔다는 것이다. 그리고 은행에 잠입했던 놈들은 이미 모두 철수했으며, 특수 레이저를 비춘 결과 금고 안에 살아 있는 생명체 하나가 남아 있는 것으로 포착됐다. 그러나 그것이 범인인지 은행 관계자인지 아니면 개나 고양이인지 현재로선 확실치 않다는 것이었다. 특수 기동대는 약 1분 후에 금고를 향해 쳐들어갈 예정이었다. 동시에 도주로를 차단하기 위해 근방 1km 내에 순찰 차량 200여 대를 집중 배치시켰다. 뒤를 따라 텔레비전 방송 차량들이 줄을 이었고, 신문 기자들도 총출동하였다. 비록 현장 바로 앞은 접근이 차단되었지만 가능한 한 한국은행에서 가장 가까운 곳에서 생생한 현장을 잡기 위해 취재에 열을 올렸다. 정부에서는 국민들의 알 권리를 최대한 보장한다는 명분을 위해 이들의 현장 취재를 묵인해 주었다.

정수는 경찰이 도착했다는 은채의 연락을 받았다.

"어서, 나와. 제발."

"알았어."

정수는 금고의 맨 앞쪽으로 가서 은행 창구 쪽을 향한 문에 폭발물을 장치했다. 폭발물이 터질 경우 엄청난 회오리바람을 발생시켜 금고 속에 있는 지폐들을 날려버릴 것이다. 소위 말해 기상 폭탄이라는 것인데, 태풍의 행로처럼 초당 100노트 정도의 속도로 약 10분 간 바람을 일으키도록 만들어진 것이다. 그럴 경우 경찰이 금고 안에 진입해도 그의 탈주를 막을 수는 없을 것이다. 정수는 금고를 빠져나와 마지막 남은 카트에 몸을 묶었다. 아직도 하수구를 빠져나가지 못한 카트들이 늘어서 있었다. 최초의 지점에서 지상으로 통하는 통로가 하나뿐이었기 때문에 카트를 모두 수거하는 데에는 시간이 좀 걸렸던 것이다. 카트는 지체되는 앞 카트들 때문에 느린 속도로 달릴 수밖에 없었다. 정수는 카트가 제 속도로 달릴 수 있을 때까지 기다렸다. 그 동안 은채는 카트 운반조를 닦달해서 남은 카트를 빨리 건져올렸다. 이제 하수구에 남은 카트의 수는 10개쯤 됐다.

"전원 철수시켰어?"

"응. 남은 카트 10개는 출발 지점을 지나쳐 계속 달릴 거야. 어서 나와."

한국은행 근방 500미터 내에도 그가 임대한 건물이 여러 개였으므로 운반조가 카트를 그곳으로 운반할 것이다. 경찰의 포위망은 1km 지점까지 3단계로 설치되어 있었지만 그의 탈출을 막지는 못할 것이다. 이제 카트에 몸을 싣고 마음껏 달려보는 것만 남았다.

"은채, 내가 셋을 세면 카트를 시속 60km로 작동시켜. 한번 달려보자."

"좋았어."

강반장은 미칠 것만 같았다. 아직도 김정수란 놈은 당당하게 금고 속에 앉아 있었다. 마치 뒷북 치는 경찰들을 맘껏 우롱하며 승리자라도 된 양 거들먹거리고 있을 게 분명했다. 범행을 막지 못한 바에야 탈주를 막겠다고 설치는 것도 웃기는 일이었다. 경찰들로선 이미 진 게임을 놓고 발악을 하고 있는 형국이었다. 새벽 1시 또 한 사람이 테러로 희생되었다는 소식이 전해졌다. 김정수가 하수구를 뚫고 들어왔다면 나가는 길도 그곳뿐이었다. 한국은행 근방 1km 내 하수구 맨홀들의 위치가 파악되고 인원이 배치되고 있었다. 그러나 지금 시간이라면 이미 모두 다 빠져나갔을 것이다. 아직도 김정수가 금고 안에서 미적거리고 있다면 잡을 수 있는 놈은 단 하나다. 그런데 왜 그놈은 미적거리고 있는 것일까. 한국은행 금고와 함께 자폭이라도 하겠다는 것일까. 그러고도 남을 놈이었다. 그런데 정녕 여기서 끝내려는 것일까.

"야, 하수도말고 지하에 뭐 심어놓은 것 없어?"

강반장이 소리지르자 종합 상황실에서 근무하는 최경장이 급히 대답했다.

"하수도 근처에 가스관하고 케이블이 있는데……"

"야, 내 말 잘 들어. 가스공사에 미리 얘기해뒀다가 내가 신호하면 그 즉시 가스를 끊어."

"강반장님 뭘 하시려고요?"

"하수도를 터뜨려봐야겠어. 어떻게 된 건지 속을 열어봐야 할 것 아냐. 내 휴대폰에 땅 밑 지도나 띄워봐."

"알겠습니다."

강반장은 기동대 차량으로 가서 시설 파괴용 도끼를 들고 땅 밑으로 들어갔다. 특수 PVC 가스관이 눈에 들어왔다. 밸브가 있는 쪽으로 찾아 걸어갔다. 강반장은 밸브를 발견하고는 도끼로 힘껏 내리쳤다. 가스 새는 소리가 요란하게 들려왔고 냄새가 진동했다. 강반장은 죽을둥살둥 달려 맨홀을 빠져나왔다.

"야, 지금이야. 가스 차단해."

정수는 눈앞에서 앞서 내보낸 카트가 안전히 사라질 때까지 기다렸다. 하수구 냄새가 코를 찔렀다.

"달릴 수 있는 최고 속도는 45킬로야."

은채가 말했다.

"좋아, 지금이야. 준비. 하나, 둘, 셋!"

은채는 원격 조정 장치를 가동시켰고, 정수 역시 금고에 장치해놓은 폭발물의 작동 버튼을 눌렀다. 10초 후엔 폭발할 것이다.

강반장은 대기시켜놓았던 오토바이에 시동을 걸라고 명령하고는 담배에 불을 붙였다. 그리고는 권총을 뽑아들었다. 강반장은 오토바이 뒤에 올라타고는 소리쳤다.

"자, 출발해."

오토바이가 최고 속도로 앞으로 튀어나가자 강반장은 몸을 돌려 맨홀을 향해 총을 발사했다. 타다다다, 타탕. 여섯 발째 가공할 폭발음을 내며 가스관이 폭발했다.

정수가 약 100미터쯤 신나게 달렸을까. 금고의 폭발물이 터지며 가공할 회오리바람이 한국은행 금고를 휩쓸었고, 그와 동시에 가스관이 폭발했다. 정수의 몸은 하수구의 진동에 휘말렸다. 전후, 좌우, 상하 모두 뒤흔들리며 몸이 튕겨나갔다. 카트는 미친 듯이 내달리며 무너지는 하수구를 뚫고 전진했다. 그러나 곧 이어 전방에서 하수구가 막히는 바람에 정수는 머리를 처박았고, 카트의 바퀴는 신경질적으로 공회전을 거듭했다.

은채는 빨간 점이 멈추자 순간적으로 정지 버튼을 눌러 카트를 세웠다. 그리고 끝이었다. 상황은 종료되었다. 은채는 모든 대원들에게 완전 철수 명령을 내렸다. 전대원은 24시간 뒤 자우림에서 다시 모이기로 하였다.

가스관이 터지는 순간은 그야말로 장관이었다. 가스가 차단되긴 했지만 지하에 남아 있는 가스만으로도 엄청난 폭발이 일었다. 가스관이 터지면서 1, 2미터 가량 떨어진 하수구가 연쇄 폭발했다. 돈가방을 싣고 달리고 있던 카트들이 폭발과 함께 지상으로 튀어올랐다. 연쇄 폭발은 지하에 남아 있던 10개의 카트 중 모두 7개의 카트를 공중에 띄워올렸다. 폭발 때문에 21개의 돈가방이 터졌고, 지폐 다발들이 공중에서 춤을 추었다. 한순간 밤하늘을 수놓는 폭죽처럼 돈이 날렸다. 한여름에 때아닌 폭설이었다. 폭발이 일어나는 순간 취재 중이던 수십 대의 방송 카메라가 일제히 화려한 공중 쇼를 생생하게 중계하였다. 근처의 빌딩에서 앞다투어 불이 들어왔고, 지폐들이 날리는 광경을 보기 위해 사람들이 거리로 달려나왔다. 아니 좀더 정확하게 말하면 떨어지는 돈을 줍기 위해서 집을 뛰쳐나왔다. 지폐들은 온갖 묘기를 연출하며 밤하늘을 날다가 차례대로 떨어져 길바닥에 드러누웠다. 아직까지 돈을 손에 움켜쥔 최초의 사람은 나타나지 않았다. 경찰들이 폭발 지점으로 출동하였고 소방대의 요란한 사이렌 소리도 점점 가까워져오고 있었다. 폭발은 멈췄고, 곳곳에 화재가 일어나 건물과 시설물들이 불타고 있었다. 아직 시민들이 떼로 몰리지 않았기 때문에 사위는 오히려 조용했다. 그러나 곧 경찰과 소방대의 사이렌 소리에 시민들의 아우성이 겹쳐질 것이다. 거대한 폭풍 같은 소음의 페스티벌이 시작되기 전 막간의 고요가 서울 시내 한복판을 휘감고 돌았다.

만원짜리 지폐는 마치 피나 바우쉬의 카네이션처럼, 소월의 진달래꽃처럼 도로에 빽빽히 피어올랐다. 저만치서 시민들이, 돈에 미친 짐승들이 달려온다. 온 서울 시민이 돈, 이니 자본주의의 생생한 꽃을 즈려 밟고 갈 것이다. 돈의 몸을 피가 나도록 꽉 움켜쥐고 달아날 것이다.

은채는 상황을 종료하고 자우림으로 돌아와 맨바닥에 드러누웠다. 그는 없다. 그는 사라졌다. 그는 죽었다. 죽음을 예감한 그는 그 속에 스스로 묻혔다. 태풍 속에 무덤을 만들고 거기 들어가 부서졌다. 그는 소멸하였다. 그는 이제 이 세상의 시공간에서 풀려났다. 이곳과는 전혀 다른 곳으로 이동해버린 것이다. 은채는 죽을 때까지 내내 그를 그리워할 것이다. 아마 그를 잃으리라는 예감 때문에 J를 다시 찾은 것일까. 사랑하는 사람을 잃으면 사랑하는 사람으로 그 빈자리를 채워야만 하니까.

텔레비전에서는 사고 상황을 자세히 보도하고 있었다. 가스 폭발이 있었지만 다행히 미리 가스를 차단한 뒤여서 인명 피해나 대형 화재는 발생하지 않았다. 폭발 뒤 카트와 현금이 수거되었으며, 돈을 주우려는 시민들과 경찰들의 몸싸움이 세 시간 가량 계속되었다. 돈을 줍다가 발각된 사람들은 모두 즉심에 넘겨졌고, 도난 현금을 발견할 경우 경찰로 신고하는 것이 시민의 의무라며 떠들어댔다. 그러나 아무래도 의문이 남는 것은 사건 현장에서 단 한 사람의 사망자나 부상자가 없었다는 것이다. 경찰이 출동했을 때는 한국은행 금고에 범인 가운데 하나로 추정되는 자가 남아 있는 것으로 보고되었었다. 더구나 폭발 시간으로 보아 그 사이에 탈출할 가능성은 매우 희박한데도 말이다. 경찰은 혹시 인근 병원에 부상자가 나타날 경우에 대비해 병원들에 긴밀한 협조를 요청해놓고 있었다.

강반장은 김정수가 그 짧은 시간에 도주했다는 사실이 믿어지지 않았다. 하수도를 아무리 뒤져도 시체나 부상당한 사람을 찾을 수 없었다. 다만 빈 카트만 하나 찾았을 뿐이다. 은채 역시 텔레비전과 신문에서 시체나 부상자를 발견하지 못했다는 보도를 접하고는 고개를 저을 수밖에 없었다. 탈출로는 오직 작은 하수구뿐이었다. 폭발로 하수구가 막힌 상태에서 그가 어디로 빠져나갈 수 있었단 말인가. 믿을 수 없는 일이었다. 그러나 그는 사라지고 없었다.

며칠 뒤 휴전선에 발령됐던 진돗개 상황이 풀렸다. 철호는 급하게 휴가 신청을 내고 부대를 빠져나왔다. 그리고는 자우림에서 지금까지의 모든 이야기를 전해들었다. 모든 게 완벽했다. 다만 정수가 사라졌을 뿐이다.

"왜 이렇게 초상집 분위기야. 작전은 완전 대성공인데."

철호가 소리쳤다.

"무슨 소리예요. 정수형이 없어졌는데."

민우가 대들 듯이 소리질렀다.

"그것도 완벽하잖냐. 한국은행을 턴 갱단의 보스, 연기처럼 사라지다. 얼마나 멋지냐!"

철호가 얼굴에 웃음을 잔뜩 머금고 더욱 높이 고함쳤다.

모두들 철호만 바라보았다. 어찌 보면 그의 시체를 찾을 수 없는 상황에서 그렇게 상갓집 분위기를 연출할 필요가 없을 것도 같았다. 사람들의 얼굴이 조금씩 펴지기 시작했다.

"자, 술이나 맘껏 마시자."

철호가 한껏 열을 올렸다.

"내가 있었으면 죽여줬을 텐데. 이거 너무 싱거운 거 아냐. 경찰들이랑 한바탕 붙어야 하는 건데. 우리 수색대가 얼마나 센지 본때를 보여줬어야 하는데 말야."

은채는 가까운 곳에 있는 빌딩의 지하로 철호를 데려갔다. 그곳은 금괴로 꽉차 있었다. 철호는 입을 다물지 못했다. 다른 건물의 지하는 달러로 가득 차 있었고, 다른 건물은 만원권 지폐로 가득했다.

"우와, 이걸 다 어쩔 셈이야?"

철호가 입을 다물지 못한 채 은채에게 물었다.

"현금은 백만 원 단위로 빠른 시간 내에 자선 단체에 입금시킬 예정이야. 금괴는 녹이고, 달러는 다른 곳으로 옮겨야지. 환치기를 해서 해외로 빼돌리든가."

"그래도 남는 게 있을 텐데."

"그럼 땅에 묻든지. 모르겠어."

철호는 DMZ에 있는 빛의 동굴을 떠올렸다. 그곳이라면 이 많은 부를 고스란히 간직할 수 있을 것 같았다. 더욱이 이 돈은 후에 DMZ를 통째로 살 돈이 아닌가. 빛의 동굴을 황금으로 가득 채울 거라고 생각하니 미칠 듯한 간지러움이 몸을 뚫고 솟구쳤다.

"우하하하하하하하하하하……"

철호는 마치 발작이라도 일으킨 간질병 환자처럼 숨이 넘어갈 것처럼 웃어댔다.

은채도 따라서 조금 웃었다. 하지만 그의 죽음과 셀 수 없을 정도로 많은 돈이 서로 자리를 바꾸고 앉아 있는 듯한 느낌에 그렇게 마음껏 웃을 수는 없었다.

"이봐, 좀 크게 웃으라고. 그 녀석 걱정은 마. 어쩌면 DMZ로 가서 숨어 있는지 알 게 뭐야. 아냐, 아냐. 아마 지금쯤 북으로 넘어가서 여자들을 꼬시고 있을걸. 아니면 몇 놈 손 좀 봐주고 있거나. 북에도 죽일 놈이 여럿 있거든. 아마 거기서도 계집질에 총질에 잘 놀고 있을 거야. 내가 시간 나면 한번 넘어가서 찾아볼게. 아하하하하하."

철호는 온 세상을 다 얻어도 이토록 만족스러울 수가 없다는 듯이 웃어댔다. 은채도 철호를 향해 미소지었다. 그리고 차츰 웃음이 솟구쳐올랐다. 기어코 웃음은 참을 수 없는 눈물처럼 북받쳐올랐다.

"아하하하하."

"그래, 웃으라고. 웃자니까. 아하하하하."

그들은 계속 웃어댔다. 아마 3박 4일쯤 웃어도 모자랄 것 같았다. 그들은 한국은행을 완벽하게 털었고, 전리품들을 DMZ에 옮겨놓을 것이다. 과연 이것이 가능하리라고 누가 상상이나 했겠는가.

그러나 시간은 또 흘러간다. 그는 정말 어디로 간 것일까.

그는 차라리 군인이었을 때 전쟁이 터졌으면, 하고 생각하고 있었다. 가장 떳떳하게 죽을 수 있는 죽음의 한 방식이었다. '나' 아닌 다른 적과 싸우다 죽을 수 있는 유일한 기회였다. 가끔 그는 자기가 자기 자신을 죽이게 될지도 모른다는 망상에 사로잡히곤 했다. 전쟁은 적과 싸움으로써 자신의 욕구를 충족시켜줄 것이라 믿었다. '나'를 죽음에 그대로 노출시키는 방식으로 말이다.

9
Time DMZ

총을 들고 휴가를 나온 것은 여행의 처음이었을까? 아니면······

그는 차라리 군인이었을 때 전쟁이 터졌으면, 하고 생각하고 있었다. 가장 떳떳하게 죽을 수 있는 죽음의 한 방식이었다. '나' 아닌 다른 적과 싸우다 죽을 수 있는 유일한 기회였다. 가끔 그는 자기가 자기 자신을 죽이게 될지도 모른다는 망상에 사로잡히곤 했다. 전쟁은 적과 싸움으로써 자신의 욕구를 충족시켜줄 것이라 믿었다. '나'를 죽음에 그대로 노출시키는 방식으로 말이다. 그런데 군에서조차 그는 총 대신 펜을 쓰고, 컴퓨터 자판을 두들겼다. 탱크와 전차로 훈련을 할 때도 그는 행정실에 앉아 있어야 했다. 63빌딩이 내다보이는 서울의 한복판. 그는 장교와 사병의 병력 이동을 담당하는 인사병이었다. 무수한 더하기와 빼기가 있었다. 그리고 오타가 가득한 서류들. 논리적 오류가 질서를 만들어내고, 지루한 숫자 놀음이 일상을 지배했다. 그는 전방 부대로 전출시켜달라는 요청을 여러 차례 냈었다. 그는 너무 젊었다. 그리고 그의 젊음에는 죄의식과 욕망과 수음 외엔 없었다. 한 여자를 사랑하여 모든 여자들로부터 도피할 것! 이렇게 외쳐대보았자 그는 인생에 대해 아무것도 몰랐다. 인생에는 그 어떤 것도, 그저 경험 삼아 한번쯤 해보는 것 따위는 아무것도 없다는 것을. 그리고 전쟁이나 자기 살해 따위는 사실은 인생보다는 더 거대한 역사적 운명과 맞닥뜨리는 시간의 지배 속에서만 가능하다는 것을.

시간은 총채처럼 갈가리 찢겨져 손에서 빠져나갔다. 시간은 시계 바늘의 작은 소리와 함께 발끝을 들고 도둑처럼 움직였다. 청춘이 옆구리를 훑고 지나갔다. 그는 스스로 이제 늙어버렸다고 생각했다. 그는 자기 인생의 DMZ를 보고 있었다. 그 너머에는 영원히 정지되어 있을 죽음의 시간이 있을 것이다. 그는 당분간 삶에서 좀 멈추어 있고 싶었다.

그가 휴가를 나왔다. 전출 신청서가 받아들여졌기 때문이다. 그리고 때마침 조부가 죽었다. 그는 열흘 간의 청원 휴가를 얻었다. 그러나 그는 집에 가지 않았다.

"어둠이야, 어둠뿐이라고."

노파가 소리치며 눈을 씻었다. 새어머니가 노파를 노려보았다. 그리고 그를 향해 노파를 흉보았다. 노파는 그의 할머니였지만 새어머니와는 하등 상관이 없는 사람이다. 한 가계에 전혀 피 한 방울도 섞이지 않은 사람들이 있다는 것은 신비로운 일이다. 모든 가족이 애초에는 다른 피였다. 그래서 가족이란 지상에서 가장 완고한 집단이자 모순 그 자체인지도 모른다. 그는 할머니가, 어둠이야, 어둠! 하고 소리치며 눈을 씻는 모습을 자주 보았다. 어둠의 귀신을 물리치려는 할머니만의 주문이었다. 저녁 무렵 노을이 붉게 타다가 검정 숯으로 변할 즈음, 어둠이야, 어둠뿐이라고, 하는 소리가 들려온다. 언젠가 할머니는 그에게 이렇게 말했다.

"눈이 멀었지만 어둠은 똑똑히 보인다."

그때 그는 대답했었다.

"세상은 늘 캄캄한데 어둠은 한줌도 보이지 않아요."

조부가 죽었으니 이제 할머니는 진짜 어둠을 보게 될 것이다. 사람이 죽으면 그 사람만큼의 빛이 세상을 떠나고, 그 빈자리만큼 어둠이 또 생겨날 테니까.

그는 집으로 가고 싶지 않았다. 지하철을 갈아타야 하는 곳에서 그는 엉뚱한 방향으로 들어섰다. 서울역에서 광주 가는 티켓을 끊었다. 광주에는 아는 사람이라곤 하나도 없었다. 그저 얼굴을 모르는 많은 사람들이 살고 있고, 역사의 많은 희생자들이 죽어 있을 뿐이었다. 하지만 그는 그들 중 아무도 알지 못했다. 그들도 그를 몰랐다. 그래서 그는 그곳으로 갔다.

그는 열차에 올라탔고 곧 서울을 떠났다. 단조로운 여행이었다. 책을 한 권 사가지고 탔기에 망정이지 하마터면 지겨운 시간이 될 뻔했다. 그는 책을 한 번 다 읽고는 잠깐 졸았다가 깨서는 처음부터 다시 읽기 시작했다.

"그 남자 가수가 내는 고음은 너무 슬퍼."

책 속의 여자가 남자와 사랑을 하며, 지금 막 라디오에서 흘러나왔던 노래에 대해서 말하였다. 그는 책을 덮고 일어섰다. 그의 자리 앞에 신문지를 깔고 앉은 노파에게 자기 자리에 앉으라고 말했다. 노파는 아무런 말도 없이 그가 비켜준 자리에 앉았다. 그는 노파가 천년이 지나도 죽지 않을 것 같다는 느낌을 받았다.

바람을 좀 쐴까 하고 그는 통로로 나왔다. 난간에도 사람들이 서 있었다. 그는 밖을 내다보았다. 밖은 아무것도 가지고 있지 않았다. 그는 갑자기 눈이 먼 사람처럼 앞을 보고 서 있었다. 그의 눈앞에서 세상의 경계가 지워지고 있었다. 눈을 몇 번 깜박거리자 사물들이 차츰 눈에 들어오기 시작했다. 그는 조금씩 자신의 시각과 시선을 느끼기 시작했다.

겨울, 눈이 덮인 산. 어둠 속에서 두 마리의 나비가 날고 있었다. 희고 창백한 날개로 날고 있는 한 쌍의 나비. 흰 가루를 뿌려 조금씩 어둠의 물결을 흐트러뜨리며 나비들은 차츰 슬픈 빛의 춤을 넓혀나갔다. 드디어 두 마리 나비가 겹쳐진다. 파르르 떨리며 날개, 그 사이로 빛이 잘게 터졌다. 잠시, 시간이 멈춘다. 그는 열차 난간에서 손을 떼고 말았다. 시간은 끝이 없었다. 다만 인생이 시작되었다가 끝나곤 할 뿐.

"그곳에는 시간이 없어요. 아니 좀더 세밀하게 말하자면 인간의 시간이 멈춘 곳이죠. 자연으로서의 시간만이 존재하니까요. 인공이 만든 자연 그대로의 상태. 비가 내리고, 숲이 우거지고, 짐승들이 날고, 울고, 잠들어요. 그곳은 인간이 없는 텅 빈 곳입니다. 나는 거기서 오래도록 살았으면 합니다."

그가 말을 마치자 여자는 웃었다.

"당신에겐 가끔 현실을 잊는 버릇이 있군요. 무척 미학적이에요. 어쩌면 현실을 잊을 수 있다는 게 당신의 최고 매력인지도 모르죠. 난 당신 같은 사람을 증오해요. 잘 사세요."

눈을 떴을 때 그는 원두막에 누워 있는 자신을 발견했다. 그는 자기가 나비로 변해버리지나 않았나 하면서 팔을 휘저어보았다.

팔은 너무도 무거웠고, 마룻바닥에서 1cm도 올라오지 못했다. 그저 바닥을 약간 쓸다가 축 늘어질 뿐이었다. 갑자기 나비 한 마리가 날아와 그의 눈 위로 떨어졌다. 여자였다. 흰옷을 날개처럼 두른. 머리에도 흰 꽃을 달고 있었다. 저런 복장은 누군가 죽은 것에 대해 분노하기 때문이야, 라고 그는 생각했다. 그리고 그들은 이야기하기 시작했다. 군복을 입은 남자와 상복을 걸친 여자가.

"내가 지금 죽은 건가요?"

그가 물었다.

"원한다면 계속 죽어 있어도 상관없어요."

여자가 대꾸했다.

"누군가 나 대신 죽었군요."

"그래요. 당신을 살리기 위해 메시아가 죽은 거죠."

"가짜 메시아군요. 여러 번 죽게. 그것도 나를 살리려고 일 대 일로 죽는 메시아라니. 요즘은 메시아가 참 흔해빠진 모양입니다."

"쉿, 메시아가 듣겠어요."

그래서 그들은 잠시 조용히 있었다.

"당신 군인이에요?"

여자가 현실적인 질문을 하자 그는 눈을 크게 떴다.

"지금 며칠이죠?"

그가 놀란 듯이 물었다.

"8월 18일, 한겨울이죠."

여자가 대답했다.

"그러니까 내가 사흘 동안이나 죽어 있었군요."

"그래요. 이제서야 당신이 부활하려는 모양이에요."

"난 이미 귀대했어야 했는데."

"당신은 어디에 있었죠?"

"서울. 하지만 복귀하면 다른 곳에 있게 될 겁니다."

"DMZ?"

"그걸 어떻게 알죠?"

"당신은 잠든 상태에서 나와 얘기했어요."

"아, 그랬군요. 그럼 잠속에서 떠들었던 말들을 여기다 옮겨놓아야겠군요."

"그렇게 해요."

여자는 쓸쓸하게 웃고는 먼 곳으로 눈길을 돌렸다. 여자가 눈길을 돌린 곳은 포도밭이었다. 푸르고 싱싱한 초록빛을 뿜어내는 포도나무들. 햇볕은 포도알을 빨며 반짝거렸다. 산은 온통 눈의 흰빛이었다. 그는 흰빛에 질려 눈을 감았다. 겨울, 눈, 나비, 포도원. 눈밭 위의 청포도.

"죽음의 시간에는 어둠뿐인 줄 알았는데……"

그가 중얼거렸다.

"포도를 먹으면 힘이 날 거예요."

여자는 슬며시 일어났다. 여자의 몸은 제자리에 있고 옷만 슬쩍 일어나 빠져나가는 것 같았다. 육체를 빠져나간 영혼의 가뿐한 발걸음. 여자는 청포도를 한 바구니 따서는 원두막으로 가져왔다.

"자, 먹어요. 이가 시리도록."

그는 포도를 입에 물었다. 이토록 눈부신 구슬을 삼켰다가는 내장이 투두둑 터져버릴 것같이 느껴졌다. 어디선가 바이올린 소리가 들려왔다. 이어서 꽹과리 소리도 들렸다. 발광하는 음표들처럼

288

포도알들이 춤을 추었다. 그의 손은 포도알들을 으깨어 입으로 가져갔다. 알레그로, 스타카토, 비바체. 점점 더 빠르고 급하게, 요동치면서 툭툭 끊어질 듯이. 그의 목울대가 출렁거렸다. 포도는 처참하게 뭉개져서 그의 몸 속으로 흘러들었다. 그는 포도알들이 내장으로 들어가지 않게 용을 썼다. 포도의 시체는 그가 토해내는 산에 의해 녹아 투명한 물이 되었다. 포도액은 곧바로 혈관을 뚫고 침입했다. 푸르고 창백한 피. 맑고, 깨끗하고, 서늘한 피. 그는 새로운 피를 공급받는 흡혈귀처럼 포도를 씹어 삼켰다.

여자는 곁에서 마치 젊어서 죽은 처녀 귀신처럼 앉아 그를 지켜보았다. 그가 포도 바구니를 다 비우자 여자는 밝게 웃었다.

"이봐요, 죽었다가 살아난 양반. 기적을 보여봐요. 눈물로 술을 만들든지 빈 바구니에서 포도가 열리게 하든지."

"하하하하하하."

그는 마구 웃음을 토했다.

"아버지가 죽은 지 20년이 됐어요."

여자가 느닷없이 이렇게 말했다.

그는 하마터면 삼켰던 포도를 모두 토해낼 뻔했다. 숨이 턱 막혔다. 어제 오늘 사람이 죽은 게 아니었다니!

"오늘 새벽에야 어머닐 묻었죠."

여자가 또 말했다.

오늘에도 사람은 죽을 수 있었다. 그는 다시 차분해졌다. 그러나 목에 걸린 포도 덩어리는 쉽게 내려가지 않았다. 포도를 처리하기 위해 그는 목을 자르고 싶다는 충동을 느꼈다.

"사람이 죽는 걸 보면 평온을 느껴요."

여자가 계속 말했다.

"어머니가 죽은 게 얼마나 다행인지 몰라요. 더 이상 한을 품고 살 필요가 없으니까요. 다만 한을 대물림하지 말아야 할 텐데…… 죽음을 죽음으로 갚아야 하니까 미칠 지경이죠. 하지만 보복이 없으면 망각도 없어요. 용서란 피의 대가 없이는 진짜일 수가 없으니까요. 피의 대가를 지불해야만 생명을 얻을 수 있어요. 진짜 살아 있다는 건 그런 거예요."

여자는 귀신처럼 중얼거렸다.

"내게 총이 있어요."

그가 소리쳤다.

"알아요. 군인에겐 늘 총이 있죠. 군인에겐 죽음밖에는 다른 삶이 없어요. 죽음을 위해서만 존재하니까요. 당신 손에 죽고 싶어요."

여자가 그를 향해 웃었다.

그는 여자가 너무 아름다워 반드시 자기 손으로 여자를 죽여야만 할 것 같다고 느꼈다. 아름다움의 절정을 보고 싶었다.

"당신은 죽어서야 결국 살게 될 것 같아요."

그가 말했다.

"내게 총을 주시겠어요?"

여자가 물었다.

그는 심장에서 총을 꺼내 여자의 손에 들려주었다.

"자, 이제 좀더 자요."

여자가 그를 향해 총을 겨누며 말했다. 여자의 명령이 떨어지자마자 그는 총에 맞은 용맹한 군인처럼 잠들어버렸다.

한참 후 그가 눈을 뜨자 노을이 눈 덮인 산을 붉게 물들이며 대성통곡하고 있었다. 방금 그는 총소리를 들었다. 피가 튀어올라 산 꼭대기를 적셨다. 하늘까지 붉어졌다. 그리고는 눈 깜짝할 사이에 놀랍도록 캄캄한 어둠이 산을 집어삼켰다. 또 누군가 죽은 것이다. 세상이 그 죽음만큼 더 평등해졌다.

여자가 핏덩어리인 채로 산을 올라왔다. 원두막은 지붕에서부터 붉은 피를 흘렸다.

"씻고 싶어요."

이렇게 말하고는 여자가 그의 발 앞에 쓰러졌다.

그는 여자를 들쳐업고 산을 내려갔다. 계곡을 보았지만 어둠과 피가 반반씩 섞여 있었다. 그는 물에 여자를 빠뜨릴 수 없었다. 그는 숲을 가로질렀다. 한참 걸었다. 그의 몸에도 붉고 검은 피의 어둠이 배어들고 있었다. 여자의 몸이 그의 몸과 합쳐지고 있다는 느낌이 들었다. 두 마리 나비의 겹침. 그런데 좀처럼 어둠이 밝혀지지 않았다. 그의 몸 위에 겹쳐진 흰옷을 입은 붉은 나비는 계속해서 피를 흘리고 있었고, 잠에서 깨어나지 못했다.

'빨리 피를 씻어내고 어둠을 털어야 해. 그렇지 못하면 이 여자는 영원히 죽은 상태에 머물러 있게 될 거야. 내가 총을 주어서는 안 되는 건데.'

그는 이런 생각을 했지만 이미 늦은 뒤였다. 그가 자신의 심장에서 총을 꺼내주었을 때 그는 평온해져서 깊이 잠들 수 있었다. 총을 가지고 부대를 빠져나올 때부터 그는 불안해서 어쩔 줄 몰라했었지만 여자에게 무기를 건넸을 때는 처음 느끼는 평화가 찾아왔다. 왜냐하면 전쟁을 하는 인간들은 모두 사내들이었으니까. 그는 여자에게 항복함으로써 절대의 평화를 얻었다고 믿었다. 그런데 세상이 온통 피에 물들다니. 그는 급하게 뛰는 심장을 가라앉힐 수 없었다. 피가 혈관을 찢고 터져나와 곧 정수리를 뚫고 솟구칠 것만 같았다.

아, 갑자기 세상이 환하게 밝아졌다. 우물가, 여자들의 빨래터였다. 빨랫줄에 휘날리는 무명천들. 몸이 없는 옷들의 춤이 벌어지고 있었다. 옷은 순간순간 바람에 섞여들며 형체도 없이 나부꼈다. 그는 여자를 우물 곁에 내려놓았다. 여자의 가슴에 총부리가 박혀 있었다. 다른 상처는 한군데도 없었다. 총이 박힌 가슴에서도 피 한 방울 흐르지 않았다. 그럼 도대체 이 피를 어디서 묻혀온 것일까.

여자가 눈을 떴다. 여자는 희미하지만 눈부시게 웃고 있었다. 여자가 입을 열었다.

"난 괜찮아요. 하지만 내 피를 씻어내려고 애쓰지 말아요. 두번째 아버지가 죽었어요. 어머니는 사흘 전에 두번째 남편이 첫번째 남편을 죽인 남자라는 걸 알고는 목을 매달았어요. 난 예전부터 알았고, 두번째 아버지의 노리개가 되어주었는데…… 어머닌 왜 아무것도 아닌 일에 분노하였을까요. 어차피 역사란 근친 상간이고, 폐륜자들의 기록일 뿐인데. 아, 여기서 날 씻기려고 했었군요. 군인 아저씨. 당신은 참 어려 보여요. 당신은 언제 태어났죠?"

"1980년 5월에."

그가 대답했다.

"정말 어리군요. 당신은 아무것도 기억하지 못해서 행복할까 모르겠어요. 우린 망각의 기쁨을 좀 누려야 할 텐데. 그때를 어머니가 아직 못 잊고 계셨던 거예요. 다 지난 일이라 잊고 계신 줄 알았는데. 장군이 죽었어요. 불과 몇 분 전에. 내가 장군을 쏘았어요.

늙은 장군은 기관총을 쏘거나 대포를 날리거나 탱크로 밀어붙이거나 헬기로 기총 소사를 퍼붓지 못했어요. 그저 날 향해 똑바로 서 있을 뿐이었어요. 나는 아무 말도 하지 않고 방아쇠를 당겼고 장군은 쓰러졌어요. 난 뜨거운 총을 내 가슴에 박고 당신에게로 돌아왔어요. 자, 당신의 총이에요. 총은 사내들에게나 어울려요."

여자는 가슴에서 총을 뽑아 그에게 총을 돌려주었다. 그리고 희미하게 웃으며 말했다.

"자, 이제 날 씻겨줘요. 깨끗하게. 난 계속 여자이고 싶으니까요."

그는 여자를 두레박에 매달았다. 그리고 줄을 내렸다. 여자는 우물 속으로 빨려들어갔다. 물은 여자의 발목을 적시고, 무릎과 허리를 잡아챘다. 이제 물이 여자의 가슴을 핥고, 목에 차고, 입술을 덮었다. 코와 눈 속으로 물이 들이쳤다. 여자는 마지막으로 그를 향해 웃어보이고는——여자가 웃을 때 우물은 커다랗게 물결쳤다——깊이 가라앉았다. 그는 손에서 줄을 놓았다.

그 순간 빨래들이 거세게 흔들렸다. 여인들의 몸을 감쌌던 흰 천들이 그에게 달려들어 목을 졸랐다. 그는 빨래에 싸매인 채 고꾸라졌다. 그는 발버둥쳤다. 점점 더 목이 졸려왔다. 그는 발악을 하였다. 새벽에 먹었던 포도알들이 목을 넘어 꾸역꾸역 올라왔다. 정신이 아득해져 고꾸라지고 말았다. 그는 무중력 상태로 둥둥 떠다니고 있었다. 그는 똥이 몸 밖으로 빠져나가는 걸 느꼈다. 손을 뻗어 몸에서 빠져나가 달아나는 똥 덩어리들을 만져보았다. 그는 자신의 몸이 껍질과 내부로 분리되고 있다는 느낌을 받았다.

한참 후에 그는 깨어났다. 아직 밤이 계속 진행 중이었다. 그는 몸에서 여인들의 흰 천을 떼어내고 우물로 갔다. 여자는 완전히 물

속에 묻혔다. 여자의 몸 속으로 물이 가득 차고, 몸을 이루었던 부분들이 몸 밖으로 터져나올 것이다. 그는 자신의 내장을 끄집어냈다. 지독한 냄새가 났다. 우물물을 퍼다 내장을 씻었다. 그는 이제 한 사람의 죽음을 같이 겪었다. 어쩌면 그것은 자신의 죽음인지도 몰랐다. 그러나 아직은 진짜 죽음이 어떤 것인지 느낄 수 없었다. 여기서 그만 시간이 멈추었으면. 그는 우물 속으로 숨고 싶다는 충동으로 아찔해졌다.

군인들이 휴가에서 돌아오지 않은 그를 찾아나섰다. 하지만 수사는 자꾸만 미로 속을 왔다갔다할 뿐이었다. 그가 반드시 시간의 순서에 따라 행동하지 않았기 때문이었다. 사람들은 아직 잘 몰랐다. 인간의 삶에도 가끔은 정지 혹은 단절이 있다는 것을.

전차 부대의 훈련은 장관이다. 지난 여름 야간 이동 훈련은 행정병이었던 그도 참가할 수 있었다. 그는 장갑차의 선두에 서서 병력을 재차 확인했다. 병력은 장교 12명에 사병 76명이었다. 정비병의 일부와 일반 행정 근무자를 제외한 부대의 전병력이었다. 그는 지프에 탑승키로 되어 있었으나 장갑차에 탔다. 조수석이 비어 있었기 때문이었다. 비어 있는 자리에 앉아야 할 녀석은 외박을 나갔다. 부대장의 조카 뻘이었는데 요즘 미모의 여자와 사랑에 빠져 있었다. 그것도 서너 살 많은 연상과. 그는 장갑차에 탈 속셈으로 녀석에게 외박증을 끊어주었고, 부대장은 쉽게 외박 신고를 받아주었다. 그는 자신이 권력의 말단에 있다는 느낌에 자존심 상하는 일이 없었다. 권력이란 말단에 있을수록 힘의 우위에서 오는 사소한 쾌감을 더 자주 느끼도록 했으니까.

서울 한복판을 장갑차와 탱크가 행진하는 데에는 늘 굉음이 따랐다. 그러나 공격 대형으로 진군하는 것은 아니었으므로 조용하고 여유 있었다. 대열을 유지하고 특별히 속두를 내지 않아 금세 엔진 소리에 익숙해지면 밤의 고요를 깨뜨리지 않고 바퀴와 엔진이 내는 진동의 흐름을 타고 흘러갈 수 있었다. 그는 좁은 창으로 서울 시내를 볼 수 있었다. 작전 때문에 거리가 통제되어서인지 탱크의 진행로엔 자동차들의 불빛이 보이지 않았다. 그러나 다른 도로나 교량에서는 빠르게 달리는 차들의 모습을 볼 수 있었다. 사람들의 모습은 눈에 띄지 않았다. 아마도 보병의 눈에는 살아 있는 사람들의 모습이 생생할 것이나.

좀더 빨리 달렸으면 하고 그는 조바심을 쳤다. 급속 페달을 밟아 적진을 향해 돌격하고 싶었다. 그러나 지금은 전시가 아니었다. 가만히 서 있던 탱크와 장갑차들을 시험 운전하는 것에 불과했다. 국군의 날 퍼레이드가 폐지된 이후로 전차들은 점점 더 고철 덩어리가 되어가고 있었다. 이제 탱크는 그저 전시되었다가 가끔씩 자기 만족적인 밤의 산책을 위해 거리를 돌아다닐 뿐이었다. 드디어 대열은 광화문 네거리에 멈춰 섰다. 그는 장갑차에서 내렸다. 다시 인원 점검이 있었다. 모두들 안전했다. 단 한 명의 전사자나 부상자도 없었다. 그는 짜증이 났고, 정말이지 맥빠지는 훈련이라고 투덜댔다. 그저 동네 한바퀴를 도는 것뿐이라니.

그는 선두에 선 탱크에서 조수 한 명을 내리게 하고는 거기 올라탔다. 그리고 사수에게 조수 자리로 옮기도록 부탁했다. 조수에게는 외박을, 사수에게는 훈련 포상자로 추천하겠다고 하니 다들 기꺼이 자리를 내주었다.

"자, 움직여."

그가 명령을 내렸다. 탱크가 움직였다.

"대열 끝으로 간다."

그가 소리쳤다. 탱크는 대열의 끝으로 빠져나갔다. 그의 탱크 앞에는 열일곱 대의 탱크와 열두 대의 장갑차, 여섯 대의 지프가 도열해 있었다.

"자, 이제 적을 섬멸해야지. 단 한 방에 꿰뚫어버리는 거야."

그는 이렇게 소리치고는 사계(射界)를 노려보았다. 북악산의 악귀들이 수군대는 소리가 들려오는 것 같았다. 그는 숨을 멈추고 이마에 힘을 주었다. 그리고 단번에 적을 꿰뚫을 단 한 발의 포를 쏘기 위해 천천히 한쪽 눈을 감았다. 드디어 그가 명령을 내렸다.

"조준. 발사!"

콩, 하는 굉음이 천지 사방에 울려퍼졌다. 바로 그때 시간이 정지했다.

한순간, 시간이 멈춘다면 그는 정지된 시간 속으로 들어갈 수 있다. 그 순간 시간은 그를 품은 비밀스러운 공간으로 환치될 것이다. 그 속에서도 자연은 계속 움직일 것이다. 그도 자연 그대로인 채 움직일 테지만 시간은 더 이상 소모되지 않을 것이며 그 역시 소멸되지 않으리라. 이미 우물 속에 한 여자를 보존해놓았듯이 그는 시간으로부터 도피하여 정지된 시간의 한 토막에서 영원히 살아 있기를, 혹은 계속해서 죽음에 머물러 있기를 꿈꿀지도 모른다. 그러나 갑자기 시간의 실타래가 마구 풀린다면? 그때부터 지루한 인생의 이야기는 다시 계속된다. 하지만 전달자에 의해 순서는 조금씩 뒤바뀔 수도 있지 않겠는가.

그는 산길을 걸어내려갔다. 마을의 불빛이 하나둘씩 보이기 시작했다. 그는 죽음에서 삶으로 돌아온 것에 기뻐했다. 벌써부터 사람들의 사는 이야기가 들려오는 듯했다. 몸이 따뜻해져왔다. 그는 손에 들고 있던 총을 얼른 숨겼다. 그리고 옷매무새를 고쳤다. 하지만 군복을 입고 있다는 게 마음에 걸렸다. 그는 발걸음을 멈추었다. 사실 그는 탈영한 군인에 불과했다. 사람들은 그를 다시 군인들에게로 돌려보낼 것이다. 하지만 그는 잠시라도 그저 사람들 사이에 끼여 있고 싶다는 생각이 간절했다. 그는 다시 힘차게 걸어 마을로 들어갔다.

동이 트고 있었다. 집들이 굴뚝으로 연기를 뿜어냈다. 아직도 연기를 피우는 굴뚝이 있었다니, 하는 생각을 하며 그는 앞으로 성큼성큼 나아갔다. 이제는 마치 행진하는 군인처럼 다리를 쭉쭉 내뻗으며 걸었다. 사람들이 그의 곁을 스쳐갔다. 연장을 들고 바쁜 듯이 걸어가는 사내들. 항아리를 머리에 이고 잰걸음으로 가는 아낙들. 그는 웃으며 사람들을 바라보았다. 사람들 사이에 있다는 것이 이토록 마음을 흐뭇하게 할 줄은 몰랐다. 붉고 활기찬 표정들. 한결같이 생의 에너지가 뿜어져나오는 얼굴들이었다. 사람들도 그의 얼굴을 쳐다보았다. 그와 눈이 마주치기도 했다. 그러나 아무도 그에게 알은체를 하지 않았다. 어차피 생면 부지의 사람들이니까. 아무도 그에게 눈인사를 하거나 수상한 눈길로 쳐다보거나 하지 않았다. 그들은 자신들의 일상에 바빠 그의 존재 따위는 안중에도 없는 것 같았다. 그는 사람들에게 말을 걸려고 입을 열었다.

"저어……"

그는 무슨 말을 해야 할지 몰랐다. 도대체 무어라고 그들에게 자신의 존재를 알릴 수 있을까. 그는 지나가는 남자를 붙들고 물었다.

"저어, 큰길로 나가려면 어디로 가야 하죠?"

남자는 그를 보았다. 그러나 남자는 그를 보는 게 아니라 그의 너머를 보고 있는 것 같았다. 한참을 멍하니 서 있던 남자가 말했다. 그러나 그에게는 도대체 무슨 말인지 하나도 들리지 않았다.

"뭐라구요?"

그가 되물었다. 남자가 다시 무어라고 지껄였다. 그러나 그는 한마디도 들을 수 없었다.

"네?"

그가 재차 묻자 사내는 화난 표정으로, 역시 저 너머를 보는 듯한 시선으로 그를 쳐다보았다. 그리고는 다시 입을 열어 무어라고 말했다. 하지만 여전히 그는 사내의 말을 알아들을 수 없었다. 다만 그 사내의 입 모양은, 산으로 돌아가, 혹은 산에 가봐, 저 산 너머로 가, 뭐 이렇게 말하는 것 같았다. 사내는 지금 막 산에서 내려온 그에게 또다시 산으로 가라고 말하고 있는 것이었다. 그리고는 바삐 걸어갔다. 왜 아무것도 들리지 않는 것일까. 그는 귀를 후벼팠다. 지금까지 다른 소리는 잘 들리지 않았던가. 새소리, 바람 소리, 흔들리는 나뭇가지 소리조차도. 그는 계속 걸어갔다. 사람들이 그를 흘낏거리며 무어라고 수군거렸다. 그를 욕하고 저주하는 것 같았다. 그러나 그는 아무것도 들을 수 없었다.

인간들의 세상! 그는 자신이 아직도 죽음의 몸에서 채 풀려나오지 않은 것인가 하는 느낌이 들었다. 그는 모든 자연의 소리를 듣고 있었지만 사람들의 말은 전혀 알아들을 수 없었다. 점점 더 귀가 멍해졌다. 그는 흔들리는 몸을 곧추세우려고 노력하면서 계속 걸었다. 사람들이 빠르게 돌아가는 필름에서처럼 옆을 스쳐갔다. 그는 자신도 모르게 산 쪽으로 걸어갔다. 한시라도 빨리 마을을 벗어나고 싶었다. 그때 갑자기 누군가 소리치는 게 들려왔다.

"이봐, 젊은이. 산으로 가는 길이라면 나와 같이 오르지."

오십대로 보이는 늙수그레한 사내였다. 그는 소스라치게 놀랐지만 한편으로는 너무도 반가웠다. 이제서야 소리가 들리기 시작한 것이었다.

"여기는 벙어리 동네야."

사내가 또 말했다.

"벙어리들한테 자꾸 말 시키면 화를 낸다구."

그는 빙긋이 웃었다. 살아 있다는 것을 느끼는 일은 가끔 매우 안락한 쾌감을 준다.

"저 산에 지난번 난리 때 죽은 사람들이 떼로 묻혔지."

사내는 혼자 중얼거렸다.

"산 두어 개만 넘으면 큰길이 나올 거요. 어쩌다 군인 아저씨가 이 길로 내려왔나? 군대는 저어쪽 산 너머에만 있는 줄 알았는데."

그는 그저 빙긋이 웃기만 했다. 그는 자기가 서울에서 근무하고 있으며 휴가 중인데 사고를 당해 여기까지 오게 되었다는 얘기를 할까봐 감히 입을 열지 못했다.

"이봐 젊은이. 난 저 산에 20년 전부터 살고 있지. 월남에 갔다 온 뒤로 서울에 있었는데, 난리 때 내려와서 여기 눌러앉은 거지. 그때 많이 죽었어. 월남에서도 민간인들이 떼로 죽곤 했었는데, 같은 핏줄한테 그 짓을 했으니. 난 그때 총을 땅에다만 대고 쐈어. 가끔 하늘에다가도 쏘고. 탱크로 밀어붙일 때는 진짜 전쟁하는 것 같더구먼. 자네도 군인이니까……"

그는 사내를 쳐다보았다. 군인이니까? 그는 사내에게 되묻고 싶었지만 입을 열지 않았다. 군인이라서 어쨌다는 것일까? 그들은 이미 산길을 오르고 있었다. 길은 아주 반듯하게 닦여 있었다. 자동차들이 다닐 정도로 꽤 넓었다.

"장군이 포장을 못 하게 했어. 그 사람은 흙이 좋다더구먼. 그래서 흙에서 살리라 하고 간 거지. 좀더 살 줄 알았는데…… 총 놓고 조용히 살면 그저 괜찮겠지 했는데 말야. 군인은 어쩔 수 없어. 잘됐지. 총 맞아 죽었으니. 병으로 앓다가 가는 것보다야 낫지. 장군은 역시 군인이었어. 자, 저 집이야."

사내가 가리킨 곳에는 그가 아까 지나오면서 본 마을의 집들을 한군데 뭉쳐놓은 듯한 커다란 집이 자리잡고 있었다. 노랗게 발광하는 거대한 불빛 덩어리가. 그는 우뚝 멈춰 섰다. 사내는 또 무어라고 중얼거리며 계속 앞서 걸었다. 그도 멍하니 서 있다가 사내의 뒤를 따랐다.

집 가까이에서 그는 또다시 멈춰 섰다. 온통 군인들이었다. 집 앞에는 헌병들이 바리케이드를 치고 서 있었다. 경계총 자세로 K2를 들고 서 있는 초병들은 딱딱하게 굳은 밀랍 인형처럼 보였다. 그는 제자리에 가만히 서 있었다. 자칫 잘못하다가는 총에 난사당할지도 모른다는 느낌이 들었다. 오늘 암구호는 무얼까? 이곳을 통과하기 위한 증명서는? 휴가증에 적힌 귀대 날짜는 이미 지났고, 비표는 새로 바뀌었을 텐데……

그는 그 자리에 얼어붙은 채 발가락 하나 움직일 수 없었다. 장군이 죽었다. 총에 맞아서. 그리고 그 총은 지금 그의 품속에 있다.

그는 사내에게 이끌려 이곳으로 왔다. 그는 자신이 이미 포로가 됐다는 것을 깨달았다. 사내가 정문에서 검문을 받는 것이 보였다. 사내가 뒤를 돌아다보더니 그에게 손짓을 했다. 작별 인사를 하는 것인지 그에게 자기 쪽으로 오란 것인지 알 수 없었다. 하지만 사내는 그를 향해 미소짓고는 정문을 통과해 안으로 걸어들어갔다. 환한 불빛 때문에 그는 사내가 마당을 가로질러 현관에 이르는 것까지 볼 수 있었다.

이제 어떻게 할 것인가. 그러나 그는 이미 뒷걸음질치고 있었다. 생각하기보다는 먼저 움직이는 것이 필요했다. 가능한 여기서 멀리 떨어져야겠다는 생각이 들었다. 또다시 죽음 근처에 가고 싶지는 않았다. 그는 홱 돌아서서 냅다 뛰었다. 등뒤에서 고함치는 소리가 들렸고, 총소리가 났다. 그의 발 밑에서 흙먼지가 일었다. 그는 몸을 던져 굴렀다. 산비탈을 수십 번 굴러 떨어지다 큰 나무에 부딪혀서 멈췄다. 몸에 심한 통증이 느껴졌다. 그는 간신히 일어섰다. 저 멀리서 손전등 불빛들이 여기저기를 비추고 있는 것이 보였다. 그는 다시 비탈길을 올랐다. 되도록 불빛이 있는 데는 멀찍이 돌아서 산을 올라갔다. 그는 능선을 타고 산을 넘을 작정이었다. 산을 두 개 넘으면 큰길을 만날 수 있다. 거기까지 가야 한다. 그는 계속 산을 올랐다. 세상이 완전히 캄캄해져서 앞이 보이지 않을 때까지 걸었다. 이 산 속에서는 시간이 거꾸로 가는 것 같았다. 그는 자신이 밤을 지나 새벽으로 나아가고 있다고 느꼈지만 계속해서 더 어두워질 뿐이었다. 그는 또다시 죽음의 시간 속으로 빠져들고 있다는 느낌이 들어 오싹해졌다. 휘휘, 바람이 나무 사이를 지나가며 소리를 냈다. 그는 오줌이 마려웠다. 바지를 내리고 생식기를 꺼냈다. 투투투투투. 총소리를 내며 오줌 줄기가 땅바닥을 때렸다. 투투투투툭. 바지를 추스르고 그는 바위에 걸터앉았다.

"이봐, 젊은이."

누군가 그를 불렀다. 그는 소스라치게 놀라 벌떡 일어섰다. 그러나 아무것도 보이지 않았다.

"자네는 지금 경계에 서 있어. 아니 경계를 넘나들고 있지. 그것은 우리 몫이지, 자네 같은 인간들이야 그럼 못쓰지."

인간들이라구? 그는 소리나는 쪽을 보며 되물었다. 그러나 그의 입 밖으로 소리가 나오지는 않았다. 그는 그저 완벽한 어둠 앞에서 떨고 있을 뿐이었다.

"이봐. 자네가 밟고 있는 땅 밑에는 모두 일곱 명이 묻혀 있다네. 이름도 없이 말야. 물론 묘비도 없지. 그들이 여기 묻혔는지는 아무도 모른다네. 한꺼번에 파묻고 바위로 막아놓은 꼴하고는. 하여튼 인간들이란."

그제서야 그는 어둠 속에 있는 또 다른 어둠들을 볼 수 있었다. 어둠 속에 더욱 까맣게 빛나고 있는 짙은 형체의 어둠들을.

"내가 보이기 시작한 모양이군. 그럴수록 자네 명이 짧아지고 있다는 생각을 해야 돼."

어둠 속에는 두 개의 어둠이 서 있었다. 그는 빙긋이 웃으며 그들을 향해 말했다.

"귀신들인 모양이군."

"그래. 우린 무덤가에 있기를 좋아하지."

하나의 어둠이 말했다.

"그래야 죽은 사람들의 육체를 빌려 입기가 쉬우니까."

다른 어둠이 말했다.

"죽은 사람들의 몸은 왜 빌려 입지?"

"그래야 사람들이 우리를 알아볼 수 있으니까. 사람들은 자기네들이 죽으면 귀신이 된다고 믿고 있지. 그래서 우린 죽은 사람들 흉내를 내는 거야. 귀신이 자기네와 다를 바 없다고 생각하게끔 말야. 그래야 사람들과 친해질 수 있지 않겠어? 귀신이 되었다는 사람은 하나도 없어. 그저 우리가 죽은 사람 노릇을 잠시 하고 있을 뿐이야."

"죽음의 경계를 넘으면 사람의 영혼은 삶의 세계에 머물 수 없어. 우리들만이 경계를 넘나들 뿐이야."

"그럴 테지. 너희들은 귀신이니까."

"그러지 말고 우리 이름을 불러줘. 난 사령관이고, 이 친구는 전령이야."

"사령관? 전령? 멋진 이름이군."

"자네도 군인이구먼, 병사."

"그래, 내게서 뭘 원하지?"

"아무것도. 물론 자네가 우리의 종 노릇하는 걸 좋아하지만, 자넨 이미 경계를 넘어섰으니까 그저 우리와 얘기나 하면서 시간을 보내면 돼."

"난 여기 오래 있지 않을 거야. 날이 밝으면 떠날 거야."

"우리도 자네가 떠나길 바래. 하지만 자네 스스로 빛을 뿜어낼 수 없다면 여기를 벗어날 수 없어. 결코 날이 밝지 않을 테니까."

"인간의 빛은 산 중턱에 있는 장군의 집 하나뿐이야. 물론 거기에도 우리 군대가 주둔해 있지."

"난 피곤해. 잠을 좀 자고 싶어."

"그러지 말고 우리와 바둑이나 두지 그래."

"난 바둑을 둘 줄 몰라."

"괜찮아. 바둑이란 집을 만드는 일일 뿐이야. 그리고 그건 인간들의 놀이야. 네겐 아주 쉽지."

"난 피곤해. 날 그냥 내버려둬."

"자, 여기 판이 있어. 돌을 옮겨놓아봐."

그는 바둑판과 돌을 보았다. 검은 판 검은 선들, 그리고 흑뿐인 바둑알들.

"모두 검은 돌뿐이잖아."

"우린 백을 가지고 있지 않아. 우리 것과 인간의 것이 있을 뿐이야. 흑백을 구별하는 건 너희 사람들이나 하는 짓이지."

"자, 이제 시작해볼까."

전령이 돌을 놓았다. 어쩔 수 없이 그도 돌을 하나 놓았다. 이번엔 사령관이. 그도 다시 한 점 더 두었다. 계속해서 전령, 그, 사령관순으로 돌을 놓았다. 시간이 자꾸 흘렀다. 바둑은 끝나지 않았다. 그가 아무리 돌을 놓아도 빈 곳은 계속 생겨났다. 아마도 전령이 돌을 다른 곳으로 빼돌리고 있는 것 같았다. 그는 많은 집을 잃었지만 여전히 싸울 수 있었다. 사령관과 전령이 그를 포위하고 항복을 요구했지만 그는 계속해서 돌을 놓았다.

"이제 그만 두자."

사령관이 명령하듯이 말했다.

"항복하는 거냐?"

그가 의기양양해서 소리쳤다.

"우린 인간에게 지지 않아."

전령이 되받아쳤다.

"천사도 우릴 쉽게 이기지 못해. 우린 천사로도 가장할 수 있으니까. 바둑을 더 둘 생각이라면 언제까지든 좋아. 하지만 자넨 여기서 빠져나갈 수 없어."

사령관과 전령은 흐뭇해하는 표정으로 웃고 있었다. 어둠뿐인 얼굴에서 검은 웃음이 떨어져나와 밤공기 속을 출렁거렸다. 그는 가슴에서 총을 꺼냈다.

"귀신이 눈에 보인다면 귀신을 쏠 수도 있겠지."

그는 웃으며 사령관과 전령을 향해 총을 겨눴다.

"제발 쏘지 말라구. 자넨 우리와 친하게 지낼 수 있어. 싸우려고 하지 마. 자넨 십자군도 아니잖아."

"잘 가게."

그는 그것들을 향해 총을 갈겼다. 두 개의 어둠이 이리저리 흔들리며 움직였으며 때로는 반쪽으로 깨졌다 산산이 부서지기를 반복했다. 그것들이 날뛰고 있는 것만은 분명했다. 그는 멈추지 않고 총질을 계속했다. 어둠이 박살났다.

어디서 닭울음 소리가 길게 들려왔다. 벙어리 마을의 수탉이 침묵을 깬 것이다. 푸르스름한 새벽이 시작되려 하고 있었다. 그는 벌떡 일어나 산을 내달렸다. 완전히 빛의 세계가 오기 전에 해야 할 일이 있다는 걸 깨달았기 때문이다. 그는 숨이 턱에 차 달릴 수 없을 때까지 달렸다. 그가 멈춘 곳은 빨래터였다. 우물 속으로 얼굴을 들이밀었다. 거기엔 흰 달이 담겨져 있었다. 예전에는 흰옷을 입은 나비였던 달이.

"다행이야, 아직 살아 있어."

그는 두레박을 내렸다. 그리고 조심조심 달을 건져올렸다. 여자는 이미 물에 반쯤 녹아내리고 있었다. 그러나 달의 몸은 아직 형체를 간직하고 있었다. 달은 헐벗은 채 빛깔이 점점 엷어져 희고 투명한 몸으로 변해가고 있었다. 두레박으로 달을 우물 밖으로 건져냈다. 반듯하고 널찍한 돌 위에 내려놓고 그는 우물물로 여자를 여러 번 헹궜다. 하지만 여자의 몸은 깨끗하고 속이 비치는 시체일 뿐이었다. 그는 생식기를 꺼내 여자의 몸 위로 정액을 뿌렸다. 비누 같은 여자의 발이 조금씩 움직였다. 달은 점점 노오란 생명의 빛깔을 되찾기 시작했다. 그는 여자를 보듬고 포도밭을 향해 걸어갔다. 그는 원두막 위에 달을 가지런히 펴놓았다. 여자의 얇은 옷이 바람에 휘날렸다. 드디어 여자가 눈을 떴다. 달은 그를 향해 미소지으려는 듯하더니 이내 고요해졌다. 달은 몹시 피곤한 것 같았다. 달은 신화처럼 먼 시간을 우물 속에 쪼그리고 있었기 때문이다.

잠시 후 다시 달이 눈을 떴다. 그리곤 그를 향해 말했다.

"당신이 날 다시 살려냈군요."

"네, 당신이 내게 그랬던 것처럼. 그래서 이젠 평등해진 거죠."

그가 대답했다.

"당신은 이 땅에 우리 둘만이 살아 있다고 느끼는군요."

여자가 말했다.

"물론입니다. 사랑한다면 우리 둘밖에 없어요, 더는."

그가 대꾸했다. 그의 얼굴이 불타오르고 있었다.

"당신은 날 사랑하나요?"

여자가 묻자 그는 따뜻하게 웃었다.

"제 몸 속 어딘가에는 황금으로 만든 반지가 있어요. 당신이 들어왔으면……"

여자가 수줍게 말했다. 그는 기꺼이 여자의 초대에 응해 달의 반지 속으로 들어갔다. 그의 몸은 황금 반지에 꼭 들어맞았다. 눈이 내려 수줍게 사랑하는 연인들을 덮었다. 푸른 새벽빛이 흰 산머리를 쓸며 하늘에 닿은 사다리를 타고 오르내렸다.

군인들이 아무리 그를 찾으려고 애를 써도 찾을 수 없었다. 그는 이미 시간의 바깥으로 한 발 비켜났거나 혹은 시간의 틈 사이에 끼여 사랑에 미쳐 잠들었기 때문이다.

세상에는 어둠과 빛, 삶과 죽음, 시간의 흐름과 멈춤, 존재하는 것과 존재하지 않는 것, 뭐 이런 것들과 그것들의 경계가 있다. 그리고 가끔은 그 경계로 가서 겹쳐지는 사람도 있다. 그래서 경계는 비좁지 않고 늘 풍부하다.

작가 후기

　　DMZ, 참혹한 삶의 경계. 그러나 그 경계를 넘는다는 것은 가혹한 벌을 감내하겠다는 의지의 발현이다. DMZ는 내 청춘의 끝이었고, 절망이었다. 하지만 나는 DMZ라는 한계가 주는 또 하나의 역설을 깨닫게 되었다. 그것은 단절이었다. 현실과 역사로부터의 도피였다. DMZ는 역사의 산물인 동시에 이제는 그 역사로부터 소외된 시공간이 되고 말았다. 나는 내 인생에도 그러한 DMZ가 있었으면 좋겠다는 생각을 하였다. 넘을 수 없는 한계, 그러나 한편으로는 그 경계에 아스라이 걸쳐 있을 수만 있다면 나는 현실과 역사로부터, 내 인생의 질곡으로부터 벗어나 자유롭게 꿈꿀 수 있을 것만 같았다. 그 동안 꿈꿀 권리조차 박탈당한 채 꿈속에서마저 얼마나 지독한 자기 검열에 시달려왔던가. 나는 나로부터 떠나고 싶었다. 그러나 그것이 그렇게 쉬운 일이었을까. DMZ도 현실과 역사라는 감옥 한가운데 있었다. 도망칠 데가 없었다. 그러나 내 소설의 주인공들만큼은 이 감옥으로부터, 현실을 지배하는 모든 권력의 자장으로부터 탈출시켜주고 싶었다.

창세기의 쌍둥이 모티프는 늘 나를 매료시키는 데가 있었다. 에서와 야곱의 이야기. 동생 야곱은 팥죽 한 그릇에 형 에서의 장자 명분을 사고, 아버지가 장자에게 내리는 대물림의 축복을 가로챈다. 형은 동생을 죽이려 들고 급기야 동생은 타향으로 도망친다. 고향으로 돌아오기 전 야곱은 신과 대면한다. 신과의 싸움에서 죽지 않고 살아난 야곱은 이스라엘이라는 새 이름을 얻게 되고 유대 민족의 조상이 된다. 야곱의 자손, 이스라엘은 다윗과 솔로몬 시대를 끝으로 남북으로 나뉘어 각각 아시리아와 바빌로니아에 멸망하게 되고, 천년 동안 전세계를 유랑하다 제2차 세계 대전 직후 마침내 통일 국가를 이룩하였다. 나도 가끔 그날을 점쳐보곤 한다.

우리나라의 근·현대사에서 가장 비극적인 현장이자 심지어 미래에까지 하나의 역사적 징표로서 남게 될 DMZ는 역설적이게도 고립되고 소외된, 그러나 독립적인 중세의 시공간을 만들어내고 있다. 어쩌면 이 땅에서 가장 신성한 시간이 존재하는 곳인지도 모른다. 일상의 틈 사이로 들어와 있는 신화로서의 시공간, 나는 이 주제를 거의 십 년째 우려먹고 있다. 앞으로도 꽤 오랫동안 그렇게 계속되리라. 어차피 나의 문학은 '삶과 사랑과 성(性)과 신성(神聖)의 경계 혹은 겹침'이라는 테마에서 벗어나 자유롭기란 애초부터 틀려먹은 것이기 때문이다. 인간이 잃어버린 낙원으로 돌아가고 싶어서일까. 그 완벽한 절대의 시공간, 천년 왕국은 언제쯤 이 땅에 도래할 것인가. 그곳의 시작은 아마도 비무장지대, 여기가 아

310

닐까. 그러나 아직은 DMZ는 깊고 어두운 숲이다. 붉은 비가 내리
는 숲. 역사의 핏물 같은.

　이 글을 쓰던 지난 삼 년 간 나는 내내 아팠다. 그러나 지금은 상
상할 수 없을 만큼 행복하다. 글쓰기라는 죄악이 나를 지옥 끝까지
추락시켰으므로. 더 이상 이토록 아름다울 수 없으므로.

2000년 9월

박칭호